E

Décembre 2007

Paris.

✗✗✗✗✗

Prix nobel de littérature en 2007 pour l'ensemble de son œuvre.

VAINCUE PAR LA BROUSSE

DU MÊME AUTEUR

Un enfant de l'amour, Flammarion, 2007
Les Grand-Mères, Flammarion, 2005
Le Rêve le plus doux, Flammarion, 2004
Mara et Dann, Flammarion, 2001
Le Monde de Ben, Flammarion, 2000
Nos Servitudes volontaires, Bellarmin, 1999
La Marche dans l'ombre, Albin Michel, 1998
Nouvelles de Londres, Albin Michel, 1997
La Cité promise, Albin Michel, 1997
L'Amour encore, Albin Michel, 1996
Dans ma peau, Albin Michel, 1995
Rires d'Afrique, Albin Michel, 1993
Notre amie Judith, Albin Michel, 1993
L'Habitude d'aimer, Albin Michel, 1992
Le Cinquième Enfant, Albin Michel, 1990
Descente aux enfers, Albin Michel, 1988
La Madone noire, Albin Michel, 1988
Le vent emporte nos paroles..., Albin Michel, 1987
La Terroriste, Albin Michel, 1986
Si vieillesse pouvait, Albin Michel, 1985
Journal d'une voisine, Albin Michel, 1984
Les Chats en particulier, Albin Michel, 1984
Mariage entre les zones 3, 4 et 5, Seuil, 1983
L'Écho lointain de l'orage, Albin Michel, 1983
Mémoires d'une survivante, Albin Michel, 1982
Shikasta, Seuil, 1982
L'Été avant la nuit, Albin Michel, 1981
Un homme et deux femmes, 10/18, 1981
Nouvelles africaines, Albin Michel, 1980
Les Enfants de la violence, Albin Michel, 1978
Le Carnet d'or, Albin Michel, 1976

Doris LESSING

VAINCUE PAR LA BROUSSE

*Traduit de l'anglais
par Doussia Ergaz*

Flammarion

Titre original : *The Grass Is Singing*
Éditeur original : Thomas Y. Crowell Company
© Doris Lessing, 1950
Pour la traduction française :
© Plon, 1953 ; Flammarion, 2007
ISBN : 978-2-0812-1332-6

En ce creux de ruine au milieu des montagnes
À la faible clarté de la lune l'herbe chante
Sur les tombes culbutées autour de la chapelle
La chapelle vacante où n'habite que le vent.
De fenêtre point, la porte ballotte
Quel mal pourraient faire des os desséchés
Seul un coq claironne au faîte du toit
Cocorico, Cocorico
Dans un éclair. Puis une bourrasque humide
Porteuse de pluie.

Ganga avait décru et les feuilles languides
Aspiraient à la pluie, les nuées noires
S'amassaient au lointain par-dessus l'Himavent
La jungle était tapie bossue, dans le silence
Alors le tonnerre dit...

The Waste Land. T. S. Eliot
Traduction Pierre Leyris

C'est à ses erreurs et à ses échecs qu'on mesure
la faiblesse d'une civilisation.

Auteur inconnu

CHAPITRE PREMIER

Un meurtre mystérieux

De notre correspondant particulier : « Mary Turner, épouse de Richard Turner, fermier à Ngessi, a été trouvée assassinée hier matin, dans la véranda sur le devant de la maison.

« Le domestique, qui a été arrêté, avoue être l'auteur du crime dont les mobiles n'ont pas encore été découverts. On présume que le meurtrier a agi poussé par la cupidité. »

Bien que le journal ne fît aucun commentaire, le fait divers, sous son titre sensationnel, ne dut pas manquer d'attirer l'attention de nombreux lecteurs dans le pays tout entier, mais l'indignation qu'ils éprouvèrent n'était pas exempte d'une sorte d'obscure satisfaction à voir les faits leur donner raison : n'avaient-ils pas depuis longtemps prévu le drame qui venait d'éclater ?

Tel est le sentiment des blancs chaque fois qu'un indigène vole, assassine ou commet un viol.

Et la page fut tournée.

Mais les habitants du district, qui connaissaient les Turner de vue ou avaient simplement jasé sur leur compte depuis tant d'années ne pouvaient aussi aisément oublier le drame. Nombre d'entre eux découpèrent l'article, le rangèrent parmi les vieilles lettres ou entre les pages d'un livre pour le conserver comme un document prophétique : ils contemplaient le papier jauni par le temps avec des visages impénétrables, mais ils ne se livraient à aucun commentaire et (c'était bien ce qu'il y avait d'extraordinaire dans ce cas), comme s'ils étaient doués d'un sixième sens qui leur soufflait tout ce qu'il y avait à savoir sur l'affaire, bien que les trois seuls êtres qui auraient été en mesure de faire la clarté sur le drame n'eussent jamais parlé.

Tous gardaient bouche cousue ; si quelqu'un hasardait : « Vilaine affaire », aussitôt on lisait la méfiance sur tous les visages et la réplique ne se faisait pas attendre : « Très vilaine affaire. » On en restait là. Il semblait qu'il y eût une entente tacite pour éviter les bavardages qui risquaient de donner à l'affaire Turner une trop grande publicité.

Et pourtant les événements étaient rares dans cette région agricole où les blancs et leurs familles vivaient isolés, ne se rencontrant que de loin en loin. Chacun était alors ravi de bavarder un moment, de discuter, de déchirer allègrement son prochain, bref de tirer le maximum d'un contact d'une heure ou deux. Après quoi, ils rentraient dans leurs fermes solitaires, où, pendant d'interminables semaines, les uns et les autres ne verraient que leurs propres visages et ceux de leurs serviteurs noirs.

Ce meurtre aurait dû alimenter leurs conversations pendant des mois. Une telle aubaine était rare. À s'en tenir aux apparences on aurait pu croire que le dynamique Charlie Slatter avait pris la peine de parcourir toute la région, allant de ferme en ferme, pour enjoindre à tous de faire le silence autour de l'affaire ; mais il est certain qu'une telle idée ne lui serait jamais venue à l'esprit.

Les démarches qu'il entreprit (sans commettre une seule maladresse) n'avaient rien de prémédité, semble-t-il. Le plus curieux de l'histoire, c'était sans doute cette entente tacite, inconsciente. Leur comportement à tous rappelait celui d'une volée d'oiseaux qui communiquent entre eux, du moins nous l'imaginons, par une sorte de télépathie.

Bien avant que les Turner eussent été mis en vedette par ce crime, les gens, dès qu'il était question d'eux, prenaient ce ton méprisant qu'on a pour parler des ratés, des parias, voire des émigrés.

Les Turner n'étaient pas aimés, c'est un fait, bien que la plupart de leurs voisins ne les connussent même pas de vue ; mais alors, pourquoi les détestaient-ils ?

Ils se tenaient à l'écart, voilà tout. On ne les voyait jamais aux fêtes locales, aux sauteries, aux gymkhanas. Ils devaient avoir quelque chose à cacher, tel était le sentiment général. Il ne convenait pas de s'isoler ainsi. Leur attitude avait quelque chose d'insultant pour les autres. De quoi donc étaient-ils si vains ? Non, vraiment, avec la vie qu'ils menaient dans leur trou de maison ! Cette maison bonne tout au plus pour y camper ? Après tout, il y avait des indigènes (assez rares, Dieu merci) qui n'étaient pas plus mal logés. Quelle opinion pouvaient-ils avoir des blancs qui menaient une pareille vie ?

Et puis, quelqu'un n'avait-il pas un jour traité les Turner de « pauvres blancs », créant ainsi un certain malaise ?

En ce temps-là (c'est-à-dire avant l'ère des rois du tabac), les barrières créées par les différences de fortune étaient quasi inexistantes, mais il n'en allait pas de même pour les barrières raciales.

Les « Afrikaners [1] » formaient une petite communauté qui menait sa vie propre, et les Britanniques les ignoraient. L'expression « ces pauvres blancs » pouvait convenir à des Afrikaners mais pas à des Britanniques. Cependant celui qui avait traité les Turner de « pauvres blancs », insistait

---

1. Habitants de l'Afrique du Sud d'origine hollandaise. (*N.d.T.*)

d'un air de défi. Où était la différence ? Comment définir un pauvre « blanc », si ce n'est en fonction de son mode de vie ? Il ne manquait aux Turner qu'une flopée d'enfants pour mériter ce qualificatif.

Quoique ces arguments fussent irréfutables, chacun se refusait à considérer les Turner comme de « pauvres blancs », c'eût été se rabaisser soi-même. Après tout n'étaient-ils pas des Britanniques eux aussi ?

Voilà pourquoi le district entier les soutenait, conformément à cet « esprit de corps » qui est si fortement ancré dans la société de l'Afrique du Sud – mais que les Turner eux-mêmes semblaient ignorer. (Du moins, se refusaient-ils, en apparence, à convenir de la nécessité de ce fameux « esprit de corps ».)

Telle était en fait la raison de la haine qu'on leur portait.

Plus on songe à ce cas, plus il paraît extraordinaire. Je ne parle pas du meurtre lui-même, mais des réactions qu'il provoqua, de cette pitié que Dick Turner leur inspirait à tous, alors qu'ils n'éprouvaient pour Mary qu'une violente antipathie, comme si elle eut été je ne sais quoi de vil, voire même de repoussant, et qu'elle méritât d'être assassinée. Mais, en fin de compte, le silence était organisé autour du crime.

Ainsi, par exemple, ils avaient dû se demander qui était ce « correspondant particulier » mentionné par le journal ; quelqu'un du voisinage lui avait probablement fait tenir la nouvelle, car l'entrefilet était rédigé dans un style qui trahissait l'amateur ; mais, qui était cet inconnu ? Marston, le régisseur, avait quitté le pays aussitôt après le crime. Denham, le policier, aurait pu écrire au journal à titre privé, mais il y avait bien peu de chances qu'il l'eût fait. Il ne restait que Charlie Slatter qui en savait plus long que n'importe qui sur les Turner et se trouvait sur les lieux du crime le jour où il fut perpétré. On pouvait affirmer qu'il avait la haute main sur la conduite de l'affaire et prenait le pas sur le sergent lui-même. Et tout le monde jugeait que cela était parfaitement justifié. Le fait qu'une femme stupide s'était fait assassiner par un indigène pour des raisons qu'on pouvait soupçonner, mais dont on ne parlait et ne parlerait jamais, oui, ce fait, qui pouvait-il intéresser sinon les fermiers blancs ? N'était-ce pas leur gagne-pain, leurs femmes, tous leurs proches, leur mode de vie qui étaient en jeu ?

Mais un étranger aurait pu s'étonner de voir qu'on laissait Slatter assumer la direction de l'affaire et prendre ses mesures pour couper court aux commérages, car il ne pouvait y avoir de plan préconçu, ne fût-ce que par manque de temps. On se demandait par exemple pourquoi, quand les valets de ferme de Dick Turner étaient venus le prévenir, Charlie s'était assis pour mettre un mot au sergent au lieu de se servir du téléphone, mais tous ceux qui ont vécu à la campagne savent ce que représente un appel téléphonique : vous soulevez le récepteur après avoir imprimé à la manivelle le nombre de tours prescrits, puis click, click, click, vous entendez le bruit des récepteurs qu'on décroche dans tout le district et toute espèce de bruits hétéroclites. Slatter habitait à cinq milles de la ferme des Turner et c'est lui qu'allèrent prévenir les valets après avoir découvert le cadavre. Mais bien qu'il y eût urgence, Slatter préféra ignorer le téléphone et envoyer un indigène porter à bicyclette un message personnel à Denham, au quartier général de la police, à douze milles de chez lui. Le sergent expédia immédiatement une demi-douzaine de policiers indigènes à la ferme des Turner pour procéder au début de l'enquête. Quant à lui-même, il commença par se rendre chez Slatter car certains termes de son message l'avaient intrigué, et c'est pour cette raison qu'il était arrivé en retard sur le lieu du crime. Les policiers indigènes n'avaient pas eu à se livrer à de longues recherches pour mettre la main sur le meurtrier. Ayant parcouru la maison et rapidement examiné le cadavre, à peine s'étaient-ils égaillés au bas du monticule sur lequel était bâtie la ferme qu'ils avaient aperçu Moïse en personne. Il émergeait d'une fourmilière devant la maison et vint à eux en disant : « Je suis là » (ou enfin quelque chose d'approchant). Ils lui mirent prestement les menottes qui claquèrent avec un bruit sec et retournèrent vers la ferme pour attendre les cars de la police. C'est alors qu'ils virent Dick Turner sortir d'un fourré voisin flanqué de deux chiens qui grognaient sur ses talons. Il semblait avoir perdu la raison, se parlait à lui-même, retournait dans le fourré pour en ressortir aussitôt les mains pleines de feuilles et souillées de terre. Ils le laissèrent libre d'aller et venir à sa guise tout en le surveillant. Il était un blanc malgré sa folie et les noirs, fussent-ils des policiers, n'osent jamais porter la main sur un blanc. Mais pourquoi diable le meurtrier s'était-il livré lui-même ? Certes, il avait peu de chances d'échapper, mais il aurait pu filer dans les montagnes, s'y cacher quelque temps ou traverser la frontière et s'enfoncer en territoire portugais... Toutefois le commissaire aux Affaires indigènes du district devait déclarer plus tard, au cours du cocktail, que cette conduite s'expliquait parfaitement. Ceux qui étaient tant soit peu au courant de l'histoire du pays ou avaient lu tout au moins les mémoires, les lettres des premiers missionnaires, des explorateurs, avaient dû avoir entre les mains les statuts de l'État gouverné par Lobengula. Les lois étaient strictes, chacun savait ce qui était permis ou interdit. Si quelqu'un se rendait coupable d'un crime inexpiable, s'il avait par exemple osé toucher à l'une des femmes du roi, il devrait subir le châtiment inéluctable, et se laisserait empaler au-dessus d'une fourmilière, brûler sur un bûcher, ou livrer à tout autre supplice aussi réjouissant, et mourrait en répétant, en proie au repentir : « J'ai commis un crime, je le reconnais, laissez-moi subir mon châtiment. » Eh oui, la tradition voulait que le coupable affrontât le supplice avec résignation et, à tout prendre, il y avait là quelque chose d'assez beau.

De telles remarques semblent excusables quand elles sont faites par des commissaires aux Affaires indigènes obligés de connaître plusieurs langues, pas mal de dialectes et de coutumes, bien qu'il soit assez malséant et d'un goût douteux d'admirer le comportement des indigènes, mais la mode évolue et il est parfois permis de glorifier les anciennes coutumes à condition de faire aussitôt remarquer combien les indigènes se sont corrompus par la suite. Cet aspect de l'affaire fut donc laissé dans l'ombre, bien qu'il n'en fût pas le moins intéressant. Il se pouvait, après tout, que Moïse ne fût point un Matébélé ; le fait qu'il se trouvait dans le Mashanaland ne prouvait rien, bien entendu. Les indigènes ont l'habitude de vagabonder d'un bout à l'autre de l'Afrique et il pouvait aussi bien être originaire des possessions portugaises que du Nyasaland ou des pays de l'Union sud-africaine, et puis bien des siècles s'étaient écoulés depuis le règne du grand roi Lobengula. Chacun sait aussi que les commissaires aux Affaires indigènes ont toujours tendance à se référer un peu trop volontiers au passé.

Ayant donc envoyé son message au quartier général de la police, Charlie Slatter se rendit lui-même chez les Turner dans sa grosse voiture américaine qui filait comme un bolide sur les mauvaises routes rurales. Qui était donc ce Charlie Slatter qui pour les Turner, d'un bout à l'autre de cette tragédie, devait personnifier la Société ? Il se retrouve à différentes reprises impliqué dans cette affaire et sans lui les choses eussent sans doute pris une tournure entièrement différente, quoique tôt ou tard, d'une façon ou d'une autre, il dût fatalement arriver malheur aux Turner.

Slatter avait été employé autrefois dans une épicerie à Londres. Il aimait répéter à ses enfants que sans son énergie et son esprit d'initiative ils en seraient encore à croupir dans les ruelles sordides de la grande ville. Même après vingt ans de séjour en Afrique, il demeurait un pur cockney ; en s'installant, il n'avait eu qu'une idée : gagner de l'argent, et il en gagna, il en gagna même beaucoup. Il était mal embouché, grossier, impitoyable, et cependant il ne manquait pas de cœur à sa manière et, bien qu'il ne cessât jamais d'obéir à cet irrépressible instinct qui le poussait à s'enrichir toujours davantage, il exploitait sa ferme comme il aurait tourné la manivelle d'une machine à fabriquer la monnaie. Il était dur avec sa femme et lui avait imposé à leurs débuts de lourdes privations, il s'était montré dur avec ses enfants jusqu'au jour où il avait fait fortune. Depuis, il ne leur refusait rien ; mais par-dessus tout, il était dur avec les laboureurs, les valets, ces poules qui pondaient pour lui des œufs d'or. En ce temps-là, ces pauvres gens n'imaginaient pas un instant qu'on pût gagner sa vie autrement qu'à fabriquer de l'or pour autrui ; depuis ils ont compris, ou ils commencent à comprendre... Mais Slatter croyait à la nécessité de mener sa ferme à la baguette ; cette baguette était un fouet en l'occurrence, on le voyait accroché au-dessus de la porte d'entrée comme un emblème : ne craignez pas de tuer s'il le faut. Lui-même, un jour, dans un accès de colère, avait tué un indigène et il avait été condamné à une amende de trente livres ; depuis lors, il avait appris à se dominer, mais si les fouets sont éminemment utiles à Slatter et à ses semblables, il n'en est pas de même pour ceux qui n'ont point leur force et leur assurance. C'était Charlie qui, autrefois, quand Dick Turner avait acheté sa ferme, lui avait dit qu'on devait se procurer un fouet avant même d'acquérir une charrue et une herse, mais le fouet n'avait été d'aucun secours pour les Turner, bien au contraire, comme nous le verrons.

Slatter était un homme court, trapu et puissant, aux épaules massives, aux bras musclés. Son petit œil perçant luisait dans sa figure large et poilue, sa tignasse blonde était tondue ras et lui donnait l'air d'un forçat mais il ne se souciait aucunement des apparences. Ses petits yeux bleus étaient presque invisibles avec cette manière qu'il avait de plisser les paupières après tant et tant d'années de dur soleil sud-africain.

Cramponné à son volant dans sa hâte d'arriver chez les Turner, ses yeux n'étaient que deux fentes bleues dans son visage de pierre. Il se demandait pourquoi Marston, le régisseur, qui après tout était son employé, n'était pas venu le voir au sujet du crime ou ne lui avait pas envoyé un message. Où pouvait-il bien être ?

La hutte où il logeait se trouvait à quelques centaines de mètres de la maison du crime. Aurait-il eu la frousse et pris la fuite ? On pouvait s'attendre à tout, se disait Charlie, avec ce type de jeune Anglais. Il éprouvait le plus profond mépris pour ces jeunes Britanniques au visage délicat, à la voix douce ; mais en même temps, il était littéralement fasciné par leur savoir-vivre et leurs manières. Ses propres fils, des hommes faits, à présent, étaient des gentlemen. Charlie avait dépensé sans compter pour arriver à ce résultat mais il ne pouvait s'empêcher de les mépriser encore qu'il fût fier d'eux ; la complexité de son sentiment apparaissait dans son comportement à l'égard de Marston, un mélange de dureté, d'indifférence et de secrète considération. Mais pour l'instant il ne ressentait à son égard qu'une vive irritation.

Il était à mi-chemin quand il sentit pencher la voiture, il la redressa en poussant un juron : « Un pneu crevé, non deux... » Sur la boue rougeâtre de la route traînaient des éclats de verre, il pensa avec irritation : « C'est bien de Turner d'avoir ses routes jonchées de verre... » Mais Dick Turner n'était plus qu'un objet de pitié, une pitié passionnée et protectrice et Charlie tourna ses foudres contre Marston, le régisseur, qui aurait dû empêcher le crime. Pourquoi le payait-on, après tout ? Pourquoi l'avait-on engagé ? Mais il se domina pourtant car il savait être équitable pour ceux de sa race et descendit pour réparer l'un des pneus crevés, puis il changea l'autre, s'escrimant dans l'épaisse boue rougeâtre du chemin. Ce travail lui prit trois quarts d'heure et lorsqu'il eut fini, ramassé les fragments de verre et les eut jetés dans les fourrés, son visage et ses cheveux étaient trempés de sueur.

Quand il arriva enfin à la maison du crime, il vit, en approchant à travers les fourrés, six bicyclettes étincelantes appuyées au mur. Sous les arbres, devant la maison, se tenaient six policiers indigènes, entourant Moïse qui avait les bras enchaînés et ramenés devant lui. Le soleil brillait sur les menottes, les bicyclettes et la masse épaisse du feuillage. La matinée était humide et accablante. Le ciel n'était qu'un amas chaotique de nuages.

Charlie rejoignit les policiers, qui le saluèrent. Ils étaient coiffés de fez et vêtus de leurs uniformes de haute fantaisie, mais Charlie n'en avait cure. Il aimait voir ces indigènes convenablement habillés selon leur grade, ou alors nus, les reins à peine ceints d'un pagne. Il ne supportait pas l'indigène à moitié civilisé. Les policiers choisis pour leur prestance étaient de beaux spécimens d'hommes mais Moïse, un grand et splendide garçon, aussi noir et brillant qu'une toile cirée, les éclipsait tous. Il n'était vêtu que d'un short et d'un gilet trempés, couverts de boue.

Charlie s'arrêta devant le meurtrier, et le regarda en face, fixement. L'homme soutint son regard d'un air morne, indifférent. Le visage de Charlie lui-même avait une curieuse expression : on pouvait y déchiffrer une sorte de triomphe, une rancune secrète en même temps que la peur, mais pourquoi cette crainte ? Que redoutait-il ? Pas Moïse, qu'on pouvait déjà considérer comme virtuellement pendu. Cependant, il semblait gêné, troublé... Il fit un effort, se domina et, se retournant, vit Dick Turner qui se tenait à quelques pas de lui. Il était, des pieds à la tête, couvert de boue. « Turner ! » fit Charlie d'un ton impératif, puis il se tut, regarda l'homme en face. Dick ne semblait pas le reconnaître. Charlie prit le fermier par le bras et le mena vers sa voiture. À ce moment-là, il ne se doutait pas encore qu'il était complètement fou, et l'eût-il su que sa colère en aurait encore été accrue.

L'ayant fait asseoir à l'arrière de la voiture, il se rendit lui-même dans la maison. Il trouva Marston debout dans la pièce du devant, les mains dans les poches ; son attitude était calme et nonchalante, mais l'anxiété se lisait sur son visage pâli.

— Où étiez-vous ? interrogea Charlie, adoptant d'emblée un ton accusateur.

— D'habitude, Mr. Turner vient me réveiller, répondit le jeune homme d'un air calme, mais ce matin j'ai dormi tard. En entrant dans la maison, j'ai trouvé Mrs. Turner dans la véranda, puis j'ai vu arriver les policiers, je vous attendais...

Il semblait effrayé, mais c'était la crainte de la mort qui faisait trembler sa voix et non l'effroi qui commandait les actes de Charlie. Le jeune homme n'avait pas vécu assez longtemps dans le pays pour comprendre quelle était cette singulière terreur qui s'était emparée de Slatter. Ce dernier se contenta de grogner pour toute réponse. Il ne prononçait jamais plus de paroles qu'il n'était indispensable. Il jeta à Marston un long regard chargé de curiosité, comme s'il essayait de deviner pourquoi les nègres employés à la ferme des Turner n'avaient pas appelé un homme qui dormait à quelques mètres de là au lieu de courir instinctivement chez lui, mais son regard n'exprimait plus ni antipathie ni mépris pour Marston, c'était plutôt le coup d'œil d'un homme jaugeant un associé éventuel qui n'aurait pas encore fait ses preuves.

Il se détourna et passa dans la chambre à coucher. Mary Turner n'était qu'une forme immobile sous un drap blanc souillé. À un bout du drap, jaillissait une masse de cheveux blonds, couleur de paille, à l'autre, dépassait un pied jaunâtre et un peu déformé. Alors, il se passa une chose curieuse, cette haine, ce mépris qu'on se serait attendu à voir tout à l'heure, sur les traits de Charlie, quand il dévisageait le meurtrier, défigurèrent soudain son visage pendant qu'il fixait Mary. Il fronça les sourcils, ses lèvres se retroussèrent, montrant ses dents dans une grimace haineuse ; cela ne dura qu'un instant. Il tournait le dos à Marston, qui aurait été stupéfait s'il avait pu surprendre cette expression. Puis d'un mouvement brusque, furieux, Charlie se détourna et quitta la pièce en poussant le jeune homme devant lui.

Marston dit : « Elle gisait dans la véranda, je l'ai portée sur son lit. » Il frissonna au souvenir de ce contact avec le cadavre glacé. « J'ai pensé qu'on ne pouvait pas la laisser là. » Il hésita, puis blême, les traits contractés, ajouta : « Les chiens se rapprochaient déjà en se pourléchant. » Charlie acquiesça d'un signe de tête en lui lançant un regard aigu. Il ne se souciait nullement, c'était visible, de l'endroit où gisait Mary mais il approuvait le sang-froid dont avait fait preuve le régisseur dans l'accomplissement d'une tâche peu réjouissante.

— Il y avait du sang partout... Je l'ai essuyé, mais ensuite j'ai pensé que je n'aurais pas dû y toucher à cause de la police.

— Bah ! Ce n'est pas la peine de faire des histoires, fit Charlie d'un air absent.

Il se laissa tomber sur un des sièges rustiques qui garnissaient la pièce du devant et se mit à siffloter doucement entre ses dents, d'un air songeur. Marston restait debout devant la fenêtre, guettant l'arrivée du car de la police. Charlie promenait de temps en temps un vif regard autour de lui en se passant la langue sur les lèvres, puis il se remettait à siffloter tout bas. Ce manège énervait le jeune homme.

Enfin, Charlie hasarda d'un air réservé, comme s'il voulait lui donner un avertissement :

— Que savez-*vous* de tout cela ?

Marston nota l'accent emphatique mis sur le mot « vous » et se demanda à son tour ce que savait Slatter. Il avait tout son sang-froid, mais ses nerfs étaient tendus à l'extrême.

— Oh !... Je ne peux pas dire que... en fait, je ne sais rien... fit-il, tout cela est si difficile...

Il hésita en lançant à Charlie un regard suppliant.

Cette discrète imploration irrita Slatter, elle lui semblait indigne d'un homme, mais en même temps, elle le flattait. Il éprouvait une satisfaction à se dire que le jeune homme faisait appel à lui.

Il connaissait bien ce type de garçons, il en avait tant vu arriver d'Angleterre de ces gars désireux d'apprendre à mener une ferme ; généralement frais émoulus des grandes écoles, ils étaient on ne peut plus anglais et cependant, visiblement capables de s'adapter – du point de vue de Charlie cette souplesse était du reste une qualité –, on s'étonnait même de constater la rapidité avec laquelle ils s'acclimataient. Au début, ils se montraient timides, mais fiers et réservés. Ils étudiaient attentivement les coutumes si neuves pour eux et témoignaient d'une sensibilité et d'une lucidité toujours en éveil.

Quand de vieux colons vous déclarent : il faut comprendre ce pays, on doit entendre : il faut vous habituer à nos idées, à notre manière de considérer les nègres, en fait, voici le sens exact de leurs paroles : adoptez notre façon de voir ou quittez le pays, si vous résistez nous ne voulons pas de vous. La plupart de ces jeunes gens s'étaient vu inculquer de vagues idées sur l'égalité des hommes ; aussi, au début, étaient-ils choqués pendant au moins une ou deux semaines de voir comment on traitait les indigènes. Ils s'indignaient cent fois par jour : tantôt c'était la manière dont on en parlait, comme s'ils n'étaient que du bétail... tantôt un coup qu'ils avaient surpris ou un regard. Eux-mêmes étaient décidés à traiter les nègres en êtres humains, mais ils ne pouvaient lutter contre la société à laquelle ils s'intégraient et on les voyait bientôt se transformer. Bien sûr, il était pénible de se dire qu'on devenait aussi mauvais que les autres, mais il ne leur fallait pas longtemps pour modifier leur jugement, à quoi nous mènent d'ailleurs nos idées ? Ces idées abstraites sur la décence, la bonne volonté... Oui, de pures, de simples abstractions ! En fait, on n'avait aucun rapport avec les indigènes, en dehors de celui de maître à serviteur, on ne savait rien de leur vie personnelle, on ne les connaissait jamais en tant qu'êtres humains. Quelques mois suffisaient pour épaissir et hâler les corps de ces jeunes gens si sensibles, si convenables, et les endurcir au moral comme au physique pour leur permettre de s'adapter à ce pays si rude, aride, consumé de soleil, où ils étaient venus se fixer.

« Ah ! si Tony Marston avait seulement vécu quelques mois de plus dans le pays, tout aurait été facile », se disait

Charlie en enveloppant le jeune homme d'un regard à la fois soucieux et dubitatif qui n'impliquait aucune hostilité, mais cherchait simplement à le mettre en garde.

— Qu'entendez-vous par ces mots « si difficile » ? dit-il enfin.

Tony Marston parut troublé comme s'il n'arrivait pas à faire le point dans cette affaire qui demeurait si obscure pour lui. Les semaines qu'il venait de passer dans cette atmosphère de tragédie qui régnait chez les Turner n'avaient pas été de nature à l'éclairer. L'idéal auquel il croyait à son arrivée et le point de vue auquel il était en train de se rallier luttaient encore dans son cœur ; et puis, il y avait dans la voix de Charlie une note rude et quasi menaçante, qui l'avait surpris. « Contre quoi me met-il en garde ? » s'était-il dit, car il était assez intelligent pour comprendre un tel avertissement ; en quoi il différait d'un être aussi instinctif que Charlie qui, lui, était inconscient de la menace qui vibrait dans sa voix.

Tout était si étrange, si déroutant, pensait Tony. Où était la police ? De quel droit avait-on été chercher Charlie, qui n'était qu'un voisin, avant lui-même, qui faisait partie de la maison ? Encore une fois, de quel droit Charlie se permettait-il de prendre tout tranquillement en main la direction de l'affaire ?

Toutes les notions de Tony sur le droit et la justice étaient bouleversées ; malgré son trouble, il avait son idée sur le crime, seulement il aurait été incapable de l'exposer clairement, de la mettre noir sur blanc. Quand il y réfléchissait, ce meurtre lui paraissait logique et, s'il se reportait à ces derniers jours, il se rendait compte qu'une catastrophe paraissait inévitable ; il pouvait presque affirmer qu'il s'était attendu à un acte de violence, une scène d'horreur... La fureur, la violence, la mort, semblaient du reste naturelles dans cette vaste et rude contrée.

Il avait beaucoup réfléchi depuis qu'il était entré par hasard, ce matin, dans la maison, se demandant pourquoi tout le monde se levait si tard, et avait trouvé Mary, assassinée dans la véranda, tandis qu'au-dehors les policiers gardaient le domestique et que Dick Turner, qui avait perdu la raison mais semblait inoffensif, grommelait en trébuchant dans les flaques. Ce qu'il n'avait pas saisi d'emblée, il le comprenait à présent et il était prêt à dire tout ce qu'il savait des Turner ; mais il ne s'expliquait pas pour autant l'attitude de Charlie.

— Eh bien, voilà, fit-il ; quand j'ai débarqué, je n'en savais pas bien long sur le pays...

— Merci pour le renseignement, riposta Charlie avec une ironie plaisante mais brutale, puis il ajouta :

— Avez-vous une idée de la raison pour laquelle ce nègre a assassiné Mrs. Turner ?

— ... Eh bien, oui, je crois que j'en ai une.

— Oh ! alors, je pense qu'il vaut mieux attendre l'arrivée du sergent et nous en remettre à lui ; il ne va pas tarder...

Tony prit ces paroles pour un affront. On lui fermait la bouche. Il se sentait furieux et déconcerté, mais il retint sa langue.

Quand le sergent arriva enfin, il commença par aller jeter un coup d'œil sur le meurtrier, puis il s'en fut observer Dick à travers la glace de l'auto de Charlie.

Après quoi, il entra dans la maison.

— Je suis allé chez vous, Slatter, fit-il en saluant Tony d'un signe de tête et en lui lançant un regard aigu.

Ensuite, il passa dans la chambre à coucher et là, ses réactions furent les mêmes que celles de Charlie, indignation à l'égard du meurtrier, pitié émue pour Dick, rage amère et méprisante envers Mary. Le sergent Denham avait vécu pas mal d'années dans ce pays. Cette fois, Tony surprit cette expression sur les traits du policier et il en éprouva comme un choc. Les visages des deux hommes tels qu'il les voyait, penchés sur le cadavre et le contemplant, éveillèrent en lui un malaise mêlé à une sorte d'effroi. Lui-même, pour sa part, était plutôt choqué, mais comme il l'aurait été par n'importe quelle injustice sociale, et surtout bouleversé de pitié, sachant ce qu'il savait.

Mais cette peur, cette profonde et instinctive horreur le plongeaient dans la stupéfaction.

Puis, tous les trois, sans un mot, passèrent dans la pièce voisine.

Charlie Slatter et le sergent Denham se tenaient côte à côte, comme des juges, dans une attitude qu'on aurait pu croire concertée. Tony leur faisait face et il avait beau se dominer, un sentiment absurde de culpabilité s'emparait de lui rien qu'à voir ces regards qui l'observaient, et ces visages, fermés, qu'il ne parvenait pas à déchiffrer.

— Vilaine affaire, fit le sergent d'un ton bref. Il n'y eut pas de réponse. Il tira un calepin, l'ouvrit, ajusta un élastique pour maintenir la page, prépara son crayon.

— Quelques questions si vous permettez, dit-il. Tony fit un signe d'assentiment.

— Depuis combien de temps êtes-vous installé ici ?

— Trois semaines, environ...

— Vous logiez dans la maison ?

— Non, dans une hutte au bout du sentier.

— Vous deviez diriger la ferme en leur absence ?

— Oui, pendant six mois.

— Et ensuite ?

— Ensuite, j'avais l'intention de faire un stage dans une plantation de tabac.

— Quand avez-vous appris ce qui s'est passé ?

— Ils ne m'ont pas appelé. Je me suis réveillé, et j'ai trouvé Mrs. Turner.

À l'intonation de Tony, on pouvait se rendre compte qu'il se tenait désormais sur ses gardes... Il était blessé, offensé qu'on ne l'eût pas appelé, mais ce qui l'atteignait au vif, c'était de constater que les deux hommes qui le regardaient semblaient trouver juste et naturel qu'il eût été ainsi évincé, comme si sa qualité de nouveau venu dans le pays lui interdisait de prendre ses responsabilités. Et puis, il se sentait froissé par la manière dont ils l'interrogeaient. Ils n'avaient aucun droit de le traiter ainsi. Il commençait à trembler de rage bien qu'il sût qu'ils étaient l'un et l'autre inconscients de leurs airs protecteurs et condescendants. Il se disait aussi qu'il aurait mieux fait de chercher à pénétrer la signification profonde de cette scène au lieu de buter sur des questions de dignité.

— Vous preniez vos repas avec les Turner ?
— Oui.
— En dehors des repas, fréquentiez-vous la maison, disons en ami ?
— Non, presque pas. J'étais très occupé à me mettre au courant de mon travail.
— Vous vous entendiez bien avec Turner ?
— Oui. Je crois, du moins... Je veux dire qu'il n'était pas facile à connaître... absorbé par son travail et... il paraissait très malheureux de quitter sa ferme.
— Oui, pauvre diable, ç'a été un coup dur...

Sa voix était attendrie, presque larmoyante bien que le sergent crachât littéralement les mots, après quoi il serrait les lèvres comme s'il s'efforçait de faire bonne contenance aux yeux des assistants. Tony était déconcerté : les réactions si inattendues des deux hommes le laissaient interdit. Il ne partageait aucun de leurs sentiments ; il restait étranger à cette tragédie, il le savait, alors que le sergent et Charlie Slatter s'y sentaient mêlés, on le devinait rien qu'à voir la manière dont ils se tenaient instinctivement :

dignes, mais écrasés sous le poids de l'insupportable fardeau qu'étaient pour eux les souffrances du pauvre Dick.

Et cependant, n'était-ce pas Charlie, en fait, qui avait chassé Dick de sa ferme ? À ses précédentes visites, du moins toutes les fois où Tony était présent, il n'avait jamais eu le moindre élan de pitié.

Il y eut un long silence...

Le sergent ferma son calepin, mais il n'en avait pas fini pour autant avec son questionnaire.

Il observait Tony d'un air circonspect, se demandant comment poser la question suivante. Le jeune homme comprit qu'on était arrivé au point crucial de l'affaire, le visage de Charlie, son expression circonspecte mais un peu effrayée le proclamaient.

— Avez-vous remarqué quoi que ce soit d'extraordinaire pendant votre séjour ici, demanda le sergent comme s'il n'attachait aucune importance à la question.

— Oui, lâcha Tony, décidé à ne pas se laisser intimider bien qu'il mesurât l'abîme qui le séparait de ces deux hommes d'expérience.

À ces mots, ils le toisèrent brusquement, puis ils échangèrent un regard et détournèrent aussitôt les yeux comme s'ils craignaient de paraître complices.

— Qu'avez-vous remarqué ? J'espère que vous vous rendez compte de tout ce que cette affaire présente de déplaisant ?...

— Tout assassinat est forcément déplaisant, rétorqua Tony d'un ton sec.

— Quand vous aurez vécu quelque temps dans le pays vous comprendrez que nous n'aimons pas voir les nègres assassiner les femmes blanches.

Cette phrase : « Quand vous aurez vécu..., etc. » resta fichée comme une arête dans le gosier de Tony, on la lui avait si souvent répétée ! Il se sentait à la fois irrité et terriblement conscient de son inexpérience.

Il aurait aimé lâcher la vérité tout d'un trait, la poser comme un « fait » irréfutable, mais elle ne s'y prêtait point, elle ne s'y prête du reste jamais. Ce qu'il savait ou avait deviné, concernant Mary, ce « fait » que les deux hommes, d'un commun accord, prétendaient ignorer, il n'aurait sans doute pas eu grand-peine à le faire admettre ; mais ce qui importait, ce qui était capital, du moins à ses yeux, c'était de connaître les circonstances, tout l'arrière-plan du drame, les caractères de Dick, de Mary, de se représenter leur manière de vivre et rien ne semblait moins facile. Lui-même n'était parvenu à la vérité que peu à peu par recoupements et c'était en usant du même procédé qu'il devait, à son sens, arriver à tout expliquer ; or, ce qui le touchait par-dessus tout, c'était le destin de ces trois êtres, Dick, Mary et l'indigène : ils lui inspiraient une immense pitié, une pitié objective en quelque sorte et il en voulait presque aux circonstances qui s'étaient liguées contre eux. Partagé entre ces impressions contradictoires, il ne savait par où commencer son récit.

— Écoutez, fit-il, je vous dirai tout ce que je sais en remontant au début, seulement, j'ai peur que ce ne soit long...

— Vous voulez dire que vous savez pourquoi Mrs. Turner a été assassinée ?

— Non, je ne peux pas dire cela... Mais j'ai ma théorie, là-dessus...

L'expression était on ne peut plus malheureuse.

— Nous n'avons que faire de théories. Il nous faut des faits. Pensez à Dick Turner. Tout ceci est on ne peut plus pénible pour lui. Ne l'oubliez pas... pauvre diable.

Bon, voilà qu'ils recommençaient à faire appel à ses sentiments. Tony perdit patience.

— Voulez-vous entendre ce que j'ai à vous dire ou ne le voulez-vous pas ? demanda-t-il avec irritation.

— Allez-y, mais n'oubliez pas que je ne m'intéresse pas à vos commentaires. Tenons-nous-en aux faits. Avez-vous jamais surpris quoi que ce soit de précis... qui soit de nature à nous éclairer quant au meurtre. Par exemple avez-vous jamais vu le noir rôder autour de ses bijoux, ou quelque chose d'approchant ? Des faits précis, rien que des faits !

Tony se mit à rire. Les deux hommes lui lancèrent un regard aigu.

— Vous savez aussi bien que moi, dit-il, que ce cas n'est pas de ceux qui s'expliquent aussi facilement. Ce n'est pas une histoire qu'on puisse dévider comme un chapelet... mettre noir sur blanc.

On était en plein dans une impasse et les trois hommes restèrent un instant silencieux. Enfin, le sergent Denham reprit d'un air sombre comme s'il n'avait même pas entendu cette réflexion.

— Dites-nous, par exemple, comment Mrs. Turner traitait son domestique... Était-elle bonne pour ses serviteurs ?

Alors Tony, qui malgré sa colère cherchait gauchement une perche à saisir dans ce chaos d'émotions contradictoires, s'accrocha à cette question qui pouvait lui permettre d'amorcer son récit.

— Elle le traitait mal ; c'était du moins mon impression, quoique d'un autre côté...

— Toujours à criailler après lui, n'est-ce pas ? Il faut reconnaître que les femmes sont souvent assez terribles pour cela, dans ce pays, n'est-il pas vrai, Slatter ? demanda-t-il d'un ton familier et bon enfant. Ma femme, la pauvre vieille, me rend fou par moments. Cela doit tenir au pays. Elles n'ont pas la moindre idée de la manière dont on doit traiter les nègres.

— Il faut un homme pour s'occuper des nègres, décréta Charlie. Ils ne comprennent pas que les femmes puissent les commander car, eux, ils savent obliger leurs femelles à se tenir à leur place.

Il se mit à rire ; le sergent lui fit écho et ils se tournèrent l'un vers l'autre, avec un soulagement évident. L'atmosphère était brusquement détendue et Tony se sentit joué une fois de plus. L'interrogatoire paraissait terminé bien qu'il se refusât encore à l'admettre.

— Mais voyons... Écoutez donc, fit-il.

Brusquement il s'arrêta car les deux hommes s'étaient retournés et, dans leurs regards lourds et glacés, il lisait une sorte de menace : le blanc-bec qu'il était à leurs yeux aurait tout avantage à se taire.

C'en était trop pour Tony. Il céda : cette affaire ? il s'en lavait désormais les mains ; mais en observant les deux autres il s'avisa avec une immense surprise qu'à leur insu même ils agissaient en plein accord ; sans se douter à quel point leur comportement pouvait paraître extraordinaire, illégal... Mais après tout, qu'y avait-il d'illégal dans une conversation banale tenue sur le théâtre du drame ? Il ne s'agissait nullement d'un interrogatoire officiel, le sergent Denham n'avait-il pas précisément refermé son calepin au moment où ils abordaient le point crucial ?

Charlie se tourna vers le sergent en disant :

— Vous feriez bien d'emporter le corps. Il fait trop chaud pour la laisser attendre.

— Oui, admit le policier.

Et il s'éloigna pour donner des ordres.

Cette remarque, si brutale, si prosaïque, devait être, Tony s'en rendit compte plus tard, la seule allusion directe faite à la pauvre Mary Turner au cours de cette histoire. Mais au fait, pourquoi aurait-on parlé d'elle ailleurs qu'ici, dans sa maison, au cours d'une conversation purement amicale entre le fermier qui avait été son plus proche voisin, le policier qu'elle avait reçu chez elle en qualité d'hôte et le régisseur qui avait séjourné quelques semaines dans sa propriété ?

Oui, cette conversation n'avait rien d'officiel. Tony s'accrocha à cette pensée. Il y aurait plus tard une enquête sérieuse, un procès qui serait instruit selon toutes les règles.

— Le procès ne sera qu'une formalité, bien entendu, fit le sergent, comme s'il pensait tout haut, en jetant un regard au jeune homme.

Il se tenait devant le car de la police et surveillait les policiers indigènes qui étaient en train d'emporter le corps de Mary Turner, enveloppé dans une couverture, et de l'installer sur un siège à l'arrière de l'auto. Ses membres avaient déjà perdu la chaleur et la souplesse de la vie, et son bras tendu et rigide heurta avec un bruit sinistre la portière étroite de l'auto. On eut du mal à la faire entrer. Enfin ce fut fait et la portière claqua. Alors un autre problème se posa : on ne pouvait pas enfermer Moïse, le meurtrier, dans la même voiture que Mary ; il était impossible de mettre un noir près d'une blanche, même morte, assassinée par lui. Il ne restait que la voiture de Charlie, mais Dick, le fou, y avait été enfermé, et il était là, assis, les yeux fixes, sur le siège arrière. Tout le monde s'accordait à penser que Moïse, en sa qualité d'assassin, avait droit lui aussi à être emmené en voiture. Mais faute de place, il devrait en fin de compte, accomplir le trajet jusqu'au quartier général à pied, sous l'escorte des policiers conduisant leurs bicyclettes. Ces dispositions prises, il y eut un moment d'attente. Les deux hommes s'attardaient devant les voitures prêtes à démarrer ; ils regardaient la maison rouge brique, le toit de tôle qui luisait, chauffé à blanc, les fourrés épais, envahissants et, sous les arbres, le groupe des nègres qui s'éloignaient. Moïse, impassible en apparence, se laissait conduire passivement. Le visage dénué de toute expression, les yeux levés, on eût dit qu'il fixait le soleil. Pensait-il que c'était une des dernières fois qu'il lui était donné de le contempler ? Comment savoir ? Regrettait-il ? Il n'en témoignait rien. Était-ce la peur ? Il semblait bien que non. Les blancs regardaient le meurtrier d'un air sombre et méditatif, mais en fait il ne comptait plus pour eux, il n'était que l'éternel indigène, toujours prêt à voler, à tuer, à commettre un viol à la moindre occasion... Il avait perdu toute importance même aux yeux de Tony dont l'expérience en matière de psychologie indigène était trop rudimentaire pour lui permettre de se livrer à des conjectures.

— Et que fera-t-on de lui ? demanda Charlie en montrant Turner du doigt.

Il entendait : « Quel sera son rôle au cours du procès ? »

— J'ai bien l'impression qu'il ne peut plus servir à grand-chose, fit le sergent qui avait une grande expérience du crime, de la folie et de la mort.

Non, le seul acteur du drame qui comptait encore à leurs yeux était Mary qui, par sa conduite, avait porté préjudice au pays, mais elle-même une fois morte cessait d'être un problème. À présent, il ne restait qu'à sauver les apparences. Le sergent Denham était conscient de toute l'urgence de cette tâche qui lui incombait quoique de façon implicite, car il n'en était point fait mention dans le règlement, mais il savait qu'en s'y consacrant il se montrait fidèle aux aspirations de ce pays, aspirations dont lui-même était pénétré. Et Charlie Slatter le comprenait mieux que quiconque. Les deux hommes restaient donc là côte à côte, animés d'un pareil élan, émus d'un seul regret, d'une même crainte au moment du départ et ils regardaient Tony gravement comme pour lui donner un ultime et silencieux avertissement. Et Tony commençait à comprendre ou du moins savait-il que le combat qui, tout à l'heure, dans la pièce qu'ils venaient de quitter, s'était livré en quelques mots brefs, ponctués de silences, n'avait rien à voir avec le meurtre proprement dit ni avec la signification apparente de la scène. Sans doute, dans quelques mois, quand il connaîtrait mieux le pays, verrait-il beaucoup plus clair, et mettrait-il tous ses efforts à oublier ce qu'il savait, car pour vivre dans ce pays où le problème noir est si complexe, il faut renoncer à comprendre bien des choses, pour peu que l'on veuille être accepté par la société et s'y intégrer. Mais avant d'en arriver là, Tony connaîtrait sans doute de brèves périodes de lucidité au cours desquelles il comprendrait que c'était la civilisation des blancs, personnifiée par Charlie et le sergent, qui défendait sa vie, et que cette civilisation n'admettrait jamais qu'une personne de race blanche et tout particulièrement une femme, pût entretenir des rapports humains, dans le bien ou dans le mal, avec un noir, car si l'on admettait ces rapports, ne fût-ce qu'une seule fois, le système craquerait de toutes parts et rien ne pourrait le sauver. Voilà pourquoi il était impossible d'admettre une faillite comme celle des Turner.

Eu égard à ces quelques moments de lucidité et aux données assez confuses qu'il possédait quant au meurtre, dans l'état actuel des choses, on pouvait affirmer sans se tromper que Tony était, de tous les témoins de ce drame, celui qui portait la plus lourde responsabilité ; car, ni Slatter ni le sergent ne sauraient admettre une seconde qu'ils pouvaient avoir tort : inspirés comme ils l'étaient dans leurs moindres actes par la conscience des rapports entre blancs et noirs et un sentiment presque torturant du rôle qui leur incombait. Cependant, Tony nourrissait, lui aussi, le désir d'être adopté par ce nouveau pays ; il devrait donc se conformer à ses traditions et, s'il s'y refusait, tout le portait à croire qu'il serait rejeté. Il avait trop souvent entendu la phrase : « s'habituer à nos idées » pour garder la moindre illusion ; et s'il agissait guidé par la notion de valeurs qui lui paraissaient déjà moins sûres conformément à sa conviction d'avoir vu commettre une monstrueuse injustice, en quoi le sort de l'unique participant au drame demeuré vivant à ce jour, oui en quoi ce sort serait-il changé ? De toute façon, Moïse serait pendu ; il avait tué, le fait demeurait. Tony allait-il continuer de lutter dans les ténèbres au nom d'un principe ; et de quel principe en définitive ? S'il s'était avancé au moment où le sergent Denham montait enfin en voiture, et lui avait dit : « Écoutez, vous n'allez pas me forcer à me taire, à cacher ce qui s'est passé. » Oui, s'il l'avait fait comme il en avait été tenté, qu'aurait-il gagné ? Il était bien évident que le sergent ne l'aurait jamais compris ; son front se serait rembruni, son visage contracté de colère et il se serait tiré du guêpier en s'écriant : « Vous taire, à quel propos ? Qui vous a demandé de vous taire ? » Et si Tony avait balbutié quelques mots sur sa responsabilité le sergent aurait simplement haussé les épaules en lançant à Charlie un regard significatif. Tony aurait pu poursuivre en ignorant ce haussement d'épaules et ce regard, qui l'accusaient d'avoir tout compris de travers : « Si vous tenez à accuser quelqu'un, aurait-il dit, alors choisissez Mrs. Turner. Vous ne pouvez jouer sur les deux tableaux : ou bien les blancs sont responsables de leur conduite, ou ils ne le sont pas, un meurtre engage toujours deux personnes, j'entends un meurtre comme celui-ci sans qu'il soit d'ailleurs possible de tenir la victime pour responsable, ce n'était pas sa faute si elle était ainsi faite ; j'ai partagé leur vie à tous les trois, alors qu'aucun de vous ne l'a fait et je vous dis que toute cette histoire est si compliquée qu'on ne peut désigner le vrai coupable. » Alors, le sergent aurait riposté : « Vous pourrez raconter tout ce qui vous paraît vrai, au tribunal, le jour du procès. » Oui, c'est ainsi qu'il se serait exprimé comme si le verdict n'avait pas déjà été tacitement rendu, moins de dix minutes auparavant, et le sergent aurait peut-être ajouté : « Condamner ? Qui parle de condamner ?... Il n'en a pas été question, il me semble. Vous ne pouvez nier le fait qu'elle a été assassinée par le nègre, n'est-il pas vrai ? » Voilà pourquoi Tony ne dit rien et regarda le car de la police s'éloigner entre les arbres. Charlie Slatter suivait dans sa propre voiture en compagnie de Dick Turner. Tony restait seul au milieu de la clairière vide, devant la maison déserte. Il y rentra à pas lents, obsédé par une image qui s'était imprimée profondément en lui au cours de la matinée et qu'il considérait comme la clé de toute l'affaire : les regards de Slatter et du sergent qu'il avait surpris pendant qu'ils contemplaient le cadavre à leurs pieds, ces regards quasi hystériques qui exprimaient la fureur et l'épouvante, le hantaient depuis cet instant. Il s'assit et porta la main à sa tête qui lui semblait prête à éclater, puis il se leva et alla chercher dans un placard tout poussiéreux de la cuisine, une fiole de pharmacie, portant l'étiquette « Brandy ». Il en but quelques gorgées : ses genoux et ses cuisses tremblaient, il se sentait faible et n'éprouvait que répugnance pour cette affreuse petite baraque qui semblait enfermer entre ses murs et jusque dans les briques et le ciment dont ils étaient faits toute l'horreur et les maléfices de ce meurtre. Soudain, il sentit qu'il ne pouvait pas rester là, non, pas une minute de plus. Il leva les yeux vers le toit de tôle qui luisait, chauffé à blanc, et jeta un coup d'œil au misérable mobilier tout fané, au carrelage : des briques poussiéreuses couvertes de peaux de bêtes en lambeaux et il s'étonna que Dick et Mary se fussent résignés à vivre tant d'années dans un pareil taudis. La petite hutte couverte de chaume où lui-même avait vécu derrière la ferme, était certes moins misérable. Comment avaient-ils pu rester là jour après jour, mois après mois sans même installer un plafond au-dessus de leurs têtes. N'importe qui aurait perdu la raison dans cette chaleur torride.

Puis, se sentant un peu hébété (l'alcool ayant agi instantanément par cette température), il en vint à se demander comment et où avait commencé l'affaire. Slatter et le sergent avaient beau dire, Tony s'en tenait obstinément à la conviction qu'il fallait remonter très loin en arrière pour découvrir les causes du drame ; et c'était somme toute la seule chose qui importait. Quelle espèce de créature était Mary Turner avant son arrivée dans cette ferme où la pauvreté, la chaleur et la solitude lui avaient fait perdre peu à peu son équilibre... Dick Turner lui-même, quel homme avait-il été ? Et le nègre ? Arrivé à ce point de ses réflexions, Tony dut s'avouer qu'il était incapable d'imaginer quelles pouvaient être les pensées d'un nègre. Il passa sa main sur son front, essayant désespérément et pour la dernière fois de se représenter un tableau d'ensemble qui lui permît de se faire une idée nette du meurtre et de le dégager, en quelque sorte, de la confusion et du mystère qui l'entouraient ; mais il n'y parvint pas ; c'était cette chaleur torride, et le souvenir exaspérant de l'attitude adoptée par les deux hommes continuait à l'obséder. Il avait le vertige. « Cette pièce est une véritable étuve », songea-t-il avec colère, mais en se levant, il put constater qu'il avait peine à se tenir sur ses jambes – il n'avait pourtant pas bu plus de deux cuillerées à soupe de brandy. « Maudit pays, pensa-t-il tout irrité, pourquoi faut-il que cette histoire me soit arrivée, à moi qui débarque à peine ? Me voici empêtré dans cette maudite affaire si difficile à débrouiller ; on ne peut tout de même pas m'obliger à être juge et juré et, par-dessus le marché, un dieu plein de miséricorde ! » Il sortit d'un pas chancelant et pénétra dans la véranda où, la nuit dernière, le meurtre avait été perpétré ; une tache rougeâtre s'étalait sur le sol et une flaque d'eau de pluie semblait teintée de pourpre. Les mêmes grands chiens efflanqués qui, tout à l'heure, s'attachaient aux pas de Dick Turner, en léchaient les bords : ils filèrent en rampant quand Tony se mit à crier après eux. Il s'adossa au mur et son regard se porta par-delà le « veld » aux tons verts, roux et bruns, encore tout brillant de pluie, sur les « kopjes[1] » qui se découpaient tout bleus, après l'averse. Il avait plu à torrents pendant plus de la moitié de la nuit ; mais on eût dit qu'il n'entendait pas le crissement des cigales, il fallut qu'il devînt tout proche, strident et le cernât de toutes parts pour qu'il le perçût, absorbé qu'il était dans ses pensées ; mais dès qu'il en eut pris conscience, ce cri aigu, incessant, qui montait des arbres et des buissons, lui crispa les nerfs : « Je vais m'en aller d'ici, fit-il tout à coup, j'en ai assez de cette histoire, je veux en finir. J'irai m'installer à l'autre bout du pays et là, je pourrai me laver les mains de toute cette affaire. Les Slatter et les Denham n'ont qu'à agir comme bon leur semble, tout cela ne me regarde pas et je n'y suis pour rien. »

Il emballa sur-le-champ toutes ses affaires et se rendit chez les Slatter pour prévenir Charlie qu'il était décidé à partir. Celui-ci accueillit la nouvelle avec indifférence, voire même avec un certain soulagement. Il pensa qu'on n'avait que faire d'un régisseur, du moment que Dick ne devait pas revenir.

À partir de ce jour-là, la ferme des Turner fut occupée par une partie des troupeaux de Charlie ; ils paissaient sur les terres et grimpaient jusqu'au faîte du monticule où s'élevait la maison qui était restée inhabitée et ne tarda guère à tomber en ruine.

---

1. Kopjes : crêtes (en Afrique du Sud). (*N.d.T.*)

Tony revint en ville et y flâna pendant quelque temps, fréquentant les bars et les hôtels dans l'espoir de trouver une situation qui pût lui convenir, mais il avait perdu sa juvénile insouciance et ne réussissait pas à se fixer. Il s'engagea à l'essai dans quelques fermes mais n'y resta point : le métier de fermier ne l'attirait plus.

Au procès, qui ne fut, comme l'avait prévu le sergent Denham, qu'une simple formalité, il dit ce qu'on attendait de lui et admit que le nègre avait dû assassiner Mary Turner en état d'ivresse et dans le but de faire main basse sur l'argent et les bijoux. Le procès terminé, Tony se balada en ville tant qu'il lui resta un peu d'argent : ce meurtre et aussi les quelques semaines vécues avec les Turner l'avaient affecté plus profondément qu'il ne le croyait, mais ayant dépensé jusqu'à son dernier sou il lui fallut bien gagner de quoi vivre. Il rencontra un homme venu du nord de la Rhodésie qui lui parla de mines de cuivre et des salaires extraordinaires qu'on y touchait. Tony les jugea fantastiques. Il prit le prochain train pour la côte du cuivre avec l'intention d'économiser assez d'argent pour s'établir un jour à son compte, mais sur place, les salaires ne lui semblèrent plus aussi beaux : la vie était chère et tout le monde s'adonnait à la boisson. Il renonça bientôt à travailler dans la mine et accepta une gérance ; en fin de compte, il passait ses journées assis dans un bureau, noyé dans la paperasserie à laquelle il avait tenté d'échapper en s'embarquant pour l'Afrique du Sud. Son voyage n'avait pas eu d'autre objet, mais après tout ce n'était pas si terrible, il fallait prendre les choses comme elles venaient, la vie n'est pas telle qu'on l'imagine, etc. Voilà ce qu'il se répétait lorsqu'il se sentait déprimé et jetait un coup d'œil en arrière sur les ambitions de ses jeunes années.

Pour les habitants de la région qui ne le connaissaient que par ouï-dire, il était simplement un jeune Anglais qui avait manqué du cran nécessaire pour tenir plus de quelques semaines dans une ferme. « Dommage qu'il ait flanché ! » répétaient-ils.

Chapitre II

À mesure que les lignes de chemin de fer se multipliaient, se ramifiaient et s'entrecroisaient sur toute l'étendue de l'Afrique du Sud, on voyait pousser, parallèlement, tout le long de la voie ferrée, à quelques milles de distance tout au plus, de petites agglomérations qui devaient apparaître au voyageur comme un ramassis d'affreuses bâtisses, alors qu'en réalité ce sont les centres d'immenses districts agricoles, couvrant une superficie de deux cents milles ou davantage. Ils comprennent la station du chemin de fer, la poste, parfois un hôtel et toujours une coopérative.

Si l'on cherchait un symbole pour exprimer tout ce que représente l'Afrique du Sud, celle qui a été créée par les financiers et les magnats des mines, l'Afrique du Sud que les premiers missionnaires et explorateurs, pionniers du continent noir, ne pourraient voir sans horreur, on n'en trouverait pas de meilleur que la coopérative... On la rencontre partout. Vous en quittez une et, à peine avez-vous parcouru dix milles, qu'en voici une autre. Mettez la tête à la portière de votre wagon, en chemin de fer, en voilà encore une. Chaque mine a sa coopérative et plusieurs fermes. C'est toujours un bâtiment bas, à un étage, divisé en carrés, comme une tablette de chocolat, qui groupe une épicerie, une boucherie, un dépôt de vin, sous le même toit de tôle.

Il y a toujours un comptoir assez haut et derrière le comptoir, sur des rayons, s'entasse pêle-mêle tout ce qu'il est possible d'imaginer, depuis les brosses à dents jusqu'aux produits pharmaceutiques. Quelques robes aux couleurs criardes, en cotonnade bon marché, sont accrochées à des cintres et, naturellement, il y a une pile de boîtes de chaussures et peut-être une vitrine pour la parfumerie et les bonbons. On y respire une odeur caractéristique : mélange de vernis et de sang séché, venue de la cour qui sert d'abattoir, de peaux étalées, de fruits secs, de savon jaune. Derrière le comptoir se tient un Grec, un Juif ou un Indien. Souvent les enfants de cet homme, invariablement haï de toute la population, en tant que profiteur et « étranger », jouent au milieu des paniers de légumes, car l'appartement privé est derrière la boutique. Pour des milliers et des milliers d'habitants de l'Afrique du Sud, la coopérative est le centre auquel sont rattachés leurs souvenirs. On la retrouve à l'arrière-plan de toute leur enfance. Tantôt ce sont les nuits où la voiture, après avoir roulé pendant des heures et des heures dans les ténèbres mornes et glacées, s'arrêtait subitement devant un carré de lumière. On distinguait des hommes nonchalamment allongés, le verre à la main, et l'on était soudain transporté dans un bar ruisselant de clarté où l'on pouvait couper court à un éventuel refroidissement en sirotant un breuvage brûlant. Ou bien c'était la station de chemin de fer où deux fois par semaine on allait chercher le courrier et où l'on rencontrait tous les fermiers des environs qui venaient s'approvisionner à l'épicerie. On pouvait les voir, un pied sur le trottoir, l'autre posé sur le marchepied de leur voiture, si absorbés par la lecture des lettres venues de la Mère Patrie qu'ils étaient momentanément insensibles à l'ardeur du soleil et ne voyaient même pas la petite place rouge de poussière où les chiens semblaient collés comme des mouches sur un morceau de viande, ni les groupes de nègres qui s'arrêtaient pour les dévisager, bouche bée. À cet instant ils se croyaient transportés dans leur patrie, cette patrie à laquelle ils pensaient sans cesse avec une si cruelle nostalgie, mais où ils n'auraient jamais voulu retourner car « l'Afrique du Sud vous prend tout entiers », comme aiment à le répéter ces exilés volontaires, non sans une certaine mélancolie.

Pour Mary, la patrie dont on parlait avec cet accent déchirant était l'Angleterre, bien que ses parents, tous deux nés en Afrique du Sud n'y eussent jamais mis les pieds, mais si elle avait ce sentiment, c'était précisément, semble-t-il, à cause de ces jours du courrier où elle se glissait jusqu'à la coopérative pour assister à l'arrivée des voitures et pour les voir repartir ensuite chargées de leur cargaison de marchandises, de lettres et de journaux venus d'outre-mer.

Le vrai centre de la vie de Mary était la coopérative, on pouvait même dire qu'elle jouait pour elle un rôle plus important que pour la plupart des enfants ; que ce soit dans l'une ou l'autre des bourgades où elle avait vécu, tout gravitait autour d'elle et il lui était quasi impossible de sortir sans y passer ; tantôt on l'envoyait acheter une livre d'abricots secs ou une boîte de saumon en conserve ou bien sa mère voulait savoir si le journal hebdomadaire était arrivé. Elle en profitait pour y traîner pendant des heures, en arrêt devant les étalages de bonbons multicolores et poisseux, ou bien elle s'amusait à laisser couler entre ses doigts la belle farine qu'elle puisait dans les sacs posés le long des murs tout en observant sournoisement la petite fille grecque avec laquelle il lui était interdit de jouer, car sa mère prétendait que le père de la petite était un « grengoe[1] ». Plus tard, quand elle fut plus âgée, la

---

1. Américain d'origine italienne ou espagnole et, par extension, grecque ; en somme le sens du mot est *métèque*.

coopérative prit pour Mary une autre signification : c'était là que son père achetait à boire ; parfois sa mère, à force de ruminer ses griefs en arrivait à un tel degré d'exaltation qu'elle courait se plaindre au barman de ne pouvoir joindre les deux bouts alors que son mari gaspillait son argent à s'enivrer. Mary avait beau n'être qu'une enfant, elle comprenait que sa mère ne se lamentait ainsi que pour le plaisir de se poser en victime, qu'elle éprouvait une jouissance profonde à être là dans ce bar, à attirer l'attention des clients et à exciter leur sympathie tandis qu'elle énumérait d'une voix rude et désespérée ses griefs contre son mari. « C'est tous les soirs qu'il revient ivre d'ici, répétait-elle, tous les soirs, et moi j'ai trois enfants à élever avec ce qui reste de son salaire quand il se décide à rentrer. » Puis elle se taisait, attendant les paroles compatissantes de celui qui empochait son argent, l'argent qui aurait dû lui servir à nourrir ses petits. À la fin, il lui répondait : « Mais qu'y puis-je ? Je ne peux tout de même pas refuser de lui servir à boire, du moment qu'il paie ? » Enfin, ayant bien joué sa scène, bien joui de la compassion qu'elle excitait, elle s'en allait, traversait la grande place rouge de poussière et, tenant Mary par la main, rentrait chez elle.

C'était une grande femme taillée à coups de serpe, aux yeux durs, brillant d'un éclat maladif. Mary était encore toute jeune quand elle en fit sa confidente. Elle prit l'habitude de laisser ses pleurs couler sur son ouvrage de couture, pendant que la petite essayait maladroitement de la consoler bien qu'elle brûlât du désir de s'échapper. Elle avait conscience de son importance et haïssait son père. Ce n'est pas que la boisson le rendît brutal, il était rare de le voir rentrer aussi ivre que tant d'autres que Mary voyait à la porte du bar et qui lui inspiraient une véritable horreur de ce lieu. Il buvait juste ce qu'il lui fallait pour rentrer en retard, mais épanoui, d'humeur joviale, et manger tout seul son dîner refroidi. Sa femme le traitait avec une froide indifférence, et le dédain qu'il lui inspirait alimentait sa verve sarcastique quand elle offrait le thé à ses amies, comme si elle ne voulait même pas laisser à cet ivrogne la satisfaction de savoir qu'il représentait encore quelque chose pour elle et lui inspirait un sentiment quelconque, fût-ce le plus profond mépris.

Elle se comportait comme s'il n'existait pas pour elle. Et en fait, pour tout ce qui touchait à la vie pratique, il n'existait point. Il rapportait de l'argent, mais à peine de quoi ne pas crever de faim ; quant au reste, il n'était qu'un zéro et le savait. C'était un petit homme aux cheveux ternes, ébouriffés, le visage ridé comme une pomme cuite avec une expression à la fois inquiète et joviale. Il disait « monsieur » aux visiteurs officiels les plus insignifiants mais rudoyait les nègres placés sous ses ordres. Il était employé au chemin de fer. Enfin, la coopérative, centre d'attraction du district, cause première de l'ivrognerie de son père, était aussi pour Mary le monde tout-puissant et redoutable d'où venaient les factures présentées à chaque fin de mois. On n'arrivait jamais à les acquitter entièrement et sa mère était toujours obligée de s'adresser au patron en quémandant un délai d'un mois. Ses parents se disputaient âprement douze fois par an au sujet de ces factures. Ils n'avaient jamais eu d'autre sujet de querelle que l'argent. Il arrivait pourtant à la mère de Mary de déclarer de son ton sec que les choses auraient pu être pires après tout, par exemple si elle avait mis au monde sept enfants comme Mrs. Newman. Elle-même n'avait pour sa part que trois bouches à nourrir. Il fallut pas mal de temps à Mary pour établir un rapport entre les deux phrases. À vrai dire sa mère n'avait plus en ce temps-là qu'une bouche à nourrir, la sienne. Au cours d'une année de sécheresse particulièrement terrible, son frère et sa sœur étaient morts de la dysenterie et, pendant la brève période qui suivit, ses parents rapprochés par leur commune douleur cessèrent de se disputer. Mary, quand il lui arrivait d'évoquer cette époque, croyait sentir encore le vent délétère qui soufflait sans apporter le moindre soulagement. Les deux enfants morts, bien plus âgés qu'elle, n'avaient jamais été ses compagnons de jeu et leur perte était plus que compensée par le bonheur de vivre dans une maison où on ne se querellait plus, auprès d'une mère endeuillée et en larmes, mais arrachée à sa sombre apathie. Cette trêve avait été de courte durée. Mary la considérait comme la période la plus heureuse de son enfance.

La famille avait déménagé trois fois avant que Mary n'allât à l'école. Plus tard, elle devait confondre tous ces domiciles. Elle se souvenait d'une bourgade balayée par le vent et qui se détachait sur un rideau d'eucalyptus, d'épais tourbillon de poussière soulevée par les fourgons à bestiaux, d'un air lourd et brûlant déchiré plusieurs fois par jour par les grincements et les sifflements des trains. On ne voyait que cela ! La poussière et les poulets, la poussière et les enfants qui couraient et les nègres qui baguenaudaient dans les rues, la poussière et la coopérative, toujours la coopérative.

Ensuite, on l'avait mise pensionnaire à l'école et sa vie avait changé. Elle y avait été extrêmement heureuse, au point qu'elle redoutait les congés et les vacances qui la ramenaient chez elle, auprès de sa mère saturée d'amertume et de son ivrogne de père, dans la petite maison toute pareille à un château de cartes qu'un souffle suffirait à renverser. À l'âge de seize ans, elle quitta l'école et trouva un emploi dans un bureau. C'était une de ces petites villes endormies, disséminées, comme les raisins secs dans un cake, sur toute l'étendue de l'Afrique du Sud. Là encore elle fut très heureuse. Elle paraissait mise au monde pour taper à la machine, sténographier, faire de la comptabilité ; en un mot, elle était vouée à la confortable routine de l'employé de bureau. Elle détestait l'imprévu et aimait voir les jours se dérouler paisiblement l'un après l'autre, sur le même rythme, avec une sorte d'automatisme impersonnel et rassurant. À l'âge de vingt ans, elle avait une belle situation, des amis, sa petite place dans la ville ; puis sa mère mourut et elle resta pratiquement seule au monde car son père avait été affecté à une autre gare à cent milles de distance. Elle ne le voyait jamais. Il était fier de sa fille mais ne s'occupait pas d'elle, ils ne s'écrivaient même pas. Ce n'était pas leur genre ! Mary était heureuse d'être débarrassée de lui. L'idée qu'elle était seule au monde ne l'effrayait point, tout au contraire. Et en reniant son père, il lui semblait venger sa mère qui avait tant souffert. Elle n'avait jamais imaginé qu'il avait peut-être souffert lui aussi. Souffert, lui, mais de quoi ? aurait-elle riposté à qui aurait tenté de le lui suggérer. N'était-il pas un homme ? autrement dit un privilégié ! Elle avait hérité du sombre féminisme de sa mère. Féminisme d'ailleurs tout théorique, car elle menait l'existence confortable et insouciante des femmes seules en Afrique du Sud sans même soupçonner sa chance. Comment l'eût-elle mesurée ? Elle ignorait tout des conditions de la vie en d'autres pays, et ne pouvait faire de comparaisons. Il ne lui était jamais arrivé de se dire qu'elle-même, fille d'un petit employé des chemins de fer et d'une femme qui avait terriblement souffert du manque d'argent, au point d'en mourir, menait à peu de chose près la même vie que les plus riches héritières. Elle était libre d'agir à sa guise, d'épouser qui bon lui semblerait. Ces considérations ne lui venaient même pas à l'esprit. Il n'est pas question de classes sociales, mais uniquement de « race » en Afrique du Sud, et ce mot évoquait pour elle le garçon de courses du bureau où elle travaillait, les domestiques de ses amies et cette masse amorphe d'indigènes qui déambulaient dans les rues et qu'elle ne voyait même pas.

Elle savait (car la phrase était dans l'air) que les indigènes devenaient « effrontés », mais en fait elle n'avait pas de rapports avec eux, ils ne gravitaient pas dans son orbite.

Elle atteignit l'âge de vingt-cinq ans sans que rien vînt troubler sa vie si calme et si confortable, puis son père mourut. Ainsi fut tranché le dernier lien avec cette enfance dont le souvenir même lui était odieux. Plus rien ne la rattachait désormais à la sordide petite maison prête à se volatiliser au moindre souffle, au sifflement des trains, à la poussière, aux continuelles disputes entre ses parents. Elle était libre, et quand son père fut enterré et qu'elle revint au bureau, elle put envisager une vie nouvelle, toute pareille à celle qu'elle avait menée jusqu'à ce jour. Elle était pleinement heureuse et cette aptitude au bonheur était sans doute sa plus grande qualité, la seule qui la distinguât de la masse des filles de son âge bien qu'elle fût, à vingt-cinq ans, à l'apogée de sa joliesse. Son contentement parfait lui donnait une sorte d'éclat : c'était une fille maigre, un peu gauche, toujours vêtue avec élégance ; ses yeux bleus avaient une expression sérieuse et ses cheveux châtain clair, coiffés à la dernière mode, flottaient sur ses épaules. Ses amis devaient dire d'elle : « C'est une blonde élancée. » En fait, elle s'efforçait de ressembler aux stars les plus juvéniles.

Elle eut trente ans sans que rien eût changé dans sa vie. Le jour de son anniversaire, en songeant au cours si rapide du temps, elle éprouva une sorte de surprise qu'on ne saurait qualifier de désagréable, car elle se sentait toujours semblable à elle-même. « Trente ans ! Cela commence à compter », se disait-elle, mais comme si cela ne la concernait point ; elle avait cependant renoncé à fêter cette fois son anniversaire, elle préférait le laisser oublier, car elle se sentait presque offensée qu'une pareille chose pût lui arriver à elle qui était restée tout aussi jeune que la Mary qu'elle avait été à seize ans.

Elle était déjà à ce moment-là la secrétaire particulière de son patron et elle touchait de beaux appointements, elle aurait pu louer un appartement, avoir une vie brillante, car elle avait une certaine distinction, mais, comme tous les blancs appartenant à la bourgeoisie de l'Afrique du Sud, son visage et son allure manquaient de caractère, de personnalité ; sa voix était exactement pareille à mille autres voix : un peu monotone, son articulation défectueuse ; ses vêtements auraient pu être portés par n'importe qui. Rien ne l'empêchait de mener une vie indépendante, d'avoir même sa voiture, de recevoir modestement. Elle aurait pu être quelqu'un, mais ses instincts les plus profonds s'y opposaient. Elle préférait loger dans un club féminin qui n'avait été créé qu'à seule fin d'aider les femmes incapables de gagner convenablement leur vie, mais elle y était installée depuis si longtemps que nul n'aurait songé à lui demander de partir. Son choix s'expliquait par le fait que le club lui rappelait son école qu'elle avait tant souffert de devoir quitter. Elle aimait vivre parmi cette foule de jeunes filles, prendre ses repas dans une vaste salle à manger et, à son retour du cinéma, trouver dans sa chambre une fille qui l'attendait pour bavarder un moment. Elle était une personnalité assez importante de ce club, et surtout très différente du type courant des pensionnaires. Tout d'abord, elle était beaucoup plus âgée que ses compagnes et on avait fini par la traiter un peu comme une de ces tantes restées vieilles filles auprès desquelles on se sent si bien, à qui l'on peut confier tous ses ennuis et ses peines. Rien ne la scandalisait. Elle ne jugeait personne, et détestait les racontars. Elle semblait planer comme un être éthéré au-dessus des misères quotidiennes ; ses manières un peu distantes et aussi sa timidité la défendaient en quelque sorte des rancunes et des jalousies féminines. Elle semblait immunisée. Là était sa force mais peut-être aussi sa faiblesse quoiqu'elle-même ne l'eût jamais admis car la moindre promiscuité, ces familiarités admises entre les femmes et surtout les scènes lui inspiraient non seulement de l'éloignement, mais une véritable répulsion. Elle allait et venait parmi ces jeunes femmes en témoignant d'une éloquente réserve : « Vous aurez beau faire, vous ne me mêlerez pas à vos histoires », semblait-elle dire. Elle était très heureuse au club.

En dehors du club et de son bureau où elle était également « quelqu'un » depuis tant d'années qu'elle y travaillait, elle menait une vie pleine et active et cependant, en un certain sens, on pouvait dire que Mary dépendait entièrement des autres. Elle n'était pas femme à organiser des réceptions, à être l'âme d'une société ou même d'un petit groupe d'amis.

Elle continuait à être la fille que l'on sort.

Sa vie était réellement très particulière. Les conditions qui l'avaient rendue telle évoluent chaque jour et, quand le changement sera total, les femmes se tourneront vers le passé comme vers un âge d'or déjà révolu.

Elle se levait tard, mais de manière à arriver à temps au bureau (elle était très ponctuelle), cependant trop tard pour prendre son petit déjeuner. Elle travaillait consciencieusement mais sans fièvre jusqu'au déjeuner qu'elle retournait prendre au club. Elle travaillait encore deux heures, au début de l'après-midi. Après quoi elle était libre. Elle jouait alors au tennis, au hockey, ou bien elle allait nager, toujours accompagnée d'un homme, d'un de ces hommes innombrables qui la sortaient et la traitaient comme une sœur. « Mary est un si bon copain ! » De même qu'elle avait au moins une centaine d'amies mais aucune vraiment intime. Elle possédait ou semblait posséder une quantité d'amis hommes qui l'avaient sortie et continuaient de la sortir ou qui s'étaient mariés entre-temps et l'invitaient à présent chez eux. En fin d'après-midi, elle se rendait à des cocktails qui se prolongeaient ordinairement jusqu'à minuit, allait voir un film ou bien danser. Il lui arrivait de passer cinq soirées par semaine au cinéma. Elle ne se couchait jamais avant minuit ou même plus tard. Telle était sa vie au jour le jour et d'année en année. L'Afrique du Sud est un merveilleux pays pour les femmes blanches restées célibataires. Mais on pouvait dire que Mary s'était jusqu'ici dérobée devant la vie, car les années passaient et elle ne se mariait pas, alors qu'autour d'elle, tous ses amis étaient mariés. Elle avait été au moins une douzaine de fois demoiselle d'honneur, elle voyait grandir les enfants des autres, tandis qu'elle-même continuait à être une charmante camarade égale d'humeur, agréable à sortir, paisible et réservée, et toujours aussi ravie de se rendre à son bureau. Elle ne restait jamais seule, si ce n'est la nuit quand elle dormait. Elle semblait ne pas se soucier des hommes. Elle disait à « ses jeunes filles » : « Les hommes ? tous les agréments de la vie sont pour eux ! » Et cependant, sa vie entière, en dehors du bureau et du club, dépendait d'eux, sans qu'elle s'en avisât. Elle se serait sans aucun doute indignée si on fût venu le lui dire. Tout compte fait, elle dépendait peut-être d'eux beaucoup moins qu'il ne semblait, car, après avoir écouté patiemment les doléances des autres, le récit de leurs peines et de leurs misères, elle-même paraissait n'avoir rien à confesser, et ses amis l'accusaient de manque de confiance. Ils avaient vaguement l'impression qu'il y avait quelque chose de choquant à écouter leurs confidences, à leur donner des conseils, à leur prêter une épaule compatissante pour y appuyer leur front, à regarder couler leurs larmes, sans jamais rien donner de soi-même en retour. La vérité était qu'elle n'avait rien à confesser. Elle écoutait avec une espèce de stupéfaction et même un certain effroi les histoires qu'on venait lui raconter. Elle-même fuyait tous ces imbroglios, toutes ces complications. Elle était ce phénomène extraordinaire : une femme de trente ans sans histoires d'amour, sans migraines, sans insomnies, et sans crises de nerfs ; mais elle ne se savait pas si exceptionnelle ! Elle continuait à faire partie de son club de jeunes filles, et, quand une équipe étrangère de cricket cherchait des partenaires pendant son séjour dans la ville, on téléphonait à Mary : c'était le genre de choses où elle excellait, toujours capable de s'adapter tranquillement et intelligemment à chaque situation. Elle était prête à vendre des billets pour un bal de bienfaisance, et, avec la même gentillesse, à aller danser avec un as du football. Elle continuait à porter ses cheveux flottants sur les épaules comme une adolescente, et ses petites robes juvéniles aux suaves couleurs, sans rien perdre de ses manières timides et naïves.

Livrée à elle-même, elle aurait sans doute continué à mener cette vie, en jouissant pleinement de son sort, jusqu'au moment où l'on aurait découvert un beau jour, qu'elle s'était transformée peu à peu, insensiblement, en une de ces femmes qui arrivent à la vieillesse sans avoir connu la maturité : vieilles femmes, toujours un peu flétries, un peu aigres-douces, et comme racornies, qui cherchent un refuge dans la dévotion, ou reportent leur tendresse sur les petits chiens.

Ses amis se seraient montrés bons pour elle, la plaignant d'avoir ignoré le meilleur de la vie, mais il est tant d'êtres qui n'en veulent point de « ce meilleur » ; et pour tant d'autres, d'ailleurs, le meilleur n'a-t-il pas été empoisonné à la source ?

Quand Mary pensait au foyer de son enfance, elle croyait voir une bicoque secouée comme un château de cartes au passage des trains. Quand elle songeait au mariage, elle évoquait son père rentrant chez lui, grotesque, les yeux injectés de sang, et quand elle songeait aux enfants, elle revoyait le visage de sa mère à l'enterrement de ses petits : un visage angoissé, mais sec, dur comme la pierre. Mary aimait bien les enfants des autres, mais l'idée seule d'en avoir elle-même la faisait frissonner. Quand elle assistait à un mariage, elle se sentait d'humeur sentimentale, mais elle méprisait profondément tout ce qui touchait au sexe. On ne pouvait guère s'isoler autrefois dans sa maison et elle avait appris des choses qu'elle préférerait oublier.

Cependant, il lui arrivait d'éprouver une inquiétude, un vague mécontentement qui la privait momentanément de tout plaisir dans l'exercice de ses activités, par exemple, brusquement au moment où elle gagnait son lit avec satisfaction après avoir vu un film l'assaillait soudain cette pensée : « Encore un jour de passé ! » Et c'était brusquement comme si le temps perdait sa durée. Un souffle, un instant à peine, la séparait du moment où elle avait quitté l'école pour gagner sa vie et elle était prise de panique comme si un support invisible lui faisait tout à coup défaut. Mais comme elle était une fille sensée, fermement convaincue que ces retours sur soi-même étaient morbides, elle se hâtait de se mettre au lit et d'éteindre la lumière.

Peut-être se demandait-elle encore avant de sombrer dans le sommeil : « Est-ce là toute la vie ? Le jour où je serai vieille n'aurai-je rien de plus que ces souvenirs à évoquer, quand je regarderai en arrière ? »

Au matin, elle n'y pensait plus, les jours se succédaient et le bonheur lui était rendu, car elle n'aurait su dire ce qu'elle souhaitait. « Quelque chose de plus important, se disait-elle vaguement, une vie différente. » Mais la crise ne durait guère, grâce à la profonde satisfaction qu'elle tirait de son travail exemplaire au bureau, de ses amis sur qui elle savait pouvoir compter, et de sa vie au club aussi agréable que celle d'un oiseau dans une immense volière toute bruissante de gazouillis et de pépiements, où elle pouvait toujours partager la fièvre des fiançailles et du mariage de ses amis, enfin de son agréable commerce avec les hommes qui la traitaient en bon copain sans jamais mêler à leur amitié toutes ces stupides questions sexuelles.

Mais toutes les femmes s'aperçoivent tôt ou tard qu'à leur insu même tout se ligue pour les précipiter dans le mariage, et Mary, pourtant si peu sensible aux subtilités et aux impondérables, se trouva un jour placée devant ce dilemme de la façon la plus cruelle et la plus inattendue.

Un jour qu'elle était en visite chez une amie mariée, elle se reposait toute seule dans la véranda, pendant que les invités causaient tout bas dans la pièce voisine, qui était éclairée. Soudain son nom fut prononcé et elle se leva aussitôt pour rentrer et leur faire voir qu'elle était là : chose étrange, sa première pensée avait été de se dire que ses amis seraient très ennuyés d'apprendre qu'elle avait surpris leur conversation. Elle se rassit pourtant, décidée à attendre le moment propice pour les rejoindre sous prétexte qu'elle rentrait directement du jardin, et voici ce qu'elle entendit avec un trouble qui empourprait son visage tandis que ses mains devenaient moites et glacées.

— Elle n'a plus quinze ans, disait l'un ; c'est ridicule, cette façon de s'habiller... quelqu'un devrait le lui dire.

— Au fait, quel âge a-t-elle ?

— Elle doit avoir dépassé la trentaine depuis pas mal de temps... Elle travaillait depuis des années au bureau quand j'y ai débuté... Et il y a douze ans de cela, sinon davantage.

— Pourquoi ne se marie-t-elle pas ? Les occasions n'ont pas dû lui manquer, j'imagine.

Elle perçut une sorte de gloussement étouffé.

— Ce n'est pas si sûr. À un moment donné, mon mari a eu un faible pour elle, mais il croit qu'elle ne se mariera jamais !... Je ne sais pas... On dirait... qu'elle n'est pas faite pour cela. Il doit lui manquer quelque chose.

— Oh... Croyez-vous ?

— En tout cas, elle commence à être bien fanée ; l'autre jour, je l'ai aperçue dans la rue et j'ai eu peine à la reconnaître. À mon avis, elle abuse du sport, et se surmène trop. Vous avez remarqué sa peau ? Toute fripée, on dirait du papier de soie. Et puis, elle est devenue si maigre !

— Mais c'est une si brave fille !

— Oh ! elle n'a pas de quoi révolutionner les foules !...

— Elle pourrait rendre un homme heureux, c'est une chic fille !

— Elle devrait épouser un homme beaucoup plus vieux qu'elle ! Un type de cinquante ans, par exemple... Vous verrez, je parie qu'un de ces jours elle viendra nous annoncer son mariage avec un homme qui pourrait être son père !

— On ne sait jamais !

Elle entendit encore un ricanement sans méchanceté mais qui lui parut cruel et sarcastique.

Elle se sentait anéantie, offensée, mais surtout profondément blessée de constater qu'on pouvait tenir sur elle de pareils propos.

Elle était si naïve, si inconsciente de l'effet qu'elle produisait sur les autres, que l'idée ne lui était jamais venue qu'on pût discuter son cas quand elle avait le dos tourné ; Dieu sait ce qu'ils avaient pu raconter et elle restait là, pétrifiée, à se tordre les mains. Puis elle se domina et alla rejoindre ses cruels amis qui l'accueillirent aussi cordialement que s'ils ne venaient pas, il y a un instant, de planter un couteau dans son cœur et de la rejeter hors de la vie, sans qu'elle réussît d'ailleurs à se reconnaître dans le portrait qu'ils avaient fait d'elle. Cet incident si insignifiant en apparence et qui aurait glissé sur toute personne ayant la moindre expérience du monde où ils vivaient, exerça une profonde influence sur Mary. Elle qui n'avait jamais eu le temps de penser à elle-même prit désormais l'habitude de passer de longues heures dans sa chambre à se demander : « Pourquoi ont-ils dit cela ? Qu'ai-je donc d'extraordinaire ? Qu'entendaient-ils en prétendant que "je ne suis pas faite pour cela" ? Elle scrutait ses amis d'un regard anxieux et implorant comme pour surprendre sur leur visage la trace du jugement défavorable qu'ils portaient sur elle. Elle se sentait encore plus troublée peut-être et plus malheureuse en constatant qu'ils n'avaient pas changé à son égard et la traitaient avec la même gentillesse amicale qu'avant cette soirée. Elle commença à chercher des allusions là où il n'y en avait point et à découvrir de l'ironie dans les yeux qui n'avaient qu'affection pour elle. Tout en tournant et retournant dans sa cervelle les paroles qu'elle avait surprises, par hasard, elle songeait au moyen de paraître à son avantage. Elle renonça, mais non sans regret, au ruban qu'elle portait dans ses cheveux, car elle jugeait seyante cette masse de boucles qui dansaient autour de son visage mince et un peu anguleux. Elle s'acheta des vêtements stricts et nets et s'y sentit mal à l'aise, car elle n'était elle-même que dans ses jupes enfantines et ses petites robes droites comme des sarraus d'enfant. Et pour la première fois de sa vie, elle se sentit gênée en compagnie des hommes. Ils lui inspiraient jusqu'ici un certain mépris dont elle était inconsciente, mais qui la défendait, aussi bien que si elle eût été positivement hideuse, des aventures sexuelles. Soudain ce mépris avait disparu et, du même coup, Mary avait perdu son bel équilibre. Elle commença à jeter les yeux autour d'elle pour chercher un mari ; à quoi bon se le dissimuler. Elle n'existait que dans la mesure où elle était intégrée dans la société. Ses amis affirmaient qu'elle devait se marier et sans doute ils avaient raison ; si elle avait su trouver des mots pour traduire ses sentiments intimes, c'est sans doute en ces termes qu'elle se serait exprimée. Le premier homme à qui elle permit de l'approcher fut un veuf de cinquante-cinq ans nanti d'enfants encore tout jeunes. Ce choix était dû au fait qu'elle se sentait en sécurité auprès de lui, car elle ne pouvait associer l'idée des ardeurs amoureuses et des étreintes à celle d'un homme mûr dont l'attitude à son égard était quasi paternelle. Il savait parfaitement ce qu'il souhaitait : une compagne agréable, une mère pour ses enfants et une maîtresse de maison pour son foyer. Il trouvait Mary plaisante et elle était bonne pour ses petits. Aucun prétendant n'aurait pu mieux convenir à Mary et du moment qu'il fallait se marier, c'était là un excellent parti. Mais les choses tournèrent mal. Il sous-estima son expérience, il lui semblait qu'une femme qui avait vécu si longtemps seule, indépendante, devait savoir ce qu'elle voulait et être capable de comprendre ce qu'il lui offrait... Leurs rapports furent satisfaisants pour l'un comme pour l'autre jusqu'au jour où sa demande agréée le prétendant commença à faire sa cour. À ce moment, elle eut une violente réaction et prit la fuite. Ils se trouvaient chez lui dans son confortable salon, quand il commença à l'embrasser. Brusquement, elle le repoussa, se précipita hors de la pièce, quitta la maison en courant, et toujours courant, parcourut en pleine nuit une partie de la ville jusqu'à ce qu'elle fût arrivée au club. Là, elle se jeta sur son lit et se mit à sangloter. Le sentiment qu'elle inspirait à son fiancé n'était point de ceux qu'une telle exaltation pouvait enflammer, alors qu'un homme plus jeune et réellement épris aurait pu y trouver du charme. Au matin, elle fut horrifiée par sa conduite. Seigneur, quelle manière d'agir ! Elle qui avait toujours été si fière de son empire sur elle-même et ne redoutait rien tant que les scènes et les situations ambiguës. Elle s'excusa, mais trop tard, l'affaire était classée.

Après cette histoire, son désarroi ne fit que grandir. Elle n'aurait su dire ce qu'elle cherchait. Elle s'imaginait n'avoir fui que parce que son prétendant était trop âgé ; c'est ainsi qu'elle voyait les choses ; elle se sentait frémir rien que d'y penser et désormais elle évitait les hommes de plus de trente ans. Elle-même, bien qu'ayant dépassé la trentaine, se prenait toujours pour une jeune fille. Et sans même s'en rendre compte, surtout sans se l'avouer, elle continuait à chercher un mari.

Pendant les quelques mois qui précédèrent son mariage, tout son entourage se répandit sur son compte en propos qui l'auraient rendue malade si elle s'en était seulement avisée.

Il peut sembler terriblement injuste que Mary, dont l'indulgence à l'égard des fautes et des défaillances d'autrui était dictée par un éloignement profond et instinctif pour tout ce qui regardait l'amour et la passion, ait été en ce qui la concerne, pendant toute sa vie, victime des commérages. Mais c'était ainsi. C'est à ce moment-là que commença à se répandre, parmi ses nombreuses relations, l'histoire si choquante et passablement ridicule de la fameuse nuit où elle avait fui son vieux soupirant, bien qu'il eût été impossible de savoir qui avait été le premier à en faire courir le bruit. Ceux qui l'entendaient se contentaient de hocher la tête et se mettaient à rire comme si cette histoire ne faisait que confirmer ce qu'eux-mêmes savaient depuis longtemps. Se conduire ainsi, une femme de trente ans ! Et leurs rires n'étaient pas sans fiel, car en ce siècle où tout ce qui touche au sexe est traité de façon scientifique rien ne paraît plus ridicule que la maladresse et la gaucherie dans ce domaine. Ils ne lui pardonnaient point et riaient d'elle, se disant qu'elle n'avait que ce qu'elle méritait. Ils la trouvaient si changée, si terne, si mal fagotée pour tout dire, et sa peau semblait si vilaine qu'elle avait l'air de couver une maladie. Il était clair qu'elle souffrait d'une dépression nerveuse, ce qui n'avait rien d'étonnant à son âge avec le genre de vie qu'elle menait. Elle avait besoin d'un homme et n'en trouvait point, et puis son comportement était si étrange à présent... Telles étaient les réflexions que l'on pouvait entendre sur son compte.

Il est terrible de détruire l'image qu'un être humain se fait de lui-même, fût-ce au nom de la vérité ou de toute autre abstraction ; nul ne peut affirmer qu'il sera capable de lui substituer une autre image qui permette à cet être de continuer à vivre.

L'idée que Mary se faisait d'elle-même était détruite et elle se sentait incapable de la remplacer, elle ne pouvait vivre sans l'amitié, si superficielle et si banale fût-elle, de son entourage. Or, il lui semblait voir maintenant dans tous les yeux une pitié mêlée d'une sorte d'agacement comme s'ils se disaient qu'elle n'était après tout qu'une femme fort insignifiante. Elle éprouvait un sentiment qu'elle n'avait jamais connu, celui d'être vidée intérieurement. Son cœur béant était rempli peu à peu d'effroi sans nom, venu on ne sait d'où et dû au sentiment que tout ce qui était précieux au monde lui échappait. Elle avait peur de rencontrer des gens, surtout des hommes. Quand un homme l'embrassait, ce qui était assez fréquent, comme s'ils sentaient ses nouvelles dispositions, elle était indignée. D'autre part, elle fréquentait plus encore qu'autrefois les cinémas, et en sortait fiévreuse et toute troublée. Il semblait qu'il n'y eût aucun rapport entre ce miroir déformé qu'était l'écran et sa propre vie. Ses exigences n'avaient aucune commune mesure avec les possibilités qui lui étaient offertes.

Cette femme de trente ans qui avait reçu une bonne éducation, mené une vie confortable, joui des distractions offertes aux gens civilisés et avait eu toute latitude pour accéder à la science mise à sa disposition à l'époque où elle vivait bien qu'elle ne lût que de mauvais romans, était si ignorante d'elle-même qu'elle semblait complètement bouleversée par les propos de quelques bonnes âmes qui avaient décidé qu'elle devait se marier.

C'est alors qu'elle rencontra Dick Turner. Cela aurait pu aussi bien être n'importe qui d'autre. Plus exactement, c'était le premier homme qui voyait en elle une femme merveilleuse et unique. C'était de cela qu'elle avait besoin. Tout d'abord parce qu'elle retrouvait ainsi son sentiment de supériorité sur les hommes... Sentiment dont elle s'était nourrie pendant tant d'années et qui maintenant l'abandonnait.

Ils s'étaient rencontrés par hasard, au cinéma. Il avait quitté sa ferme pour toute la journée. Il ne venait que fort rarement en ville et encore uniquement pour se procurer les marchandises et les produits qu'il ne trouvait pas à la coopérative locale. Cela n'arrivait pas plus d'une ou deux fois par an. Ce jour-là, ayant rencontré un ami qu'il n'avait pas vu depuis des années, l'autre l'avait décidé à passer la nuit en ville et à l'accompagner au cinéma. C'est tout juste s'il ne se moquait pas de lui-même pour s'être laissé entraîner. Tout cela lui paraissait si loin de lui ! Son camion chargé de sacs de grains et de deux herses stationnait devant le cinéma et surprenait les passants par son aspect insolite et encombrant. Mary avait jeté un regard à l'arrière à travers les vitres sur tous ces objets hétéroclites pour elle et elle avait eu un petit sourire en les regardant. Il était normal qu'elle eût envie de sourire car elle aimait la ville et s'y sentait en sécurité, tandis que l'idée de la campagne s'associait pour elle à son enfance, à tous ces misérables bourgs où elle avait vécu, au milieu d'un désert qui s'étendait à des milles et des milles à la ronde, des milles et des milles qui étaient le « veld ».

Mais Dick Turner détestait la ville. Quand il arrivait du veld qui lui était si familier et traversait ces faubourgs hideux qui semblaient sortir d'un catalogue d'habitations à bon marché avec leurs confortables et affreuses petites maisons, faites pour de confortables petites gens (ces maisons qu'on eût dites piquées au hasard dans le veld et qui n'avaient rien de commun avec la dure et brune terre d'Afrique et le ciel d'un bleu éclatant), quand il parcourait ensuite le quartier des affaires aux boutiques regorgeant de marchandises à la mode destinées aux femmes élégantes et d'extravagantes denrées alimentaires importées de l'étranger, il éprouvait un malaise intolérable et se sentait l'envie de tout détruire. Il était atteint de claustrophobie et ne songeait qu'à fuir, fuir ou démolir. Aussi s'arrangeait-il pour en finir aussi rapidement que possible et retourner dans sa ferme où il se sentait chez lui. Mais il existe en Afrique du Sud une quantité de gens qui pourraient être pris tels quels en masse dans leur faubourg et transplantés dans n'importe quelle ville de l'autre côté de l'hémisphère sans même s'en apercevoir.

Le faubourg est aussi inéluctable que l'usine et aucun pays, même cette merveilleuse contrée de l'Afrique du

Sud, ne saurait échapper à ces « délicieux » petits faubourgs qui déshonorent son sol et prolifèrent sur tout son corps ainsi qu'une horrible maladie. Quand Dick Turner voyait ces faubourgs et qu'il songeait au genre de vie qu'on y menait, à la mentalité si étroite, si mesquine des habitants, il devait se contenir pour ne pas jurer grossièrement et il se sentait l'âme d'un meurtrier. Il n'arrivait pas à s'y faire. Ce n'est point qu'il exprimât ses sentiments ou se confiât à qui que ce fût avec la vie qu'il menait. Toujours attaché à la terre du matin au soir, il avait perdu l'habitude de se répandre en paroles – mais on pouvait affirmer que rien au monde ne le touchait davantage. Il se sentait capable de tuer les banquiers, les financiers, les magnats, les hommes de loi, tous les responsables de ces coquettes petites maisons entourées de jardinets bien clos et remplis de fleurs, de préférence anglaises.

Et par-dessus tout, il haïssait le cinéma. Quand il se vit emprisonné dans la salle obscure ce soir-là, il se demanda comment il avait pu se laisser entraîner. Il n'arrivait pas à s'intéresser au film. Les belles femmes qu'il voyait l'ennuyaient à mourir, avec leurs visages lisses et leurs membres déliés. L'histoire qui se déroulait lui paraissait absurde. Il faisait chaud et étouffant. Au bout d'un moment, il renonça à suivre le film et se mit à examiner les spectateurs dans la salle : partout devant lui, derrière lui, autour de lui, il ne voyait que des rangs et encore des rangs de spectateurs, tendus vers l'écran, fascinés par l'écran ; des centaines d'êtres emportés loin d'eux-mêmes et vivant la vie de ces créatures stupides qui évoluaient sur l'écran. Cela le mettait mal à l'aise. Il commença à s'agiter, alluma une cigarette et jeta un coup d'œil vers les grands rideaux de peluche qui masquaient la sortie. Puis son regard se reporta vers le rang où lui-même occupait un fauteuil et fut happé par un rayon de lumière qui tombait du haut des cintres et éclairait la ligne courbe d'une joue et une mèche de brillants cheveux blonds. La tête levée semblait flotter. Elle rayonnait, vermeille et dorée, dans cette étrange clarté un peu verdâtre. Il poussa son voisin du coude et demanda : « Qui est-ce ? » – « Mary ! » grogna l'autre après un bref coup d'œil à la jeune femme. Mais ce nom ne disait rien à Dick. Il fixait l'adorable et flottante figure aux cheveux épars et quand la séance eut pris fin, il la chercha précipitamment dans la foule qui se pressait à la sortie. Mais il ne put la retrouver. Il supposa qu'elle avait dû s'éloigner accompagnée de quelqu'un d'autre. On lui demanda de ramener chez elle une jeune fille qu'il n'avait même pas regardée. Elle lui parut habillée d'une manière bizarre et il trouva ridicules ses hauts talons qui martelaient bruyamment le pavé tandis qu'elle traversait la rue à ses côtés. Dans le camion, elle tourna la tête, jeta un regard par-dessus son épaule, vers l'arrière rempli jusqu'au bord, et demanda d'une voix affectée :

— Qu'est-ce que c'est que ces objets bizarres, là, par-derrière ?

— Vous n'avez jamais vu de herse ? demanda-t-il.

Il la déposa sans regret devant la maison où elle habitait : un grand bâtiment ruisselant de lumière, plein de monde, et l'oublia aussitôt.

Mais il rêva de la fille qui levait vers l'écran un si jeune visage et de ses brillants cheveux épars. Mais ce rêve était un luxe, le genre de chose qu'il s'interdisait. Il n'y avait que cinq ans qu'il était établi fermier et il ne tirait encore aucun bénéfice de sa ferme. Il devait de l'argent à la banque agricole, son domaine était lourdement hypothéqué, car il avait débuté sans un sou de capital. Il avait renoncé à boire, à fumer, à tout ce qui n'était pas de première nécessité. Il travaillait comme seul un homme hanté par un rêve peut travailler, de six heures du matin à sept heures du soir sans même rentrer pour ses repas. Dévoré par sa ferme, il vivait uniquement pour elle. Il rêvait de se marier un jour et d'avoir des enfants. Mais il ne pouvait demander à une femme de partager cette vie. Il devait commencer par payer ses dettes, bâtir une maison et après cela seulement, il pourrait lui offrir un peu de superflu. Lui qui s'était imposé tant de privations pendant des années rêvait de gâter sa femme ; il se représentait si bien, dans ses moindres détails la maison qu'il voulait construire, pas une de ces stupides et informes bâtisses piquées n'importe comment à ras de sol, non, il voulait une vaste maison, avec un toit de chaume et de larges vérandas où l'air pourrait entrer à flots. Il avait même choisi l'argile dont il tirerait ses briques et, pour le chaume du toit, marqué les endroits où l'herbe poussait drue dépassant la taille d'un homme très grand. Mais il lui arrivait de penser qu'il était très loin de pouvoir réaliser son désir. La malchance le poursuivait. Les autres fermiers, il ne l'ignorait point, l'avaient surnommé Jonas ; si le pays était accablé par la sécheresse, c'est lui qui en était le plus atteint ; quand il pleuvait à torrents, c'est sa ferme qui subissait les plus graves dommages. S'il décidait de faire pousser du coton pour la première fois, on pouvait être sûr que le cours du coton ne tarderait pas à dégringoler. Si l'on était envahi par les nuées de sauterelles, il pouvait prédire avec une sorte d'amer fatalisme qu'elles s'abattraient tout droit sur son plus beau champ de maïs.

Et peu à peu, son rêve se faisait plus humble. Il se sentait très seul ; il rêvait d'avoir une femme et surtout des enfants, mais du train où allaient les choses, il ne pourrait se le permettre avant des années. Il commençait à se dire que si seulement il arrivait à rembourser une partie des hypothèques, à ajouter une pièce à sa maison et à acheter quelques meubles, il pourrait peut-être songer au mariage. Entre-temps, il rêvait à la jeune fille du cinéma. Elle devint le centre autour duquel tout gravitait, son travail, ses rêveries ; mais il s'en voulait de tant songer à elle car il savait que penser aux femmes et surtout à une certaine femme était aussi dangereux pour lui que de boire, mais il n'y pouvait rien.

Un mois était à peine passé depuis son séjour en ville qu'il se surprit à rêver d'un nouveau voyage qui n'était nullement nécessaire, il le savait bien. Il n'essaya même pas de se tromper lui-même et de se persuader que ce voyage était indispensable. Arrivé en ville, il expédia rapidement ses courses, puis se mit en quête de quelqu'un qui pourrait lui apprendre le nom de famille de Mary.

Quand sa voiture s'arrêta devant la grande maison, il la reconnut aussitôt, mais ne fit aucun rapprochement entre la jeune fille qu'il avait reconduite chez elle cette nuit-là et l'inconnue du cinéma. Même quand elle parut sur le seuil et s'avança dans le hall en cherchant à identifier celui qui l'avait demandée, il ne la reconnut point. Il vit une grande fille maigre dont les yeux d'un bleu profond avaient une expression triste et assez secrète. Ses cheveux s'enroulaient en nattes serrées autour de sa tête, et elle portait un pantalon. Les femmes ainsi attifées perdaient toute féminité aux yeux de Turner qui était passablement vieux jeu. Alors, elle dit, d'un air à la fois timide et surpris :

— C'est moi que vous cherchiez ?

Aussitôt, il reconnut la voix stupide qui l'interrogeait l'autre soir à propos des herses et il fixa la jeune fille d'un air incrédule.

Il était si déçu qu'il se mit à bégayer et à se dandiner d'un pied sur l'autre. Puis, il se dit qu'il ne pouvait pas rester là indéfiniment à la fixer et l'invita à venir faire un tour. La soirée fut loin d'être agréable. Il s'en voulait de son erreur et de sa faiblesse. Quant à elle, elle était flattée mais ne comprenait pas pourquoi il était venu l'inviter à sortir avec lui du moment qu'il n'ouvrait pas la bouche depuis qu'il l'avait fait monter en voiture et roulait sans but autour de la ville. Mais il cherchait à retrouver en elle la jeune fille dont l'image l'avait hanté et il finit par y parvenir quand vint le moment de la ramener chez elle. Il lui lançait des regards obliques chaque fois qu'ils passaient devant un réverbère et comprit enfin comment un faisceau de lumière pouvait métamorphoser en un être étrange et brillant une fille assez ordinaire et sans grand attrait. Alors il commença d'être attiré par elle, car il avait besoin d'aimer. Il ne s'était jamais rendu compte de sa solitude et ce soir-là, ce fut à regret qu'il quitta Mary sur la promesse de revenir bientôt.

Mais rentré à la ferme, il se fit toutes sortes de reproches : il comprenait que tout cela finirait par un mariage s'il n'y prenait garde, et il ne pouvait se permettre une telle folie. Il fallait en finir, ne plus penser à la jeune fille, s'arranger pour oublier toute cette histoire. Au surplus, que savait-il d'elle ? Rien du tout, sinon qu'elle était terriblement gâtée. Cela crevait les yeux. Ce n'était pas le genre de fille capable de partager la lutte perpétuelle qu'est une vie de fermier. Tels étaient les arguments qu'il se donnait à lui-même, tout en travaillant plus dur que jamais. Mais il lui arrivait aussi de se dire : Après tout, si l'année est bonne, je pourrai retourner la voir. Il prit l'habitude de couvrir tous les soirs une dizaine de milles, son fusil sur l'épaule, après son travail de la journée, pour se briser les nerfs. Il finit par se sentir à bout de forces, il avait maigri et son visage était celui d'un homme obsédé. Il lutta ainsi contre lui-même pendant deux mois jusqu'au jour où il se surprit en train de faire ses préparatifs pour aller en ville comme si sa décision avait été prise depuis longtemps, et toutes les exhortations qu'il s'était adressées, ses efforts pour se dominer n'avaient servi qu'à lui masquer à lui-même ses véritables intentions. Tout en s'habillant, il sifflotait d'un air dégagé et son visage s'éclairait d'un faible sourire vaincu. Quant à Mary, ces deux mois avaient été pour elle un interminable cauchemar. Il avait fait le long trajet depuis sa ferme jusqu'à la ville pour la retrouver, et pourtant il ne l'avait vue qu'une seule fois pendant cinq minutes. Mais, après avoir passé toute une soirée avec elle, il n'avait plus eu envie de revenir. Ses amis devaient avoir raison, il lui manquait sûrement quelque chose, elle déplaisait aux hommes.

Mais elle s'accrochait à la pensée de Turner, bien qu'elle se répétât sans cesse qu'elle n'était bonne à rien : une créature ratée, ridicule, dont personne ne voulait. Elle renonça à sortir le soir pour rester chez elle, dans le vague espoir qu'il l'appellerait. Elle passait ainsi des heures et des heures seule avec ses pensées, l'esprit tout engourdi de souffrance et, la nuit, elle avait des rêves, de longs rêves pénibles. Elle se voyait luttant, enlisée dans le sable, ou grimpant des escaliers qui s'effondraient au moment où elle atteignait la dernière marche, et elle était brusquement précipitée dans le vide tout au bas de la cage. Au matin elle s'éveillait lasse et déprimée, sans aucun courage. Son patron, habitué à la régularité et à la perfection de son travail, lui offrit de prendre des vacances, lui défendant de revenir avant qu'elle se sentît mieux. Bien qu'il se fût montré plein de sollicitude, elle quitta le bureau comme si elle avait été chassée.

Elle passait toutes ses journées au club. Elle craignait de manquer Dick, si elle s'en allait en vacances. Cependant que représentait-il pour elle ? Rien. Elle ignorait presque tout de ce jeune célibataire, de ce garçon hâlé, à la voix lente, aux yeux profonds, entré dans sa vie par un pur hasard. Pourtant, elle pouvait dire qu'elle se rendait malade à cause de lui. Toute son angoisse latente, son complexe d'infériorité se cristallisaient autour de Dick, et quand elle se demandait pourquoi elle l'avait distingué de préférence à tout autre, elle ne savait que répondre.

Les semaines passaient et elle avait maintenant abandonné tout espoir. Elle alla voir un docteur en se plaignant d'être mortellement lasse et il lui ordonna de partir immédiatement en vacances si elle voulait éviter une grave dépression nerveuse. Elle se trouvait, alors, dans un tel état qu'elle se mit à éviter ses amis, obsédée qu'elle était par la pensée que leur prétendue amitié n'était qu'un masque derrière lequel ils dissimulaient leurs malicieux commérages et l'antipathie qu'elle leur inspirait.

Soudain, un soir, elle fut appelée dans le hall, comme la dernière fois. Elle ne pensait pas à Dick. Quand elle l'aperçut, il lui fallut faire appel à toute sa maîtrise pour se dominer et l'accueillir tranquillement. Si elle avait laissé deviner son émotion, peut-être aurait-il renoncé à elle, car il avait fini par se persuader qu'elle était une femme pratique et équilibrée, qui n'aurait aucune peine à s'adapter, et qu'il lui suffirait de séjourner quelques semaines à la ferme pour devenir telle qu'il souhaitait la voir. Une scène de larmes hystériques l'aurait choqué, détruisant à coup sûr l'image qu'il se faisait d'elle.

C'est la main d'une Mary calme et maternelle, en apparence, qu'il demanda. Et quand elle eut dit oui, c'est avec humilité, gratitude et adoration qu'il accueillit son consentement.

Ils furent mariés quinze jours plus tard, avec une licence spéciale. Dick fut surpris de lui voir manifester tant de hâte à l'épouser. Il la voyait absorbée par son travail, entourée, aimée de tous ses amis, pourvue d'une place enviable dans la société de la ville. Il avait pensé qu'il lui faudrait pas mal de temps pour régler ses affaires, et cette idée qu'il se faisait d'elle contribuait en grande partie au charme qu'elle exerçait sur lui.

Chapitre III

La ferme de Dick Turner était assez éloignée de la ville – il fallait compter plus de cent milles pour y parvenir – et il faisait complètement nuit quand il annonça à Mary qu'ils entraient dans la propriété. La jeune femme, qui était à moitié assoupie, se souleva pour jeter un coup d'œil. Elle distingua les formes basses et confuses des arbres pareils à de grands et calmes oiseaux qui s'éloigneraient à tire-d'aile sur le fond d'un ciel brumeux, tout craquelé et rapiécé par des étoiles. Une grande lassitude détendait ses membres et apaisait ses nerfs. Après la tension de ces derniers mois, elle éprouvait une sorte d'engourdissement qui était presque de l'indifférence. Elle songeait qu'il serait agréable de mener une vie paisible pour changer. Elle ne s'était jamais rendu compte de son immense fatigue après tant d'années où elle avait toujours vécu sans cesse prise dans un engrenage. Elle était décidée à affronter loyalement sa nouvelle vie, à « se rapprocher de la nature », et cette pensée l'aidait à supporter l'éloignement que lui inspirait le veld. Se rapprocher de la nature ! C'était une pensée abstraite, mais rassurante et conforme aux descriptions des livres dont elle raffolait pour leur agréable sentimentalité. Autrefois, quand elle travaillait en ville, il lui arrivait souvent de partir pour le week-end, de prendre part à des pique-niques avec une bande de filles et de garçons. Ils passaient la journée allongés à l'ombre, sur des rochers brûlants à écouter un gramophone portatif moudre des airs de danse américains : ils appelaient cela aussi se rapprocher de la nature. Elle soupirait : « Ah ! Que c'est bon de fuir la ville ! » Mais ce que disait Mary, comme la plupart des gens, du reste, n'avait souvent aucun rapport avec ce qu'elle éprouvait, et elle se sentait toujours profondément soulagée de retrouver sa chambre avec l'eau chaude à volonté, les rues de la ville et son bureau.

Mais dorénavant, elle ne dépendrait plus que d'elle-même, c'était cela le mariage, c'était pour cela que ses amies s'étaient mariées : avoir sa maison et personne pour vous commander. Elle se disait vaguement qu'elle avait eu raison d'épouser Dick, tout le monde avait eu raison dans cette affaire, car lorsqu'elle faisait un retour en arrière, il lui semblait que tous ceux qu'elle avait connus l'avaient toujours poussée, voire en silence, à convoler. Elle allait être heureuse. Elle ignorait tout de la vie qu'elle était appelée à mener. La pauvreté dont Dick, dans sa scrupuleuse humilité, avait si souvent agité le spectre devant ses yeux, n'était également qu'une abstraction pour elle et qui n'avait rien à voir avec les privations de son enfance. Elle l'imaginait plutôt comme une lutte assez stimulante contre le sort.

Enfin, le camion s'arrêta et elle put se lever. La lune s'était cachée derrière un grand et lumineux nuage blanc et ils se trouvèrent soudain environnés de ténèbres, des milles et des milles de ténèbres sous un ciel sombre, où de rares étoiles luisaient faiblement.

Alentour, on ne voyait que des arbres, ces petits arbres du veld : trapus, déjetés et comme écrasés par le lourd et implacable soleil. À cet instant, on eût dit d'obscurs et immobiles fantômes rangés en un cercle tout autour de la petite clairière où s'était arrêté le camion. On voyait au-delà un petit bâtiment carré dont la toiture de tôle brilla d'un éclat blanchâtre quand la lune émergea lentement de dessous le nuage et inonda tout l'espace de clarté. Mary descendit du camion, le regarda s'éloigner et contourner la maison. Elle jeta un coup d'œil autour d'elle et frissonna légèrement car un petit vent frais qui soufflait dans les arbres montait vers elle et derrière les arbres une sorte de vapeur froide et blanche semblait flotter. On n'avait qu'à prêter l'oreille pour distinguer dans le silence absolu d'innombrables et légers chuchotements venus des fourrés comme si des colonies entières d'étranges créatures s'étaient immobilisées pour observer le camion qui approchait et retournaient maintenant à leurs occupations. Elle parcourut du regard la maison qui lui parut lugubre avec ses fenêtres closes dans ce grand flot de clarté lunaire. Un mur de pierre brillait immaculé devant la façade ; elle le suivit du côté opposé à la maison et s'éloigna vers les arbres qui semblaient grandir et s'épanouir doucement à mesure qu'elle avançait. Puis, un oiseau bizarre lança comme un sauvage appel dont l'écho se répercuta dans la nuit. Mary s'enfuit précipitamment, terrorisée comme si elle s'était sentie effleurée par un souffle maléfique venu d'un autre monde et, tandis qu'elle courait et trébuchait avec ses hauts talons sur le sol inégal, les oiseaux réveillés par les phares du camion se mirent à caqueter, à s'agiter de toutes parts et ce bruit familier chassa l'hallucination. Elle s'arrêta devant la maison, avança la main pour toucher les feuilles d'une plante qui poussait dans un bidon en fer-blanc posé sur la balustrade de la véranda et une faible odeur de géranium parfuma ses doigts. Puis, un pinceau de lumière balaya la façade aveugle de la maison et elle vit la haute silhouette de Dick qui franchissait le seuil, vaguement éclairé par la bougie qu'il élevait devant lui. Elle monta les marches du perron, puis s'arrêta devant la porte pour l'attendre, mais Dick avait de nouveau disparu, laissant la bougie sur la table. Dans cette lumière trouble et jaunâtre, la pièce semblait minuscule et très basse, la toiture de tôle, que Mary avait remarquée tout à l'heure du dehors, tenait lieu de plafond, une odeur musquée, presque animale, remplissait la pièce. Dick revint, portant une vieille boîte de cacao dont il avait aplati et martelé les bords pour pouvoir s'en servir comme d'un entonnoir afin de remplir la lampe suspendue au plafond. Le pétrole coula en grosses gouttes huileuses, se répandit sur le sol, et sa violente odeur fit presque défaillir Mary. La lumière monta, flamboya, puis baissa et ne fut plus qu'une langue de flamme jaune. À présent, Mary pouvait **distinguer** les peaux de bêtes qui jonchaient le carrelage de briques rouges : c'étaient des sortes de chats sauvages ou de petits léopards, et il y avait une grande peau fauve, couleur chamois, qui devait être la dépouille d'un cerf ou d'une antilope. Elle s'assit, effarouchée par l'aspect insolite de tout ce qu'elle voyait. Dick surveillait son visage, elle le savait, pour y surprendre des signes de désappointement et elle s'efforça de sourire quoiqu'elle se sentît soudain toute faible et envahie par une sorte de pressentiment. Cette pièce minuscule et étouffante, ce sol nu en briques, cette lampe huileuse, ne ressemblaient à rien de ce qu'elle avait imaginé.

Dick parut rassuré, lui adressa un sourire de gratitude, puis il déclara : « Je vais préparer le thé » et disparut à nouveau. Quand il revint, il la trouva debout en train d'examiner deux images accrochées au mur. L'une, qui avait dû orner le couvercle d'une boîte de chocolat, représentait une dame qui tenait une rose à la main ; l'autre, visiblement découpée dans un calendrier, montrait un garçonnet de six à sept ans.

Il s'empourpra en la voyant ainsi absorbée et arracha précipitamment les images du mur... « Il y a des années que je n'y ai pas jeté un coup d'œil », dit-il en les déchirant en deux. « Mais non, laissez-les donc », fit-elle, tout en se disant qu'elle était comme une intruse qui se serait introduite dans la vie intime de cet homme. Les deux images grossièrement fixées au mur par des punaises l'avaient éclairée, pour la première fois, sur la solitude où il avait vécu. Elle comprit pourquoi sa cour avait été si rapide et aussi l'irrésistible besoin qu'il semblait avoir d'elle. Mais elle se sentait très loin de lui, incapable de combler son attente ; et en baissant les yeux, elle vit le joli visage enfantin, tout auréolé de boucles, déchiré en deux et gisant par terre, là où il l'avait jeté. Elle ramassa l'image et pensa soudain qu'il devait aimer les enfants. Ils n'avaient jamais abordé cette question entre eux, n'ayant guère eu le temps de se parler intimement. Elle chercha des yeux une corbeille à papier, mais Dick lui prit l'image des mains et en fit une boule qu'il jeta dans un coin.

— Nous pourrons la remplacer par une autre, fit-il timidement.

C'était cette timidité, cette réserve qu'il manifestait à son égard qui désarmaient Mary. Elle éprouvait le désir de le protéger quand il avait cette expression timide, ce regard implorant ; cela lui permettait d'oublier qu'il était l'homme qu'elle avait épousé, l'homme qui avait des droits sur elle. Elle s'assit très calme devant le plateau de fer-blanc et elle remarqua que le napperon, sur lequel étaient posées deux grandes tasses fêlées, était sale et déchiré. Une vague de dégoût l'envahit, cependant qu'elle entendait la voix de son mari :

— Mais c'est à vous qu'incombe désormais cette tâche.

Elle lui prit des mains le pot d'eau chaude et tout en servant le thé, elle pouvait sentir son regard qui suivait ses gestes avec délectation. Maintenant qu'elle était là, elle, la femme dont il avait rêvé, qu'elle remplissait la petite maison, si nue, de sa présence, il avait peine à contenir sa joie débordante. Il se jugeait un fou d'avoir si longtemps attendu dans la solitude en rêvant d'un bonheur pourtant bien facile à atteindre. Mais ensuite, ayant jeté un coup d'œil sur les vêtements de Mary, sa robe à la mode et ses hauts talons, ses ongles laqués, il fut à nouveau envahi par un malaise. Pour le cacher, il recommença à parler de la maison avec cette humilité que lui inspirait le sentiment de sa pauvreté, et sans quitter sa femme des yeux un seul instant, il lui raconta comment il l'avait bâtie de ses propres mains, assemblant et cimentant les briques, bien qu'il ne connût rien au bâtiment, uniquement pour économiser le salaire d'un maçon indigène, comment il l'avait meublée peu à peu de bric et de broc, se contentant pour commencer d'un lit pour dormir et d'une caisse d'emballage en guise de table. Par la suite un voisin lui avait donné une vraie table, un autre avait apporté une chaise et ainsi, graduellement, la maison avait commencé à prendre tournure, si l'on peut dire. Des caisses à pétrole peintes et recouvertes de tissu à fleurs tenaient lieu de commodes et de buffet. Il n'y avait pas de porte entre la pièce où ils se trouvaient et la pièce voisine : un épais rideau de toile à sac en tenait lieu. Il s'ornait de broderies noires et rouges faites par la femme de Charlie Slatter, leur plus proche voisin, et ainsi de suite. Elle dut entendre l'histoire de chaque objet et comprit que toutes ces choses qui lui paraissaient si pathétiques, si pitoyables, représentaient pour Dick des victoires sur la misère et elle se sentit, peu à peu, submergée par le sentiment qu'elle n'était pas là, assise chez elle, dans sa maison, avec son mari, mais de nouveau auprès de sa mère en train de tirer des plans pour joindre les deux bouts ; de rapiécer, de ravauder leurs pauvres hardes. L'impression fut si vive qu'elle se redressa brusquement, incapable d'en supporter davantage. Elle était poursuivie par la pensée obsédante que son père, du fond de sa tombe, lui signifiait sa volonté et la ramenait de force au genre de vie qu'il avait imposé à sa mère.

— Passons dans la pièce à côté, fit-elle brusquement d'une voix dure.

Dick se leva lui aussi, un peu surpris et blessé d'être interrompu au beau milieu de ses histoires. La pièce voisine était la chambre à coucher. On y voyait encore une tenture en toile à sac brodée devant un placard, des caisses à pétrole placées l'une sur l'autre et surmontées par une glace en équilibre instable, enfin le lit que Dick avait acheté pour la circonstance. C'était un bon lit, très haut, massif, à la mode d'autrefois. Il symbolisait ses idées sur le mariage. Il l'avait acheté à une vente et pendant qu'il alignait l'argent, il avait eu soudain le sentiment d'avoir capté le bonheur.

La voyant debout au milieu de la chambre, le visage égaré, pathétique, tandis que ses yeux erraient autour de la pièce et qu'elle portait machinalement les mains à ses joues comme si elle souffrait, il eut soudain pitié d'elle et s'éloigna pour la laisser se déshabiller. Tout en retirant lui-même ses vêtements de l'autre côté de la portière, il éprouva à nouveau une sorte d'angoisse sourde et amère, née du sentiment de sa culpabilité : il n'avait pas le droit de se marier, pas le droit, non, pas le droit. Il se l'était d'abord dit tout bas, et maintenant prenait une sorte de plaisir à se torturer en répétant : pas le droit, non... Ensuite, quand il entra dans la chambre après avoir timidement frappé au mur, et qu'il la vit couchée, le dos tourné, il s'approcha d'elle avec cette timide adoration qui était le seul sentiment qu'elle pût tolérer de sa part dans leurs rapports.

« Après tout, ce n'était pas si terrible », se dit-elle quand tout fut terminé. « Pas si terrible que ça. » En fait, ce n'était rien pour elle, rien du tout. Elle s'attendait à être blessée, forcée, et elle se sentait soulagée de constater qu'elle n'éprouvait rien. Elle était capable d'accorder maternellement le don d'elle-même à cet humble étranger tout en restant hors d'atteinte.

Bien des femmes, et d'instinct elle était du nombre, possèdent à un point incroyable la faculté de rester absente des rapports sexuels mais de telle façon que leur mari tout en étant blessé et humilié ne puisse en aucune façon leur en faire grief. À vrai dire, Mary n'avait pas à l'apprendre, elle savait cela d'instinct, elle n'avait rien attendu de cet homme qui n'était que chair et sang, un être assez ridicule et non la créature enfantée par son imagination et qu'elle avait dotée de mains et de lèvres mais non d'un corps. Et si Dick se sentait repoussé et frustré, s'il était prêt à se montrer fou et brutal, aussitôt, le sentiment de sa culpabilité lui soufflait qu'il ne lui était rien fait qu'il n'eût mérité. Peut-être avait-il besoin de se sentir coupable et peut-être ce mariage n'était-il pas si raté après tout. Innombrables sont les unions où deux êtres trop compliqués et profondément plongés dans le péché et dans la terreur sont pourtant parfaitement assortis et s'infligent mutuellement les souffrances qui leur sont nécessaires et qui vont dans le sens de leur destin.

Quoi qu'il en fût, quand Dick étendit le bras pour éteindre la lumière et aperçut les petits souliers pointus de Mary qui gisaient sur la peau du léopard tué par lui l'an dernier, il se répéta encore avec un frémissement d'humiliation où tremblait une obscure satisfaction : « Je n'avais pas le droit, non, pas le droit. » Quant à Mary, elle contemplait la flamme vacillante de la lampe à pétrole prête à s'éteindre et dont le reflet tremblait sur les murs et les vitres éclairées par la lune, et elle s'endormit en serrant la main de son mari, d'un geste protecteur et maternel comme elle aurait tenu celle d'un enfant souffrant qu'elle-même aurait blessé.

Chapitre IV

En se réveillant, elle constata qu'elle était seule dans le lit et, au même moment, elle entendit le bruit d'un gong qui semblait venir de l'autre côté de la maison. Elle put voir par la fenêtre qu'une douce lumière dorée jouait sur les arbres, que les rayons d'un pâle soleil tirant sur le rose s'allongeaient sur les murs blancs, faisant ressortir le grain rugueux du lait de chaux dont ils étaient badigeonnés. Tandis qu'elle les regardait, elle les vit foncer, tourner au jaune vif et la pièce parut soudain toute dorée mais encore rapetissée, plus basse, plus nue que la veille à la clarté fumeuse de la lampe. Au bout de quelques instants, Dick entra, encore vêtu de son pyjama, et comme il caressait sa joue, elle put sentir la fraîcheur de l'aube sur sa main.

— Bien dormi ?
— Oui, merci.
— Le thé arrive.

Ils se traitaient avec politesse et une sorte de gaucherie pour effacer le souvenir de la nuit passée. Il s'assit sur le bord du lit et se mit à manger des biscuits ; puis, un vieux nègre entra, portant le plateau du déjeuner et le posa sur la table.

— Voici ta nouvelle maîtresse, lui fit Dick. Mary, c'est Samson.

Le vieux serviteur murmura sans lever les yeux : « Bonjour, Missus [1] », puis il ajouta poliment en s'adressant à Dick, comme si on lui avait demandé son avis : « Elle est mignonne, patron, très mignonne. »

Dick se mit à rire, puis se tournant vers sa femme :

— Il vous soignera bien, dit-il. Ce vieux cochon n'est pas un mauvais bougre.

La jeune femme fut choquée par ce langage de maquignon, mais à tout prendre ce n'était qu'une façon de parler et elle se calma. Cependant, restée seule, elle ruminait encore son indignation en se répétant : « Non, mais pour qui se prend-il ? » cependant que Dick, loin de se douter de ce qui se passait en elle, se sentait follement heureux. Il avala d'un trait deux tasses de thé puis alla s'habiller et revint vêtu d'un short et d'une chemise kaki pour lui dire au revoir avant de partir aux champs. Après son départ, Mary se leva à son tour et se mit à regarder autour d'elle. Samson était en train de nettoyer la première pièce dans laquelle ils étaient entrés en arrivant la veille, et il avait réuni tous les meubles au centre. Elle passa derrière lui et pénétra dans la petite véranda qui n'était qu'un auvent dans le prolongement de la toiture et prenait appui sur trois montants de brique. Un mur très bas l'entourait, jalonné de bidons à pétrole peints en vert foncé et tout écaillés, où l'on avait planté des géraniums et de petits arbrisseaux en fleurs. On découvrait au premier plan une étendue de sable incolore, puis des fourrés d'arbrisseaux nains et rabougris le long d'une pente qui descendait jusqu'au fond d'un ravin tapissé d'une herbe haute, brillante et drue.

Au-delà du ravin aux contours sinueux, des fourrés broussailleux que bornait à l'horizon une chaîne de collines où des crêtes saillaient de place en place. Promenant

---

1. Missus : *Madame* dans le langage des noirs. (*N.d.T.*)

les yeux autour d'elle, elle se rendit compte que la maison était bâtie sur une petite éminence qui se dressait au milieu d'une vallée assez ample entourée de collines et de crêtes, toutes bleues dans la brume du matin. Elle remarqua que ces collines étaient assez éloignées de la façade, mais que derrière la maison elles paraissaient toutes proches. Elle songea qu'il devait faire très chaud à cause de cette situation ; puis, abritant ses yeux derrière sa paume, elle regarda le ravin qui lui parut d'une étrange et merveilleuse beauté avec l'épais feuillage vert dont il était tapissé, la folle exubérance d'une herbe pâle qui brillait comme l'or au soleil. Le chœur des oiseaux montait dans le ciel d'un bleu étincelant : une cascade de sons aigus et argentins tels qu'elle n'en avait jamais entendu.

Elle fit le tour de la maison et constata qu'elle formait un rectangle. Les deux pièces qu'elle connaissait occupaient la largeur de la façade. Derrière il y avait la cuisine, le débarras qui servait d'office et la salle de bains. Au bout d'un petit sentier sinueux tapissé d'herbe s'élevait une sorte d'étroite guérite : le lavoir ; on voyait d'un côté le poulailler avec un grand enclos grillagé où s'ébattaient des poussins d'un jaune presque blanc et de l'autre une troupe de dindons qui raclaient la terre sèche et brune tout en gloussant.

Elle entra dans la maison par-derrière, en traversant la cuisine, elle remarqua la cuisinière à bois. Une table massive aux pieds grossièrement équarris occupait plus de la moitié de la pièce.

Samson était dans la chambre en train de faire le lit. Elle n'avait jamais eu jusqu'ici à commander les nègres. Dans son enfance, chez sa mère, il lui était défendu d'adresser la parole aux domestiques. Plus tard, au club, elle les avait traités avec bienveillance, et pour ce qui est du problème noir elle s'était contentée de prêter une oreille complaisante aux doléances de ses amies qui se plaignaient de leurs domestiques autour d'une table à thé. Bien entendu, comme toutes les femmes en Afrique du Sud, elle portait au fond d'elle-même cette peur du nègre qui leur est inculquée dès l'enfance. Autrefois, quand elle n'était qu'une petite fille, on lui avait défendu une fois pour toutes de sortir seule et lorsqu'elle avait demandé pourquoi, une voix basse, furtive et grave, qui devait demeurer associée pour elle à l'image de sa mère, lui avait répondu que les noirs étaient très méchants et capables de lui faire beaucoup de mal.

Et maintenant voici qu'elle était brusquement obligée d'affronter le problème des races et d'entrer en lutte avec les indigènes. Elle ne pouvait concevoir ses rapports avec eux sous une autre forme et quoi qu'il lui en coûtât elle était décidée à batailler ferme. Cependant, elle était prête à éprouver de la sympathie pour Samson à voir sa bonne figure de vieil indigène respectueux. Il lui demanda comme elle entrait dans la salle de bains :

— Missus veut voir la cuisine ?

Elle avait espéré que ce serait Dick qui lui ferait faire le tour du propriétaire, mais voyant le nègre désireux de la guider, elle accepta.

Il franchit le seuil, pieds nus, pour lui montrer le chemin et elle le suivit. Il ouvrit la porte du garde-manger et elle vit une pièce sombre, mal éclairée par une haute fenêtre et remplie de toutes sortes de provisions. De grandes boîtes en fer renfermant le sucre, la farine, le thé, le seigle, étaient posées à même le sol.

Il lui expliqua :

— C'est le patron qui a les clefs.

Elle s'amusa de le voir accepter avec tant de philosophie une mesure qui ne pouvait s'expliquer que par un manque de confiance en son honnêteté. Dick et Samson se comprenaient parfaitement. Le premier enfermait toutes les provisions à clé, mais il en remettait un tiers de plus qu'il ne fallait à Samson qui en disposait sans vergogne. À vrai dire, il n'y avait pas grand-chose à voler dans ce ménage de célibataire et le noir escomptait de plus grandes largesses maintenant qu'il y avait une femme dans la maison. Respectueux et courtois, il montra à Mary le peu de linge qu'ils avaient, les ustensiles, la réserve de bois rangé derrière la cuisine, lui fit voir comment marchait le fourneau, avec l'air d'un honnête gérant qui remet les clés au véritable propriétaire. Il lui montra également, quand elle le questionna à ce sujet, une vieille plaque de charrue accrochée à une branche d'arbre au-dessus du bûcher et le boulon de fer tout rouillé provenant d'un wagon dont on se servait pour frapper la plaque. C'était le gong qu'elle avait entendu le matin en se réveillant.

La même cérémonie se répétait tous les jours à cinq heures et demie du matin, pour réveiller les valets et les ouvriers agricoles qui couchaient non loin dans leurs cases, puis à midi trente et deux heures, pour annoncer l'arrêt et la reprise du travail avant et après le repas. Le son était grave et vibrant et se répercutait à des milles à la ronde à travers la brousse.

Elle rentra dans la maison pendant qu'il préparait le petit déjeuner. La chaleur grandissante avait déjà fait taire les oiseaux. Bien qu'il fût à peine sept heures Mary avait le front couvert de sueur, ses jambes se dérobaient sous elle, et tout son corps était en transpiration. Dick revint une demi-heure plus tard, tout heureux de la retrouver, mais le front soucieux. Il traversa la maison et alla droit à la cuisine où elle l'entendit invectiver Samson dans une sorte de jargon dont elle ne comprenait pas un traître mot. Puis il revint et lui dit :

— Ce vieil imbécile a encore laissé partir les chiens. Je lui avais cependant bien dit de faire attention.

— Quels chiens ?

Il expliqua :

— Ils font toujours les fous en mon absence, s'échappent et se mettent en chasse. Ils disparaissent parfois pendant plusieurs jours, et toujours quand je ne suis pas là. Chaque fois qu'il les laisse filer il leur arrive des catastrophes dans la brousse, tout cela parce qu'il est trop feignant pour les nourrir.

Pendant tout le repas, il se montra sombre et morose, les sourcils froncés, et garda un lourd silence. Un outil s'était cassé, une voiture d'arrosage avait perdu une roue, le camion avait été hissé jusqu'en haut de la côte avec le frein. Il était là, enfoncé jusqu'au cou dans ses soucis quotidiens, irrité par la sottise et l'incurie auxquelles il se heurtait continuellement. Mary se taisait, elle aussi. Tout ce qu'elle voyait lui semblait si étrange ! Le petit déjeuner à peine avalé, Dick prit son chapeau sur la chaise où il l'avait posé et sortit de nouveau. Mary chercha un livre de cuisine et l'emporta. Vers le milieu de la matinée, on vit revenir les chiens, deux grands bâtards qui semblaient demander joyeusement pardon à Samson pour avoir fait l'école buissonnière mais qui regardèrent Mary comme une intruse. Ils burent à longs traits, laissant des traînées humides sur le carrelage de la cuisine, puis s'en allèrent dormir dans la pièce du devant sur les peaux de bêtes dont l'odeur évoquait des scènes de carnage dans la brousse.

Quand elle en eut fini avec ses expériences culinaires, sous la surveillance polie et l'œil indulgent du nègre, elle vint s'étendre sur son lit avec un dictionnaire et une grammaire de dialecte kaffir. C'était la première science qu'il lui fallait acquérir si elle voulait communiquer avec Samson.

Chapitre V

Mary avait acheté sur ses propres économies du tissu à fleurs dont elle avait fait des rideaux et recouvert des coussins, elle avait acquis un peu de linge, de vaisselle, quelques coupons d'étoffe et la maison perdait peu à peu son aspect misérable pour prendre, grâce à quelques tentures aux couleurs vives, deux ou trois gravures, une sorte de grâce modeste et pimpante. La jeune femme travaillait avec ardeur. Elle guettait le regard surpris et approbateur de Dick chaque fois qu'il découvrait, en rentrant de son travail, un nouveau changement dans la maison. Un mois après son arrivée, elle constata en parcourant toutes les pièces qu'il ne lui restait plus rien à faire. Elle n'avait plus d'argent, du reste.

Elle s'était rapidement adaptée au rythme de sa nouvelle vie. Le changement était si grand que c'était comme si elle était devenue une autre femme. Chaque matin, elle était réveillée par le son du gong et elle prenait son thé au lit, en compagnie de Dick. Après son départ aux champs, elle distribuait les provisions nécessaires pour la journée mais de façon si stricte que Samson jugeait que les choses avaient empiré au lieu de s'améliorer. Même ce tiers supplémentaire qui lui avait été autrefois tacitement abandonné par Dick lui était maintenant enlevé, et elle portait les clefs du placard aux provisions attachées à sa ceinture. À l'heure du petit déjeuner, elle en avait fini avec toutes ses besognes ménagères, il ne lui restait qu'un peu de cuisine à faire, une cuisine pas bien compliquée du reste. Mais Samson était plus habile qu'elle dans ce domaine et au bout de quelque temps elle lui laissa le soin de préparer les repas. Elle passait sa matinée à coudre jusqu'au déjeuner et l'après-midi recommençait à coudre. Elle se couchait à la dernière bouchée et dormait toute la nuit d'un sommeil d'enfant.

Elle jouissait réellement de son nouvel état dans ce premier transport de zèle qui la poussait à tout organiser autour d'elle et à tirer le meilleur parti de ses modestes ressources. Elle aimait tout particulièrement les premières heures de la matinée, avant la grande chaleur qui l'engourdissait et l'épuisait, et elle goûtait la nouveauté de ses loisirs, les compliments de Dick, la joie orgueilleuse, la tendre gratitude qu'il lui témoignait pour toutes les transformations qu'elle avait apportées dans leur intérieur (comment imaginer que sa misérable maison pourrait devenir aussi pimpante !). Ces sentiments l'aidaient à taire le secret désappointement qu'il éprouvait par ailleurs. Quand il arrivait à Mary de surprendre un regard douloureusement perplexe dans les yeux de son mari, elle détournait les siens, car elle ne voulait pas penser aux souffrances qu'il endurait. Il lui suffisait d'y arrêter son esprit pour éprouver une sorte d'éloignement à son égard.

Ayant apporté toutes les transformations qu'elle pouvait dans la maison, Mary se mit à coudre pour elle-même et confectionna un modeste trousseau. Vint le moment, quelques mois à peine après son mariage, où elle découvrit qu'il ne lui restait plus rien à faire ; du jour au lendemain, elle n'eut plus qu'à se croiser les bras, mais, d'instinct, elle redoutait l'oisiveté comme un danger et, reprenant son linge, elle entreprit d'en broder toutes les pièces et se remit assidûment au travail comme si sa vie en dépendait.

Elle était adroite à ces travaux d'aiguille et les résultats furent vraiment étonnants. Dick ne lui marchandait pas les éloges d'autant plus que son activité le surprenait. Il s'était attendu à une période d'adaptation assez difficile pour elle, imaginant qu'elle aurait beaucoup de mal à s'habituer à la solitude. Mais elle ne paraissait pas souffrir de son isolement et semblait très heureuse de passer ses journées à coudre. Et pendant tout ce temps, il la traitait comme une sœur, car c'était un homme sensible et délicat, et il attendait qu'elle vînt à lui de son propre gré. Le soulagement visible qu'elle éprouvait à voir ses effusions limitées aux manifestations d'une tendresse fraternelle le blessait profondément mais il continuait de penser qu'un jour le reste finirait par venir.

Quand il ne resta plus le moindre bout d'étoffe à broder, Mary se retrouva livrée à elle-même, et sans but. Elle recommença à chercher une occupation. Les murs étaient d'une saleté repoussante et elle décida de les badigeonner au lait de chaux, elle-même, par économie. Pendant les quinze jours suivants, Dick en rentrant, trouvait tous les meubles rassemblés au milieu de la pièce et voyait, posés par terre, de grands seaux remplis d'une épaisse peinture blanche. Mais Mary était très méthodique et ne commençait à peindre une pièce qu'après avoir fini l'autre et, tout en admirant son adresse et cette confiance en elle-même qui lui permettaient d'entreprendre un travail qu'elle n'avait jamais fait de sa vie et dont elle n'avait même pas la moindre notion, il commençait à se sentir inquiet. À quoi pourrait-elle employer tant d'énergie et ces capacités exceptionnelles ? Lui-même, à la voir si entendue, perdait le peu de confiance qu'il avait en lui car il savait au fond de son cœur qu'il manquait précisément des qualités dont elle faisait preuve. Bientôt, tous les murs étincelèrent d'une blancheur un peu bleutée. Chaque pouce avait été repeint par Mary elle-même, juchée à longueur de journée sur une grossière échelle.

Alors, elle se rendit compte qu'elle était lasse. Elle prit plaisir à se détendre, à flâner, allongée sur le grand divan, les bras croisés. Mais ce répit fut de courte durée. Bientôt elle se montra inquiète, agitée, et s'inventa de nouvelles tâches. Elle défit le paquet de romans qu'elle avait apportés et se mit à les feuilleter. C'étaient des livres qu'elle avait choisis parmi tous ceux qui lui étaient tombés entre les mains pendant toutes ces années. Elle les avait tous lus au moins une douzaine de fois et, en les relisant, elle suivait la trame familière du récit comme un enfant écoute sa mère lui raconter un conte de fées qu'il connaît par cœur. Ces livres avaient été autrefois pour elle comme un somnifère ou une drogue, mais à présent, elle les feuilletait nonchalamment, se demandant pourquoi ils avaient perdu tout leur charme à ses yeux. Son esprit vagabondait pendant qu'elle tournait résolument les pages et elle put constater au bout d'une heure qu'elle n'avait pas compris un mot de ce qu'elle lisait. Elle rejeta le livre, en prit en autre, mais le résultat fut identique. Pendant quelques jours, on vit traîner un peu partout dans la maison des tas de livres aux couvertures poussiéreuses et défraîchies, mais Dick était ravi. L'idée qu'il avait épousé une femme aimant les livres le flattait. Un soir il prit un volume intitulé *La Belle Dame blonde* et l'ouvrit au hasard : « Les émigrants se dirigèrent vers le nord, vers cette Terre promise où jamais la main glacée et avide des Anglais, leurs ennemis détestés, ne les atteindrait. La colonne était lovée comme un serpent au milieu d'un paysage brûlant et Prunella Van Kotsie galopait avec grâce. Elle portait un casque blanc et ses cheveux encadraient comme des grappes son charmant visage où perlait la sueur... Piet Van Friesland l'observait, le cœur battant... Pourrait-il jamais conquérir la douce Prunella qui passait comme une reine parmi tous ces "burghers" et ces "mynhers" ?... Il ne pouvait détacher ses regards du délicieux visage qui le fascinait... Tante Mina qui dressait la table pour le déjeuner éclata tout à coup d'un rire qui fit trembler ses hanches grasses. Elle songeait : "Quel beau couple... le merveilleux mariage que nous aurons là !..." »

Il n'alla pas plus loin, ayant abandonné le livre, il jeta un coup d'œil à Mary qui avait laissé tomber le sien sur ses genoux et, les yeux levés, semblait contempler le toit.

— Dick, dites-moi, ne pourrait-on pas s'arranger pour faire poser un plafond ? demanda-t-elle d'un ton irrité.

— Cela coûterait bien cher, fit-il d'un air dubitatif. Peut-être l'année prochaine, si les affaires sont bonnes.

Quelques jours plus tard, Mary ramassa tous les livres et les enferma dans un placard. Elle ne pouvait y trouver ce dont elle avait besoin. Elle reprit son manuel de dialecte kaffir et consacra désormais tout son temps à l'étude.

Elle s'exerçait ensuite à la cuisine avec Samson qu'elle démontait par ses remarques acerbes. Bien qu'elle s'efforçât d'être équitable, à son égard, son attitude restait distante et glacée.

Samson était de plus en plus malheureux, il était habitué à Dick et tous deux se comprenaient si bien mutuellement. Le maître pouvait bien crier et l'injurier, souvent, copieusement, il n'en rirait pas moins avec lui l'instant d'après tandis que cette femme, elle, ne riait jamais. Elle sortait du garde-manger la quantité strictement nécessaire de sucre, de farine. Elle avait une mémoire extraordinaire et tenait un compte exact des restes et s'ils venaient à manquer elle les réclamait.

Brusquement chassé de l'existence relativement agréable qu'il avait menée jusqu'ici, Samson devint de plus en plus morose. Il y eut plusieurs scènes à la cuisine et, un soir, Dick trouva sa femme en larmes. Le raisin sec remis au domestique pour la confection du pudding qui devait figurer au repas du soir s'était en partie évaporé et le noir niait effrontément l'avoir volé.

— Seigneur, fit Dick tout amusé, et moi qui croyais qu'il était arrivé un malheur !

— Mais je sais qu'il les a pris, fit Mary au milieu de ses larmes.

— C'est bien probable, mais tout compte fait, c'est un bon vieux cochon.

— Je les lui retiendrai sur ses gages.

Dick, vaguement inquiet de la voir dans cet état, fit seulement :

— Si vous jugez que c'est absolument indispensable...

C'était la première fois qu'il la voyait pleurer.

Ainsi, Samson qui touchait une livre par mois se vit retenir deux shillings sur ses appointements. Il se l'entendit notifier par elle sans mot dire, avec un visage sombre et fermé, mais il en appela à Dick qui lui déclara qu'il devait obéir à sa maîtresse. Et le soir même, tandis qu'ils étaient encore aux champs, le noir apprit à son maître qu'il était rappelé chez lui... Mary tenta de lui arracher des explications en dépit de Dick qui la tirait par la manche en hochant la tête.

— Pourquoi devrais-je m'abstenir de l'interroger du moment qu'il ment, car il ment, c'est certain.

— Bien sûr qu'il ment, s'écria Dick d'un ton irrité ; c'est évident. Là n'est pas la question mais vous ne pouvez pas le garder de force.

— Rien ne peut m'obliger à accepter un mensonge. Pourquoi devrais-je faire semblant de le croire ? et pourquoi n'avoue-t-il pas tout simplement qu'il ne veut pas travailler pour moi au lieu de mentir et d'inventer ces histoires à dormir debout.

Dick haussa les épaules en lui jetant un regard impatient ; il ne comprenait pas cette absurde obstination. Lui savait comment s'y prendre avec les indigènes, les rapports qu'il entretenait avec eux étaient parfois irritants mais souvent cocasses et les deux parties étaient toujours fidèles à certaines règles admises tacitement.

— S'il vous avait avoué la vérité, vous auriez été furieuse, dit-il d'un air sombre sans toutefois prendre les choses au tragique car il la traitait en enfant quand elle se conduisait ainsi...

Mais il était sincèrement peiné de voir partir son vieux domestique qui avait travaillé pour lui pendant tant d'années. « Bon, conclut-il enfin, avec philosophie, j'aurais dû prévoir tout cela et engager dès le début un nouveau serviteur ; il faut toujours s'attendre à des ennuis quand il y a un changement de direction. »

Mary observa la scène des adieux qui se passa au bas des marches devant la porte de la cuisine.

Elle en fut stupéfaite et même dégoûtée.

Dick semblait vraiment désolé de voir partir le nègre or elle ne pouvait même pas imaginer qu'un blanc fût capable d'éprouver un sentiment quelconque à l'égard d'un indigène. Dick lui paraissait quasi répugnant, vu sous cet angle. Elle l'entendit dire : « Quand tu auras fini ton travail, chez toi, tu reviendras, n'est-ce pas ? et tu recommenceras à travailler pour nous ?... » — « Oui, Maître », répondit l'indigène, mais il avait déjà tourné le dos et il s'éloignait.

Dick rentra tout sombre et taciturne.

— Il ne reviendra pas, dit-il.

— Ce ne sont pas les moricauds qui manquent il me semble, fit-elle avec hargne.

— Oh ! bien sûr ! convint-il.

Plusieurs jours se passèrent avant qu'un nouveau cuisinier vînt offrir ses services et, pendant ce temps, Mary dut s'occuper elle-même de la maison. Le travail lui parut beaucoup plus dur qu'elle ne s'y serait attendue bien qu'il n'y eût pas tant à faire après tout. Mais elle aimait se sentir seule du matin au soir et chargée de toute la responsabilité.

Elle balayait, frottait, faisait tout reluire, bien qu'elle n'eût pas l'habitude des travaux domestiques, car les nègres l'avaient servie pendant toute sa vie avec une célérité et une perfection silencieuse qui tenaient de la magie ; mais pour le moment, ce travail ne lui déplaisait pas et il avait pour elle le charme de la nouveauté. Puis, quand tout fut propre et bien astiqué, que le garde-manger fut rempli de provisions, elle prit l'habitude de rester allongée pendant des heures sur le vieux divan crasseux de la pièce du devant où elle s'effondrait comme si ses jambes étaient en coton. Dieu qu'il faisait chaud ! Elle n'avait jamais imaginé qu'on pouvait avoir aussi chaud. Elle ruisselait de sueur à longueur de journée. La sueur coulait, glissait dans son dos, le long de ses côtes et de ses hanches, sous sa robe, lui donnant la sensation d'être couverte de fourmis grouillantes.

Elle prit l'habitude de rester là, complètement immobile, les yeux clos, écrasée par la chaleur qui s'abattait sur elle comme un manteau de plomb du haut de la toiture. Quel supplice c'était d'être obligée de porter un chapeau même à l'intérieur de la maison ! Elle se disait que si Dick avait vécu enfermé là comme elle au lieu d'être dehors toute la journée, il aurait depuis longtemps fait faire des plafonds. Ce n'était sûrement pas une si grosse dépense... Et à mesure que le temps passait, elle se surprenait à songer avec une irritation croissante qu'elle avait été folle de gaspiller ses modestes économies en rideaux au lieu de mettre des plafonds. Si elle insistait auprès de Dick en lui expliquant ce que cela représentait pour elle, peut-être se laisserait-il fléchir et se procurerait-il l'argent nécessaire, mais elle répugnait à le lui demander. Elle souffrait rien qu'à imaginer le regard qu'il aurait en l'écoutant, cette expression tourmentée qu'elle commençait à connaître et redoutait tout en l'aimant... car elle l'aimait, oui, profondément.

Quand Dick prenait tendrement sa main, la baisait dévotement et demandait d'un air suppliant : « Darling, m'en voulez-vous terriblement de vous avoir amenée ici ? » elle répondait : « Non, chéri, vous savez bien que non. » Elle n'avait envie d'être affectueuse et tendre avec lui que lorsqu'elle se sentait ainsi victorieuse et pleine de miséricorde. La soif de pardon qui visiblement torturait Dick, son attitude si humble l'emplissaient de joie encore qu'elle le méprisât à ces moments.

Elle restait ainsi allongée pendant des heures sur le divan, les yeux fermés, accablée par la chaleur, cédant à une lassitude qui n'était pas dépourvue de charme.

Puis, brusquement, la chaleur devenait intolérable. Au-dehors dans la brousse crissaient les cigales tandis que Mary gisait là, les membres lourds, crispés, la tête prête à éclater. Parfois elle se levait, passait dans sa chambre pour examiner une fois de plus ses vêtements et voir si elle ne trouverait pas quelque chose à coudre ou à raccommoder. Tout était en parfait état. Elle inspectait les vêtements de Dick mais il ne portait que des chemises et des shorts et c'est tout juste si elle avait de temps à autre la chance de tomber sur un bouton à remettre. Elle flânait un moment, assise dans la véranda, se plaisant à observer les jeux de la lumière sur les kopjes lointains et bleus ou bien elle traversait la maison et sortait par la porte de derrière. Un amas de roches calcinées d'où surgissaient par éclairs des lézards rouge vif, bleus ou vert émeraude la fascinait et elle restait là, éblouie par les vibrations de la lumière jusqu'au moment où, prise de vertige, elle était obligée de rentrer boire un verre d'eau.

Puis, un jour, un indigène se présenta à la porte et demanda du travail. Il voulait toucher dix-sept shillings par mois, elle l'obligea à rabattre son prix de deux shillings et se sentit toute contente d'elle-même après cette victoire. C'était un jeune nègre – presque un adolescent – tout amaigri par le long trajet qu'il venait de faire à travers la brousse pour venir de son pays natal, le Nyasaland, éloigné de plusieurs centaines de milles.

Il était totalement incapable de la comprendre et semblait très nerveux. Il se tenait raide, figé, dans une attitude craintive et ne la quittait pas des yeux comme s'il craignait de perdre un seul de ses regards. Mais cette obséquiosité irrita Mary et elle prit sa voix la plus sèche pour lui parler. Elle lui fit visiter la maison, dans ses moindres recoins, ouvrit tous les placards l'un après l'autre et lui expliqua en dialecte kaffir, qu'elle parlait à présent couramment, comment il devait s'y prendre. Il la suivait comme un chien peureux. Il n'avait jamais vu, jusqu'ici, de couteaux, de fourchettes ni d'assiettes, bien qu'il eût entendu raconter pas mal de légendes se rapportant à ces objets extraordinaires par d'autres indigènes qui avaient travaillé chez les blancs. Il ne savait même pas comment s'en servir alors que Mary prétendait lui voir saisir d'emblée la différence entre une assiette plate et une assiette à dessert. Elle ne le quitta pas des yeux pendant qu'il dressait la table et elle resta sur son dos tout l'après-midi, l'accablant d'explications et de réprimandes.

Ce soir-là, il dressa très mal la table du dîner et elle se précipita sur lui, dans une explosion de fureur, pendant que

Dick restait assis et la regardait d'un air contraint. Quand l'indigène eut quitté la pièce il dit :

— Vous devriez vous montrer plus patiente avec un nouveau venu.

— Mais je lui ai dit... je lui ai tout dit ; je lui ai expliqué au moins cinquante fois comment il fallait s'y prendre !

— Mais il n'a sans doute jamais mis les pieds dans une maison de blancs.

— Je m'en moque, je lui ai montré comment faire. Pourquoi n'obéit-il pas ?

Il serra les lèvres et la regarda attentivement, les sourcils froncés. Elle semblait littéralement hors d'elle.

— Mary, écoutez-moi bien. Si vous n'arrivez pas à vous dominer en parlant aux domestiques, vous êtes perdue... Vous devez renoncer à vos idées préconçues, modérer vos exigences et vous montrer moins stricte.

— Je ne vais pas renoncer à mes habitudes. Non, non, et pourquoi le ferais-je ? C'est déjà bien assez d'avoir à vivre...

Elle se mordit les lèvres car elle avait été sur le point de dire : « C'est déjà bien assez d'avoir à vivre dans cette étable à cochons. » Mais il devina ce qu'elle avait voulu dire et baissa la tête, fixant son assiette. Seulement, cette fois, il ne l'implorait plus humblement car il était furieux et ne se sentant pas coupable n'était nullement enclin à la soumission.

Quand elle reprit, d'une voix lasse, sourde et passionnée : « Je lui ai montré comment il devait dresser la table... Je le lui ai montré », il se leva au milieu du repas, quitta la pièce et sortit sans mot dire. Elle le vit frotter une allumette puis allumer une cigarette.

Ainsi, il était mécontent, oui, c'est cela, mécontent au point de manquer à la règle qu'il s'était imposée une fois pour toutes de ne jamais fumer avant la fin du repas. Eh bien il n'avait qu'à cuver sa mauvaise humeur.

Le lendemain, au cours du déjeuner, dans son trouble le nègre laissa tomber une assiette, et elle le renvoya séance tenante.

Elle dut se remettre à faire tout le travail de sa maison, mais cette fois, elle en conçut beaucoup d'aigreur, de dégoût et en rendit responsable l'horrible noir qu'elle avait renvoyé sans lui payer un sou. Elle nettoyait, lavait et astiquait les tables, les chaises et les assiettes avec rage, comme si elle frottait la peau d'un indigène. Elle était consumée de haine. Et en même temps, elle se promettait en secret de ne pas se montrer aussi exigeante envers le prochain domestique. Celui qu'elle engagea était tout différent. Il avait une longue expérience des femmes blanches qui l'avaient fait travailler pendant des années en le traitant comme un esclave, et il avait appris à rester impassible, répondant poliment à tout ce qu'elle disait : « oui missus (oui madame) », sans la regarder. Elle s'irritait de ne jamais rencontrer son regard. Elle ignorait que cela faisait partie du code de la politesse chez les indigènes : ne jamais regarder un supérieur en face. Elle pensait que c'était une preuve de plus de la fausseté de leur nature, c'était comme si l'homme lui-même n'était pas là : il n'y avait qu'une carcasse noire prête à obéir à ses ordres. Et elle en était tout aussi enragée que s'il lui désobéissait ou n'en faisait qu'à sa tête. Elle avait envie de ramasser une assiette et de la lui flanquer à la figure afin de le voir au moins exprimer un sentiment humain, ne fût-ce que la souffrance... Son attitude envers lui était strictement correcte, glacée, bien qu'elle ne le quittât jamais du regard et le suivît partout, pas à pas, même après qu'il avait fini son travail, le rappelant pour lui signaler la moindre trace de poussière, la plus petite tache, mais en prenant garde ne pas dépasser les bornes. Elle garderait ce domestique, avait-elle décidé dans son for intérieur, toutefois elle ne renonçait pas une seconde à exiger de lui une soumission totale et aveugle.

Dick observait sa femme, tourmenté de noirs pressentiments. Que se passait-il en elle ?

Avec lui, elle se montrait aimable, calme, presque maternelle, mais avec les indigènes, elle était une vraie virago. Pour l'éloigner de temps à autre de la maison, il lui demanda de l'accompagner aux champs. Il avait l'impression que si elle pouvait le voir aux prises avec ses difficultés, un rapprochement s'ensuivrait entre eux. Et puis, il se sentait si seul pendant ces heures interminables qu'il passait à parcourir indéfiniment ses champs et à surveiller le travail des hommes.

Sans enthousiasme elle consentit à le suivre. Quand elle l'imaginait là-bas, dans une sorte de mirage brûlant, la cigarette aux lèvres, courbé sur le sol rougeâtre jusqu'à frôler les corps nauséabonds de ces affreux noirs, il lui paraissait aussi lointain qu'un homme plongé au fond des mers, perdu dans un monde bizarre et inconnu. Mais elle alla chercher son chapeau, monta dans le camion et l'accompagna docilement.

Elle le suivit ainsi pendant toute une matinée dans ses pérégrinations à travers champs, passant d'une équipe de travailleurs à l'autre pendant qu'une seule pensée occupait son esprit : celle du nouveau domestique resté seul à la maison où il ne songeait sans doute qu'à lui jouer toutes sortes de mauvais tours.

Il était certainement en train de voler, du moment qu'elle avait le dos tourné. Il touchait peut-être à ses vêtements, fouillait dans ses affaires ; pendant que Dick lui fournissait de patientes explications sur la nature des divers terrains, le drainage, ou les gages payés aux ouvriers indigènes. Mary, tout occupée à ressasser ses propres soucis, ne l'écoutait que d'une oreille.

En rentrant pour le déjeuner elle n'eut rien de plus pressé que de parcourir la maison pour voir s'il avait commis des bévues et se rendre compte de ses négligences. Elle ouvrit tous ses tiroirs, qui lui parurent intacts, mais comment savoir s'il n'avait vraiment touché à rien ? Ces animaux ont tant d'astuce ! se disait-elle.

Le lendemain, quand Dick lui demanda si elle l'accompagnait, elle se hâta de répondre :

— Non, Dick, si cela ne vous fait rien, j'aime mieux ne pas sortir, il fait si chaud là-bas... Vous, vous y êtes habitué...

Il lui semblait qu'elle ne pourrait pas supporter une matinée de plus ce soleil de plomb sur sa nuque, ce miroitement dans les yeux, bien que la chaleur la rendît malade quand elle restait chez elle ; mais là, au moins, elle était occupée, ne fût-ce qu'à surveiller le noir.

Peu à peu, cette chaleur qui s'abattait sur elle du haut du toit de tôle devenait pour Mary une véritable obsession. Les chiens eux-mêmes, pourtant si remuants d'habitude, gisaient du matin au soir, la langue pendante sur le sol de la véranda qu'ils couvraient de taches humides, et ils ne cessaient de changer de place pour trouver un peu de fraîcheur. Dès qu'elle commençait à s'assoupir Mary les entendait haleter bruyamment, harcelés par les mouches, et quand ils venaient poser la tête sur ses genoux pour quêter sa pitié, elle les repoussait avec brutalité car ces énormes bêtes puantes auxquelles elle se heurtait à chaque pas dans cette maison minuscule mettaient le comble à son énervement. Elle finissait par les pousser dehors et fermait toutes les portes. Au milieu de la matinée, elle demandait au domestique de lui apporter un bidon d'eau tiède dans sa chambre puis, s'étant assurée qu'il ne rôdait pas dans la maison, elle se déshabillait et, debout dans une cuvette posée sur le carrelage, s'arrosait d'eau tout entière.

Quelques gouttes tombaient sur les briques poreuses et s'évaporaient avec un léger sifflement.

— Dick, quand va-t-il enfin pleuvoir ? demandait-elle à son mari.

— Oh ! pas avant un mois, répondait-il gentiment, mais en lui lançant un regard surpris, car enfin, elle ne pouvait ignorer à quelle date commençait la saison des pluies, elle qui vivait depuis plus longtemps que lui dans ce pays.

Mais, en ville, Mary ne s'était jamais préoccupée des saisons. Existaient-elles seulement pour elle ? Bien sûr, il y avait l'été, ensuite l'automne, puis l'hiver venait à son heure, mais le froid, la chaleur, les pluies se succédaient sans qu'elle y prêtât attention car sa vie n'en dépendait point, tandis qu'ici son corps et son esprit subissaient profondément l'influence des saisons.

Voilà pourquoi on ne l'aurait sans doute jamais vue autrefois, debout, immobile, comme ce soir dans la véranda, les yeux rivés aux nuages qui voguaient dans l'espace comme des blocs de cristal étincelant et scrutant d'un regard anxieux le ciel implacable dans l'espoir d'y découvrir les signes précurseurs de la pluie.

Un beau jour, Dick fit remarquer en fronçant les sourcils :

— L'eau file bien vite depuis quelque temps !

On allait en chercher deux fois par semaine au puits qui se trouvait au bas de la côte. Mary entendait monter des cris, des vociférations qui auraient pu faire croire qu'on était en train d'y torturer quelqu'un. Elle sortait de la maison et regardait approcher la voiture d'arrosage – deux bidons à pétrole fixés sur un châssis – traînés par deux grands et beaux bœufs qui montaient lentement la côte. Le joug reposait sur l'échine des deux puissants animaux ; on voyait saillir leurs muscles noueux sous le cuir épais de ces bêtes splendides. Il fallait couvrir les bidons de branchages pour garder l'eau fraîche, parfois quelques gouttes se répandaient pendant la montée, laissant une fine traînée qui brillait au soleil, et les bœufs relevaient la tête et gonflaient leurs naseaux en humant l'odeur de l'eau. Pendant tout ce temps, le conducteur indigène continuait à vociférer et à se trémousser aux côtés de ses bêtes en brandissant un long fouet qui sifflait dans l'air mais sans jamais les effleurer.

— À quoi employez-vous donc toute cette eau ? demanda Dick.

Quand elle le lui dit son visage s'assombrit et il la regarda d'un air incrédule et horrifié comme si elle avait commis un crime.

— Quoi ! Vous gaspillez l'eau ainsi ?

— Je ne la gaspille pas, fit-elle froidement. Je souffre tant de la chaleur que je n'en peux plus. J'ai besoin de me rafraîchir.

Dick avala sa salive en essayant de garder son calme.

— Écoutez-moi, fit-il avec colère, et d'une voix qu'elle ne lui avait jamais entendue. Écoutez-moi bien : chaque fois que j'envoie la voiture chercher de l'eau pour la maison, c'est un conducteur, deux aides-charretiers et deux bœufs que j'enlève au travail pendant toute une matinée ; cela coûte cher d'aller chercher de l'eau, et vous, vous la gaspillez ! Pourquoi ne remplissez-vous pas la baignoire d'eau fraîche pour vous y plonger quand vous voulez au lieu de la jeter chaque fois ?

Alors Mary devint furieuse. La mesure était comble. Comment ? Elle était là à mener cette vie sans se plaindre, à supporter toutes ces privations et elle n'aurait même pas droit à deux bidons d'eau fraîche ? Elle ouvrit la bouche, prête à se répandre en récriminations, mais avant même qu'elle n'élevât la voix Dick fut pris d'une grande honte d'avoir osé lui parler sur ce ton. Alors ce fut la répétition de ces petites scènes qui apaisaient la jeune femme et la réconfortaient toujours. Dick une fois de plus se confondit en excuses et Mary lui accorda son pardon mais, quand il fut reparti, elle se dirigea vers la salle de bains et, à la vue de la baignoire, elle se souvint de tout ce qu'il lui avait dit et sentit la haine gonfler son cœur. La salle de bains, qui avait été ajoutée à la maison quand celle-ci était déjà construite, n'était qu'un appentis aux murs en torchis (de la boue étalée sur des pieux de bois) avec une toiture en tôle. Les feuilles en étaient mal jointes et, aux endroits où la pluie avait pénétré à travers les fentes, la peinture blanche semblait décolorée et le torchis apparaissait tout craquelé. La baignoire était en zinc ou plutôt ce n'était qu'un mince revêtement de zinc sur un moule de boue séchée. Autrefois, le métal avait dû briller d'un vif éclat comme en témoignaient les rainures qui étincelaient, mais avec les années une patine graisseuse l'avait recouverte et maintenant qu'on l'avait grattée il ne restait que des paillettes de zinc mises à nu de place en place. C'était ignoble à voir et Mary se sentait paralysée de dégoût en la regardant. Quand elle prenait son bain, pas plus de deux fois par semaine, à cause des difficultés du transport de l'eau et de son prix élevé, elle reculait le plus qu'elle pouvait, en prenant soin de s'écarter du bord.

Un bain dans ces conditions était comme un remède qu'on est bien forcé de prendre et non un luxe dont on peut jouir. Se baigner était d'ailleurs une aventure. Mary en pleurait chaque fois de rage. Les soirs de bain, deux bidons à pétrole étaient remplis d'eau chauffée préalablement sur le fourneau et déposés dans la salle de bains. Pour éviter que l'eau ne se refroidît trop rapidement, on les couvrait de ces grands sacs qu'on utilisait à la ferme et qui, encore tout chauds et fumants, répandaient une odeur de moisi. On avait fixé en haut des bidons, pour pouvoir les porter, des sortes de poignées de bois devenues poisseuses à la longue. Elle décida finalement qu'elle en avait assez de toute cette crasse, et quitta la salle de bains furieuse et dégoûtée. Elle appela le domestique et lui ordonna de nettoyer la baignoire en la frottant jusqu'à ce qu'elle fût propre. Il crut qu'il s'agissait du récurage habituel et, au bout de cinq minutes, alla la trouver en déclarant qu'il avait fini. Elle vint examiner la baignoire et la trouva dans le même état que précédemment. En passant les doigts sur le zinc, elle put sentir la croûte de crasse qui continuait de la recouvrir. Elle rappela le nègre, lui ordonnant de recommencer et de frotter jusqu'à ce qu'on vît briller chaque pouce de zinc.

Au moment où se passait cette scène, il était environ onze heures. Ce jour, vraiment néfaste pour Mary, marqua son premier contact avec le district personnifié par Charlie Slatter et sa femme. Il importe en effet de retracer aussi minutieusement que possible le cours des événements si nous voulons comprendre tout ce qui se déroulera par la suite.

Ce jour-là, Mary accumula les fautes. On la voyait, la tête haute, les lèvres étroitement serrées, figée dans son orgueil et l'inflexible volonté de ne donner aucun signe de faiblesse.

Quand Dick rentra à l'heure du déjeuner, il la trouva en train de faire la cuisine, rouge de colère et toute décoiffée. Elle semblait positivement laide.

— Où est le domestique, demanda-t-il surpris de la voir faire le travail du nègre.

— Il nettoie la baignoire, dit-elle d'un ton bref.

— Au moment du déjeuner ?

— Elle est sale, fit-elle.

Dick se rendit dans la salle de bains. Penché sur la baignoire l'indigène était en train de la frotter mais sans aucun résultat.

Dick revint dans la cuisine.

Pourquoi lui avez-vous fait commencer ce travail au moment du déjeuner ? demanda-t-il. Il y a je ne sais combien de temps que la baignoire est dans cet état. Une baignoire en zinc finit toujours par prendre cet aspect, mais ce n'est pas de la crasse, Mary, vraiment pas, je vous assure. C'est la couleur qui a changé : rien de plus.

Mary continua de remplir les plats puis garnit un plateau qu'elle porta tranquillement dans la pièce du devant sans lui jeter un regard.

— Elle est sale, répéta-t-elle seulement. Je n'entrerai pas dans cette baignoire avant qu'elle ne soit vraiment propre. Je ne peux pas comprendre que vous laissiez vos affaires dans cet état.

— Vous vous êtes pourtant servie de cette baignoire pendant plusieurs semaines sans vous plaindre, fit-il sèchement, en tirant machinalement de sa poche une cigarette qu'il porta à ses lèvres.

Mais elle ne répondit pas. Il se contenta de hocher la tête quand elle déclara que le déjeuner était prêt et retourna aux champs après avoir sifflé les chiens. Il ne pouvait supporter sa présence quand elle était dans cet état. Mary ayant débarrassé la table sans toucher à la nourriture, s'assit pour écouter le va-et-vient de la brosse. Elle resta ainsi pendant deux heures, malgré la migraine qui la torturait, le corps tendu, les muscles bandés, écoutant, écoutant, sans répit.

Elle ne permettrait pas au nègre de bousiller son travail. À trois heures et demie, brusquement, tout se tut. Elle se dressa instantanément, prête à aller relancer le garçon, mais à cet instant, la porte s'ouvrit et il entra. Il dit sans la regarder, comme s'il s'adressait à son double invisible mais présent à ses côtés, qu'il allait prendre un peu de nourriture dans sa case et continuerait de frotter la baignoire à son retour. Elle n'avait pas songé qu'il travaillait le ventre vide car elle ne pensait jamais aux indigènes comme à des êtres vivants ayant besoin de nourriture et de sommeil. Ils étaient présents ou absents, voilà tout, mais elle ne cherchait pas ce que pouvait être leur vie quand ils se trouvaient hors de la portée de son regard. Elle acquiesça d'un signe de tête avec un sentiment de culpabilité qui ne dura guère car elle songea aussitôt : « C'est sa faute s'il ne veille pas à tenir la baignoire propre. » Puis, un peu détendue depuis qu'elle n'entendait plus le frottement de la brosse, elle sortit pour examiner le ciel. On ne voyait pas un nuage, rien qu'une voûte basse, d'un bleu éclatant mêlé d'un jaune dû à la fumée qui embrumait l'atmosphère. Du terrain sablonneux qui s'étendait devant la maison semblaient monter des vagues de lumière aveuglante où ondulaient çà et là les tiges des poinsettias comme des langues pourpres.

Le regard de Mary dépassa les arbres au feuillage jaune et flétri, les vastes prairies couvertes d'une herbe qui brillait au soleil, s'arrêta sur les collines dont les contours se perdaient dans la brume. Des incendies avaient ravagé récemment le veld pendant de longues semaines et Mary pouvait sentir le goût âcre de la fumée. De temps à autre, une brindille d'herbe calcinée tombait sur sa main ou sa joue et les barbouillait d'une suie grasse et noire. De hautes colonnes de fumée s'élevaient encore à l'horizon et d'épais anneaux bleuâtres flottaient et s'enchevêtraient, dessinant dans le ciel terne toutes sortes d'arabesques.

La semaine passée un incendie avait brutalement éclaté dans une partie de la ferme, détruisant deux de leurs étables à vaches et des acres de pâturages. Partout où il avait sévi, il ne restait plus qu'un désert noir et désolé où fumaient encore çà et là quelques souches qui finissaient de se consumer et les gracieuses volutes de fumée paraissaient toutes grises dans le paysage carbonisé.

Elle détourna les yeux, se refusant de penser à l'argent qu'ils avaient perdu et vit devant elle, à l'endroit où la route faisait un coude, de gros nuages de poussière rougeâtre qui s'élevaient au-dessus des arbres. Cette route, on la découvrait nettement d'un bout à l'autre, même de loin, grâce aux arbres qui la bordaient et qui avaient la couleur de la rouille comme si des nuées de sauterelles s'y étaient abattues. En regardant la poussière qui montait en tourbillons, Mary pensa : « Mais c'est une voiture qui monte », et au bout de quelques instants, elle put constater qu'elle se dirigeait vers leur maison. Alors, elle fut saisie d'une véritable panique. Des visiteurs ! Dick l'avait pourtant prévenue qu'elle devait s'attendre à recevoir des visites. Elle courut à la cuisine pour dire au domestique de préparer le thé, mais elle ne put le trouver. Il était quatre heures. Elle se souvint de l'avoir autorisé une demi-heure plus tôt à aller manger dans sa case. Elle se précipita dehors, enjamba les copeaux qui tombaient du tas de bois rangé dans la cour et voletaient de toutes parts, décrocha le maillet pendu à un arbre et fit sonner le gong. Dix coups de gong signifiaient qu'on réclamait le domestique. Puis elle retourna dans la maison. Le fourneau était éteint. Elle eut du mal à le rallumer. Elle n'avait rien à servir pour le thé. Elle ne se donnait pas la peine de faire de la pâtisserie, Dick ne rentrait jamais avant le dîner. Elle ouvrit un paquet de biscuits achetés à la coopérative, jeta un coup d'œil sur sa robe et pensa qu'elle ne pouvait pas se montrer vêtue de ces guenilles, mais il était trop tard. Déjà la voiture s'engageait dans le chemin qui montait vers la maison et elle courut dans la pièce du devant en se tordant les mains. À la voir si bouleversée, on aurait pu s'imaginer qu'elle avait vécu toute sa jeunesse solitaire comme une sauvage et n'avait aucune habitude du monde alors qu'en fait pendant des années et des années elle n'était jamais restée seule, ne fût-ce qu'un instant.

Elle vit l'auto s'arrêter, deux personnes en descendirent : un homme court, puissamment charpenté, d'un blond roux, et une femme brune, bien en chair, au visage agréable. Elle les accueillit en souriant timidement, tandis qu'ils s'avançaient vers elle d'un air cordial. Au même instant, elle aperçut avec un soulagement indicible la voiture de Dick qui à son tour montait la côte. Elle le bénit d'accourir aussi vite pour l'aider à recevoir ses premiers visiteurs.

Lui aussi avait aperçu la traînée de poussière soulevée par l'auto et il était accouru aussi rapidement qu'il avait pu.

L'homme et la femme serrèrent aimablement la main de Mary en lui adressant des paroles de bienvenue, mais ce fut Dick qui les pria d'entrer. Tous les quatre s'assirent dans la pièce minuscule qui parut encore plus encombrée. Dick et Charlie Slatter causaient d'un côté, Mary et Mrs. Slatter de l'autre. Mrs. Slatter, qui était une brave créature, plaignait Mary d'avoir épousé un bon à rien comme Dick. Elle avait entendu dire qu'elle était une fille de la ville et elle savait, par sa propre expérience, ce que signifiaient les épreuves et la solitude, quoiqu'elle-même eût dépassé depuis longtemps le stade de la lutte pour la vie. Elle possédait à présent une vaste maison, ses trois fils étaient à l'Université et sa vie était confortable. Mais elle ne se souvenait que trop des souffrances et des humiliations qu'entraîne la pauvreté. Elle regardait Mary avec sollicitude, songeant à son propre passé et toute prête à lui témoigner une amitié sincère, mais Mary avait l'air contraint car elle avait remarqué, non sans rancune, que

Mrs. Slatter promenait autour d'elle un regard auquel rien n'échappait.

— Mais vous avez transformé cette maison ! fit Mrs. Slatter avec une admiration sincère, sachant ce que c'était que d'utiliser des sacs de farine pour faire des rideaux, et des bidons à pétrole en guise de commodes. Mais Mary qui l'avait mal comprise se tint sur son quant-à-soi et coupa court aux propos de Mrs. Slatter qui, estimait-elle, lui parlait d'un air condescendant.

Au bout d'un instant, Mrs. Slatter scruta la jeune femme d'un regard attentif, rougit brusquement et d'une voix distante, cérémonieuse, changea de sujet de conversation et se mit à parler de choses toutes différentes. Alors, le domestique servit le thé et Mary connut de nouvelles affres à cause des tasses et du plateau de fer-blanc. Elle essaya de trouver un sujet de conversation qui n'eût rien à voir avec la ferme. Le cinéma, peut-être. Elle s'efforça de retrouver dans sa mémoire les quelques centaines de films qu'elle avait vus pendant ces dernières années mais ne se souvint guère que de deux ou trois titres. Le cinéma qui avait joué autrefois un rôle si important dans sa vie lui paraissait désormais passablement irréel et, de toute façon, Mrs. Slatter ne devait pas y aller plus de deux fois par an, lors de ses rares voyages en ville où elle se rendait pour ses achats. Les magasins ? Sujet également dangereux car elle portait une vieille robe de coton toute fanée qui lui faisait honte. Elle jeta un regard vers Dick pour implorer son aide, mais il était absorbé par sa conversation avec Charlie qui roulait sur les prix, la culture des céréales et l'utilisation de la main-d'œuvre indigène. Il est impossible à deux ou trois fermiers blancs de se rencontrer sans aborder le chapitre des méfaits de leurs serviteurs noirs et il faut alors les entendre en discuter inlassablement, d'une voix chargée de ressentiment, car s'ils sont capables d'éprouver quelque sympathie pour l'un ou l'autre de leurs nègres, pris en bloc ils les haïssent tous, d'une haine si violente qu'elle en est pathologique, et ne cessent de ressasser leurs griefs, maudissant le triste sort qui les oblige à avoir affaire aux indigènes paresseux, indifférents et sourds à leurs exhortations.

Mary écoutait cette conversation avec la plus vive surprise. C'était la première fois qu'elle entendait des hommes parler entre eux de leur métier et elle commençait à comprendre combien ce genre de conversation devait manquer à Dick. Elle prenait conscience de son ignorance en la matière comme d'une infériorité qui l'empêchait d'aider son mari à chasser ses soucis en discutant de son travail avec lui.

Elle tourna délibérément le dos à Mrs. Slatter qui demeurait silencieuse car Mary l'avait blessée en refusant l'appui et la sympathie qu'elle lui offrait.

Enfin les Slatter se levèrent pour prendre congé, au vif regret de Dick et au soulagement visible de Mary. Les Turner les accompagnèrent puis regardèrent la puissante voiture de Charlie dévaler la côte et s'éloigner sur la route bordée d'arbres en soulevant des tourbillons de poussière rouge.

— Je suis content qu'ils soient venus, vous devez vous sentir bien seule, fit remarquer Dick.

— Je ne me sens pas seule, rétorqua Mary avec un accent sincère. « Se sentir seule, pensait-elle, c'est aspirer douloureusement à la compagnie des autres. »

— Mary, vous avez besoin de parler de temps en temps de tout ce qui vous intéresse vous autres, femmes, insista Dick d'un air jovial et un peu gauche.

Mary lui jeta un regard étonné. Le ton qu'il avait pris était tout nouveau pour elle. Il continuait de suivre des yeux l'auto qui s'éloignait et son visage exprimait un regret qui la frappa. Ce n'est point qu'il s'attristât de voir partir Charlie Slatter qu'il n'aimait point, ce qu'il regrettait, c'était la conversation d'homme à homme qu'il avait eue avec lui et qui lui donnait une sorte d'assurance vis-à-vis de Mary. C'était comme si on lui avait injecté une dose de vigueur toute neuve pendant cette heure passée avec Charlie dans la petite pièce où les deux hommes s'étaient tenus d'un côté parlant de leurs affaires pendant que les femmes causaient sans doute de robes et de domestiques (il l'imaginait tout au moins) car il n'avait pas entendu un mot des propos qu'avaient échangés Mary et Mrs. Slatter et il n'avait même pas remarqué combien l'une et l'autre semblaient gênées.

Il déclara :

— Il faut que vous alliez la voir, Mary, je vous prêterai le camion un jour où l'on aura moins de travail et vous irez tailler une bonne bavette avec elle.

Il parlait d'un ton insouciant et dégagé, les mains dans les poches. Son visage avait même perdu cette expression soucieuse qui l'assombrissait habituellement. Mary ne comprit pas pourquoi il lui paraissait soudain si étranger mais elle fut piquée par cet exposé désinvolte d'un programme qui la regardait seule. Elle ne souhaitait nullement la compagnie de Mrs. Slatter ni aucune autre, du reste.

— Je ne veux pas, riposta-t-elle d'un ton puéril.

— Mais pourquoi ?

À cet instant, le domestique surgit derrière eux dans la véranda et sans rien dire tendit son contrat d'engagement. Il voulait partir, les siens avaient besoin de lui au village. En entendant ces mots, Mary entra dans une violente colère, comme si son irritation trouvait enfin un dérivatif valable dans la conduite de ce nègre odieux. Dick se contenta de la tirer en arrière comme si elle n'était qu'un objet insignifiant, tandis que lui-même allait s'enfermer à la cuisine avec le noir. Elle entendit le garçon se plaindre d'avoir travaillé durant cinq heures sans une bouchée de nourriture car il n'était pas rentré depuis cinq minutes dans sa case qu'on sonnait le gong pour le rappeler. Il ne pouvait pas travailler dans ces conditions. Son enfant était malade au village et il voulait y retourner immédiatement. Dick répliqua, faisant bon marché, pour une fois, des règles admises tacitement, que la nouvelle maîtresse ne savait pas encore diriger sa maison, et que de tels incidents ne se renouvelleraient pas. Cette manière de parler à un indigène, d'avoir l'air de lui demander pardon était contraire à toutes les idées de Dick sur les rapports qui devaient régner entre les blancs et les nègres, mais il en voulait à Mary de son manque de bienveillance et de tact. Quant à elle, elle fut paralysée de rage en l'entendant. Comment osait-il prendre le parti du nègre contre elle. Quand il revint dans la véranda, il la trouva debout, les mains jointes d'un geste convulsif, le visage dur, figé comme un masque.

— Comment osez-vous, fit-elle d'une voix étouffée.

— Si vous vous entêtez à agir comme vous le faites, vous devrez en supporter les conséquences, fit Dick d'un air las. Ce garçon est un être humain, vous l'admettez, je suppose, il a donc besoin de manger. Pourquoi faut-il que cette baignoire soit nettoyée en une fois. On peut faire ce travail en plusieurs jours, du moment que vous y attachez tant d'importance !...

— C'est ma maison, fit Mary, c'est mon domestique, pas le vôtre. Mêlez-vous de ce qui vous regarde.

— Écoutez-moi, fit Dick d'un ton bref. Je travaille assez dur, vous le reconnaissez ? Je passe mes journées aux champs, à batailler avec ces sauvages, ces bons à rien. Vous le savez. Je ne veux pas rentrer chez moi pour retrouver les mêmes luttes maudites, la lutte, toujours la lutte, jusque dans ma maison. Vous comprenez ? Je ne le supporterai pas, je vous dis. Vous devez vous montrer un peu raisonnable si vous voulez les faire travailler, apprenez à les diriger. Vous ne devez pas être aussi exigeante. Après tout ce ne sont que des sauvages.

C'est ainsi que parla Dick, oubliant que ces sauvages savaient gouverner une maison, qu'ils cuisinaient mieux que sa femme et qu'il avait mené, grâce à eux, avant son mariage, une vie aussi confortable que le lui permettaient ses moyens qui étaient et resteraient encore pendant pas mal d'années plus que limités.

Quant à Mary et pour la première fois de sa vie, elle souhaitait l'atteindre, lui faire mal, blessée par cette arrogance dont il faisait brusquement preuve. Elle était hors d'elle.

— Vous m'en demandez beaucoup... Oui, vous vous montrez bien exigeant à mon égard...

Elle s'interrompit, tenta de se ressaisir, sentant qu'ils allaient au désastre, mais elle ne pouvait plus s'arrêter et reprit après une brève hésitation...

— Oui, vous manifestez de bien grandes exigences. Vous prétendez me faire vivre comme une misérable femme blanche dans votre maison qui n'est qu'un trou sordide, vous préférez me voir crever tous les jours de chaleur plutôt que de mettre des plafonds.

Elle parlait d'une voix toute nouvelle, une voix qu'on ne lui avait jamais entendue et qui rappelait de façon hallucinante celle de sa mère quand la pauvre femme faisait toutes ces scènes à son mari pour des questions d'argent... Non, ce n'était pas la voix de Mary, sa voix habituelle (après tout, elle ne tenait pas tant que ça à faire briller la baignoire ni à voir le nègre rester ou s'en aller), mais la voix d'une femelle égarée, exaspérée de souffrance et qui tenait à faire entendre à son mari qu'elle ne se laisserait pas brimer. On la sentait prête à fondre en larmes, à sangloter, comme autrefois sa mère en pareils cas.

Pâle de fureur, Dick lui répondit brièvement :

— Je vous ai pourtant prévenue en vous épousant de ce qui vous attendait. Vous ne pouvez pas m'accuser de vous avoir menti. Je vous ai tout expliqué. Il y a des quantités de femmes de fermiers qui ne mènent pas une vie plus facile que la vôtre sans faire tant d'histoires. Quant aux plafonds, faites-en votre deuil. J'ai vécu six ans dans cette maison et je ne m'en porte pas plus mal, vous n'avez qu'à vous en arranger, vous aussi.

Elle fut suffoquée de l'entendre s'exprimer ainsi car il ne lui avait jamais parlé sur ce ton. Pleine de rancune, elle attendit des excuses.

— Le garçon va rester, fit-il ; maintenant, j'ai tout arrangé. Et à l'avenir, traitez-le convenablement et ne faites pas la sotte.

Alors, elle bondit sans rien dire à la cuisine, paya au nègre les gages qui lui étaient dus en comptant les shillings comme si on les lui arrachait et le mit à la porte, puis elle revint froide, triomphante auprès de son mari qui ne semblait nullement conscient de sa victoire.

— Ce n'est pas à moi que vous faites du mal, dit-il, mais à vous-même. Si vous continuez à vous conduire ainsi, vous ne garderez jamais de domestique. Ils ont vite fait de repérer les femmes qui ne savent pas traiter convenablement leur personnel.

Elle prépara elle-même le souper, se battit avec le fourneau, puis, quand Dick se fut couché de bonne heure, comme d'habitude, elle resta seule dans la petite pièce du devant. Mais au bout d'un moment, l'air lui parut irrespirable. Elle sortit dans la nuit qui enveloppait de toutes parts la maison et se mit à arpenter le sentier bordé de grosses pierres blanches qui luisaient faiblement dans les ténèbres, cherchant avidement un souffle d'air pour rafraîchir son visage brûlant. De petits éclairs de chaleur s'allumaient çà et là au-dessus des kopjes, et à l'endroit où s'était récemment déchaîné l'incendie, on voyait encore couver une flamme sourde et rougeâtre. Au-dessus des cimes, le ciel était sombre et bas. Mary avait le cœur serré, contracté de haine, elle se voyait elle-même telle qu'elle était là, allant et venant dans les ténèbres au milieu de cette minuscule clairière cernée par la brousse, devant cette étable à cochons que Dick appelait une maison et où elle était obligée de faire tout le travail de ses propres mains, alors qu'il y a quelques mois à peine elle menait loin d'ici une vie indépendante, entourée d'amis qui l'aimaient et la recherchaient. Elle se mit à pleurer, tout attendrie de pitié sur elle-même, et continua de pleurer ainsi tout en marchant pendant des heures jusqu'au moment où ses jambes refusèrent de la porter. Alors elle rentra chancelante et n'eut que la force de gagner son lit. Elle se sentait brisée, vaincue. Dick et elle restèrent en froid pendant toute une interminable et horrible semaine, jusqu'au jour où la pluie se mit à tomber et où l'air redevint frais et limpide. Mais Dick ne s'était pas excusé ; on ne parlait pas de l'incident, tout simplement : le conflit latent était écarté pour le moment et ils continuaient à vivre comme s'il ne s'était rien passé. Cependant l'incident avait provoqué un changement dans leurs rapports. Bien que l'assurance de Dick eût été éphémère et qu'il fût retombé dans son ancienne dépendance vis-à-vis de sa femme (on pouvait entendre à nouveau cette note d'humilité qui vibrait dans sa voix comme s'il s'excusait toujours), il gardait au fond de son cœur une certaine amertume. Quant à Mary, elle essayait de faire oublier à Dick sa conduite de l'autre jour car elle comprenait qu'il y allait de leur vie conjugale, mais ce n'était point facile et elle rendait responsable de tous ses maux le nègre qui était parti et par suite, indirectement, tous les indigènes.

Vers la fin de la semaine, ils reçurent un billet de Mrs. Slatter les conviant tous deux à une soirée qu'elle donnait. Dick n'avait aucune envie d'y aller : il détestait ces réunions et il se sentait gauche et mal à son aise dans la foule. Cependant, il était prêt à accepter l'invitation pour faire plaisir à Mary, mais elle ne voulut pas en entendre parler et écrivit à Mrs. Slatter un billet cérémonieux pour la remercier avec force excuses...

Mrs. Slatter les avait invités dans un élan d'amitié sincère car elle continuait d'avoir pitié de Mary malgré l'attitude orgueilleuse de la jeune femme, mais la réponse à sa lettre la froissa ; elle semblait extraite d'un manuel du savoir-vivre. Ce ton cérémonieux n'avait pas cours dans le district. Elle montra le billet à son mari, sans mot dire, en haussant seulement les sourcils.

— Laisse-la, fit Charlie Slatter, elle finira bien par perdre ses grands airs. Elle rumine des tas d'idées dans sa tête, voilà son grand tort, mais elle finira par entendre raison. Non que son absence soit une grande perte ; tous les deux méritent une leçon, il faut leur inculquer de force un peu de bon sens. D'ailleurs, Turner va avoir des ennuis, cela lui pend au nez. Il est si peu pratique qu'il n'a même pas pensé à installer des veilleurs dans son domaine. Et il plante des arbres. Des arbres, je vous demande un peu ! dépenser de l'argent pour planter des arbres quand on est endetté jusqu'au cou.

Dans la ferme de Charlie Slatter il ne restait guère d'arbres : c'était là sans doute une erreur du point de vue strictement professionnel. Une quantité de ravins coupaient la propriété et des acres de bonne terre fertile étaient perdues par sa faute. Mais il gagnait de l'argent, c'était cela qui importait. Il se sentait enragé à l'idée qu'il était si facile de gagner de l'argent et que ce sacré imbécile de Dick faisait l'idiot avec ses arbres. Cédant à une impulsion généreuse, mêlée d'exaspération, il partit un matin dans sa voiture pour aller voir Dick. Il fit un détour pour éviter la maison car il ne voulait pas rencontrer cette mijaurée de Mary et alla le chercher dans les champs. Il perdit trois heures à essayer de le convaincre de planter du tabac au lieu de maïs et de supprimer certaines cultures : les haricots, le coton, le chanvre, mais celui-ci refusa catégoriquement d'écouter les objurgations de Charlie. Il aimait ses céréales et tenait à ne pas mettre tous ses œufs dans le même panier. Le tabac lui semblait une plante inhumaine. Ce n'était pas de la culture mais un travail d'usine, nécessitant des granges spéciales, des hangars perfectionnés et, nuit et jour, la surveillance assidue du thermomètre.

— Qu'allez-vous faire quand les enfants vont commencer à venir ? demanda brusquement Slatter en fixant Dick de ses petits yeux perçants.

— Je veux me tirer du pétrin comme je l'entends, répétait Dick avec obstination.

— Vous êtes un toqué, dit Charlie, un toqué. Et ne me dites pas que je ne vous ai pas prévenu ! Ne vous adressez pas à moi quand votre femme sera enceinte et que vous aurez besoin d'argent liquide.

— Je ne vous ai jamais rien demandé, répliqua Dick, blessé dans son orgueil et le visage tout assombri.

Il y eut un moment où les deux hommes n'éprouvèrent que haine, une haine totale, l'un pour l'autre, mais ils se respectaient malgré leurs divergences et puis, à tout prendre, ne menaient-ils pas la même vie. Ils se séparèrent malgré tout avec une certaine cordialité.

Quand Charlie se fut éloigné, Dick rentra chez lui malade d'inquiétude. Les contrariétés agissaient toujours sur son estomac et il avait envie de vomir. Mais il ne parla pas de son malaise à Mary pour ne pas avouer la cause de son angoisse. Avoir des enfants, c'était son seul souhait à présent que son mariage s'avérait comme un irrémédiable échec. Des enfants les rapprocheraient peut-être et feraient tomber cette barrière qui s'élevait entre eux. Mais ils ne pouvaient se permettre d'en avoir. Quand il avait dit à Mary (pensant qu'elle ne rêvait qu'à cela elle aussi) qu'il leur faudrait attendre, elle avait acquiescé avec un regard soulagé. Ce regard n'avait pas été perdu pour lui mais il se disait que peut-être, lorsqu'ils seraient sortis du pétrin, elle aspirerait à être mère.

Il redoubla d'efforts, afin d'améliorer leur situation et pouvoir se permettre d'avoir des enfants. Il était là du matin au soir dans ses champs, à tirer des plans, à rêver, tout en surveillant ses hommes. Et pendant tout ce temps, les choses ne s'arrangeaient guère à la maison. Mary n'arrivait pas à s'entendre avec les nègres. Il était bien obligé de l'admettre, elle était ainsi faite et on ne gardait jamais un cuisinier plus d'un mois. Impossible de la changer. C'étaient des scènes, des orages à n'en plus finir. Il serrait les dents pour se contraindre à les supporter car il avait le sentiment obscur mais profondément ancré dans son cœur que les privations qu'il lui imposait étaient cause de son humeur, mais il lui arrivait aussi de se précipiter hors de la maison en bégayant de fureur. Ah ! Si elle avait eu une occupation qui aurait mis fin à son oisiveté ! L'oisiveté, tout le mal venait de là. Il en était convaincu...

Chapitre VI

Ce fut sans doute par hasard que Mary ramassa un jour sur un comptoir de la coopérative une brochure qui traitait de l'élevage des abeilles et la rapporta chez elle. Mais, même si les choses ne s'étaient pas passées ainsi, il était fatal que l'histoire qui va suivre arrivât un jour d'une façon ou d'une autre. Néanmoins, il faut reconnaître que ce fut à cette occasion et grâce à quelques paroles surprises par elle involontairement, le même jour, qu'elle eut un premier aperçu du véritable caractère de son mari.

Les Turner se rendaient assez rarement à la station la plus proche qui se trouvait à sept milles de la ferme, mais ils y envoyaient deux fois par semaine un nègre pour prendre le courrier et rapporter les denrées nécessaires de l'épicerie. Il quittait la ferme vers dix heures du matin, emportant un grand sac vide sur son dos, et revenait le soir, son sac bourré à craquer et taché par le sang qui suintait du paquet de viande qu'il rapportait. Mais bien que les nègres soient doués d'une endurance extraordinaire qui leur permet de parcourir sans fatigue de longues distances à pied, un homme seul ne peut pas transporter sur son dos des sacs de farine et de maïs, aussi envoyait-on une fois par mois le camion au lieu du nègre.

Mary avait passé sa commande, veillé à ce que les paquets fussent déposés dans la voiture, et n'avait plus qu'à attendre dans la longue véranda du magasin parmi les sacs et les piles de cartons le retour de Dick qui vaquait à ses affaires.

Comme il s'approchait, un homme qu'elle ne connaissait pas l'arrêta tout à coup.

— Alors, Jonas, votre ferme a encore été inondée cette année, j'imagine.

Mary tourna brusquement la tête pour voir celui qui s'exprimait ainsi alors qu'il y a quelques années elle n'aurait même pas remarqué la note de mépris qui vibrait dans la voix nonchalante et railleuse de l'inconnu.

Dick sourit :

— J'ai eu de bonnes pluies cette année, répondit-il. Je ne suis pas trop mécontent des affaires.

— Tiens, tiens, alors, la chance a tourné ?

— Ma foi, on dirait.

Quand Dick s'avança vers elle, il avait perdu son sourire et son visage semblait contraint.

— Qui était-ce ? demanda Mary.

— Oh ! quelqu'un à qui j'ai emprunté deux cents livres, il y a trois ans, pour notre mariage.

— Vous ne m'avez jamais parlé de cette dette.

— Je ne voulais pas vous inquiéter.

— Et... vous l'avez remboursé ? demanda Mary après un bref silence.

— Oui, en grande partie. Il ne me reste que cinquante livres à lui payer.

— Ce sera pour l'année prochaine sans doute, insinuat-elle d'une voix trop douce.

— Je l'espère... avec un peu de chance...

Et il eut ce bizarre petit sourire qui exaspérait Mary et qu'elle lui voyait chaque fois qu'il avait le sentiment de son infériorité en sa présence.

Ils firent toutes leurs courses, prirent le courrier à la poste, achetèrent leur viande pour la semaine. Mary, la main posée en visière sur ses yeux, piétinait dans la boue séchée ou pataugeait dans des flaques que le soleil n'avait pas encore évaporées en plaisantant sur un ton faussement enjoué, sans regarder Dick ; et il lui donnait la réplique avec le même entrain factice, si inusité entre eux qu'il ne faisait qu'accroître leur malaise.

Quand ils revinrent dans la véranda de la coopérative, tout encombrée de sacs et de caisses, Dick heurta par mégarde, de sa jambe, la pédale d'une bicyclette qu'on avait garée dans un coin et se mit à jurer avec une violence tout à fait hors de proportion avec l'incident. Les gens se retournaient mais Mary, rouge de confusion, continua son chemin comme si de rien n'était.

Ils montèrent dans le camion sans desserrer les dents, s'éloignèrent et après avoir traversé la voie ferrée, dépassé la gare, prirent le chemin de la ferme. Elle avait gardé dans sa main la brochure qui traitait des abeilles qu'elle avait prise sur le comptoir parce qu'elle entendait très souvent, vers l'heure du déjeuner, une sorte de bourdonnement étouffé qui s'enflait au-dessus de la maison. Dick lui avait dit que c'était un essaim d'abeilles qui passait et elle avait aussitôt pensé qu'elle pourrait se faire un peu d'argent de poche grâce aux abeilles. Mais l'opuscule se référait à la vie en Angleterre et, dans ces conditions, ne pouvait lui être d'une grande utilité. Elle s'en servit comme d'un éventail pour écarter les mouches qui bourdonnaient et allaient s'accrocher là-haut à la toile tendue en guise de plafond. On les ramenait avec la viande de chez le boucher. Mary songeait toujours avec une sorte de malaise à la note de mépris qu'elle avait perçue tout à l'heure dans la voix de l'inconnu qu'ils avaient rencontré et qui semblait en contradiction flagrante avec l'opinion qu'elle-même avait jusqu'alors de son mari. Ce n'était peut-être pas tant du mépris d'ailleurs qu'une sorte d'ironie dédaigneuse. Sa propre attitude était parfaitement méprisante vis-à-vis de Dick, mais ce mépris ne s'adressait qu'à l'homme : il n'existait pas pour elle, tout simplement. Mais elle respectait en lui le fermier, elle l'admirait même pour son énergie farouche, l'ardeur avec laquelle il se dépensait sans compter dans son travail. Elle croyait qu'il traversait une période de lutte inévitable avant d'arriver à cette modeste aisance dont jouissaient la plupart des fermiers, mais, encore une fois, pour tout ce qui touchait à son métier elle lui vouait non seulement du respect et de l'admiration, mais même une sorte d'affection. Elle qui autrefois eût été incapable de s'intéresser au sens caché d'un regard ou d'une allusion, passa tout le temps que dura le trajet du retour à méditer sur ce qu'impliquait le ton railleur de cet inconnu à l'égard de Dick. Elle se demandait pour la première fois si ce n'était pas elle qui avait commis une erreur de jugement. Elle jetait à son mari des regards obliques, remarquant de petites choses qu'elle se reprochait de n'avoir jamais vues : ainsi ses mains maigres et halées, crispées sur le volant, étaient agitées d'un tremblement léger mais incessant où elle vit l'indice d'une faiblesse nerveuse et elle nota le pli de la bouche aux lèvres trop durement serrées. Il se penchait en avant, les yeux fixés sur le sentier qui serpentait au milieu de la brousse comme s'il essayait d'y déchiffrer son destin.

Quand ils rentrèrent chez eux, Mary jeta la brochure sur la table puis elle alla déballer les provisions. Lorsqu'elle revint, elle trouva Dick si absorbé par la lecture de l'opuscule qu'il n'entendit même pas qu'elle lui adressait la parole. Elle était habituée à le voir perdu dans ses réflexions. Il lui arrivait de garder le silence pendant tout un repas sans même savoir ce qu'il mangeait et de déposer son couteau et sa fourchette avant d'avoir fini tant il était absorbé par le souci de sa ferme. À ces moments elle avait appris à ne pas le déranger. Elle-même se réfugiait alors dans ses pensées ou plutôt elle retournait à son état familier de vague distraction. Il leur arrivait parfois de ne pas échanger un mot pendant des journées entières. Après le souper, au lieu d'aller se coucher comme d'habitude vers huit heures, il s'assit devant la table sous la clarté vacillante de la lampe qui répandait une odeur de pétrole et se mit à faire des calculs sur un bout de papier. Elle s'assit près de lui dans sa pose favorite, joignit les mains en surveillant ses mouvements. Elle pouvait rester des heures sans bouger, dans l'attente d'on ne sait quoi qui lui rendrait le mouvement et la vie.

Au bout d'une heure environ, il repoussa les bouts de papier et remonta son pantalon d'un geste joyeux en enfantin qu'elle ne lui avait jamais vu.

— Que diriez-vous des abeilles, Mary ?

— Les abeilles, mon Dieu, j'ignore tout des abeilles, mais il me semble que ce n'est pas une mauvaise idée.

— J'irai voir Charlie dès demain matin, son beau-frère s'est occupé d'abeilles au Transvaal, c'est lui-même qui me l'a dit.

Il parlait avec une énergie surprenante, comme si une nouvelle vie lui avait été insufflée.

— Mais ce livre ne traite que de l'élevage en Angleterre, dit-elle, en tournant les pages d'un air dubitatif.

Elle avait vaguement l'impression que ce brusque changement d'humeur était provoqué par une cause bien insignifiante. Mais le lendemain, aussitôt après le petit déjeuner, il alla voir Charlie Slatter. Il revint, les sourcils froncés, avec une expression butée que sa femme connaissait bien et en sifflotant d'un air dégagé. Mary dressa l'oreille, c'était un des trucs de Dick : chaque fois qu'elle s'emportait à cause de la pénurie d'eau ou de quelque autre incommodité, elle pouvait l'entendre siffloter ainsi, les mains dans les poches, elle s'indignait alors de sa faiblesse et de sa veulerie. Elle demanda :

— Qu'a dit Charlie ?

— Eh bien, il nie l'intérêt de cette affaire et ne veut pas en entendre parler. Il n'est pourtant pas dit que si son beau-frère a fait faillite, je doive échouer moi aussi.

Il s'en alla aux champs en prenant machinalement la direction du petit bois. Il avait planté deux ans auparavant, sur cent acres d'une des meilleures terres du domaine, de jeunes eucalyptus. C'étaient ces arbres qui excitaient l'irritation de Charlie Slatter, peut-être parce que lui-même se sentait secrètement coupable de n'avoir pas replanté les arbres qu'il avait autrefois arrachés. Dick aimait s'arrêter de temps en temps à la lisière du petit bois encore tout jeune pour regarder le vent se jouer sur les cimes des eucalyptus qui ondoyaient gracieusement du matin au soir. On aurait pu croire qu'il avait cédé à une impulsion irréfléchie en les plantant mais, en fait, il réalisait un rêve qu'il caressait depuis longtemps. Bien des années avant qu'il eût acheté la ferme une société minière avait fait couper tous les arbres sur les terres, n'y laissant que des broussailles. À présent, ces arbres commençaient à repousser mais on ne voyait encore sur l'étendue de trois mille acres qu'une maigre végétation. Aussi ces cent acres plantées de beaux arbres encore grêles mais qui deviendraient des géants magnifiques au tronc lisse et blanc, étaient tout l'orgueil de Dick. Quand il était particulièrement tourmenté par ses soucis, qu'il s'était querellé avec Mary ou qu'il voulait réfléchir à loisir, il s'arrêtait là pour admirer ses arbres ou bien il errait dans les petits sentiers entre les branches qui se balançaient mollement chargées de leurs feuilles lisses qui brillaient comme des pièces d'or.

Aujourd'hui, c'étaient les abeilles qui l'intéressaient et il resta là, tirant ses plans jusqu'au moment où il constata tout à coup que le jour allait finir sans qu'il se fût montré dans les champs où travaillaient ses hommes. Il quitta le bois en soupirant et alla retrouver ses noirs. Il ne prononça pas un mot pendant toute la durée du déjeuner : les abeilles devenaient pour lui une véritable obsession.

Chiffres en main il expliqua enfin à Mary, passablement sceptique, qu'il pouvait se faire bon an mal an deux cents livres de revenu grâce aux abeilles. Elle fut stupéfaite de l'entendre parler ainsi car elle avait cru à un simple caprice, une fantaisie qui pourrait à la longue rapporter un peu d'argent.

Comment discuter avec Dick dont les calculs prouvaient d'une manière irréfutable que ces deux cents livres de revenu étaient aussi réelles que s'il les avait déjà dans sa poche ? Et que pouvait-elle dire, elle qui ne connaissait rien aux abeilles... Seul son instinct lui soufflait de s'en méfier.

Pendant un bon mois, Dick parut distrait, indifférent à tout ce qui n'était pas son beau rêve peuplé de clairs rayons de miel, d'innombrables et lourds essaims de fécondes abeilles. Il construisit de ses propres mains vingt ruches et planta dans leur voisinage une acre d'une plante spéciale convenant aux abeilles. Il envoyait ensuite quelques-uns de ses noirs chercher des essaims dans le veld tandis que lui-même passait des heures tous les soirs, au crépuscule, à enfumer des essaims pour trouver la reine. On lui avait dit que c'était le meilleur moyen de la découvrir, mais un grand nombre d'abeilles périt sans qu'il pût dépister sa présence. Alors, il se mit à installer des ruches un peu partout dans le veld, à proximité des essaims qu'il avait trouvés, espérant ainsi attirer les abeilles, mais il n'y en eut pas une qui vint rôder dans le voisinage. Peut-être ces abeilles d'Afrique n'aimaient-elles pas les ruches construites selon un modèle anglais et Dick se perdait en conjectures.

Enfin, un essaim fut installé dans une ruche, mais personne au monde ne peut tirer deux cents livres de revenu d'un seul essaim. Puis, Dick fut cruellement piqué et ce fut comme si le poison délivrait son organisme de l'obsession qui l'habitait. Mary fut stupéfaite mais furieuse de voir son visage perdre soudain son expression lointaine et absorbée. Il avait donné tout son temps à sa nouvelle marotte pendant des semaines, dépensé pas mal d'argent et voilà que du jour au lendemain il se désintéressait des abeilles ! Toutefois, au total, elle fut soulagée de le voir revenir à ses préoccupations habituelles, à ses céréales, à ses arbres et à ses champs. Cette période avait été comme une crise de folie passagère qui avait momentanément fait de lui un homme tout différent de ce qu'il était.

Ce fut six mois plus tard que tout recommença.

Elle tomba des nues le jour où Dick, s'arrachant à une revue agricole qui publiait un article particulièrement alléchant sur les profits qu'on pouvait tirer de l'élevage des porcs, lui déclara tout à coup :

— Mary, je vais acheter quelques porcs à Charlie.

— J'espère que vous n'avez pas l'intention de remettre ça, fit-elle sèchement.

— Remettre quoi ?

— Vous savez très bien ce que je veux dire... bâtir... à nouveau, vos petits châteaux en Espagne. Occupez-vous donc de la ferme, cela vaudra mieux.

— Mais l'élevage des porcs est un travail de fermier, il me semble, et Charlie y réussit très bien.

Puis il se mit à siffloter, se leva et quitta la pièce. Il passa dans la véranda pour fuir le visage mécontent et réprobateur de sa femme. Quant à Mary, elle eut l'impression que ce n'était pas un homme, l'homme grand, maigre et voûté qu'elle connaissait si bien qui était devant elle, mais un petit garçon un peu fanfaron et bravache qui essayait de faire bonne contenance bien qu'on eût jeté de l'eau froide sur son enthousiasme puéril. Il sifflotait et se tortillait avec arrogance mais son regard était désespéré. Plus tard, elle l'entendit qui continuait à siffloter dans la véranda un petit air mélancolique qui donnait à la jeune femme envie de pleurer. Mais pourquoi, Seigneur, se disait-elle, pourquoi l'élevage des porcs qui était lucratif pour d'autres ne serait-il pas d'un bon rapport pour lui ? De toute façon, elle ne voulait pas songer à ces nouveaux espoirs avant de connaître le bilan de l'année passée. Quand ils sauraient combien ils avaient gagné d'argent... À tout prendre, les affaires ne devaient pas être si mauvaises : la saison avait été bonne pour Dick et les pluies l'avaient favorisé.

Il construisit ses étables à porc derrière la maison en utilisant les rochers pour économiser les briques. Il commençait par assembler de grosses pierres qu'il recouvrait ensuite de branches et bouchait les interstices avec des touffes d'herbe. Il déclara à Mary qu'il avait économisé pas mal d'argent grâce à ce procédé.

— Mais êtes-vous bien sûr que les porcs n'auront pas trop chaud ? demanda-t-elle un jour qu'ils se trouvaient devant les étables en cours de construction.

Ils avaient grimpé jusque-là, non sans peine, en se frayant un chemin à travers une végétation touffue et enchevêtrée et une herbe pointue comme des griffes de chat s'accrochait à leurs mollets.

Une grande euphorbe s'élançait vers le ciel au-dessus des rochers et Dick déclara qu'elle fournirait à la fois l'ombre et la fraîcheur, mais pour le moment, bien qu'ils se trouvassent à l'ombre tiède des lourdes branches, charnues et droites comme des cierges, la migraine serrait les tempes de Mary. Les pierres dégageaient une chaleur telle qu'on ne pouvait pas les toucher, comme si toute la chaleur torride des mois de canicule y était emmagasinée. Elle regarda les deux chiens de la ferme qui gisaient prostrés, haletants à leurs pieds et remarqua :

— J'espère que les porcs ne souffrent pas de la chaleur.

— De toute façon ils n'auront pas trop chaud, dit-il, quand j'aurai masqué les ouvertures.

— Mais on a l'impression que la chaleur monte du sol.

— Écoutez, Mary, il est très facile de critiquer, mais l'idée que j'ai eue pour mes étables m'a permis de faire des économies. Je ne pouvais pas me permettre de dépenser cinquante livres en briques et en ciment.

— Mais je ne vous critique pas, fit-elle précipitamment, ayant senti passer dans sa voix une note légèrement agressive.

Il acheta six porcs sélectionnés à Charlie Slatter et les installa dans les étables, mais il apparut que les porcs ne pouvaient pas vivre sans nourriture. Dick découvrit qu'il lui faudrait commander plusieurs sacs de maïs et il décida d'abandonner aux porcs tout le lait que donnaient ses vaches, excepté une petite quantité nécessaire à la maison, et Mary prit l'habitude de se rendre tous les matins dans le garde-manger pour examiner le lait qu'on apportait de l'étable. Elle en faisait mettre de côté environ un litre, pour eux. Le reste était mis à cailler sur la table de la cuisine car Dick avait lu quelque part que le lait aigre faisait engraisser les porcs. Les mouches s'agglutinaient au-dessus de l'épaisse croûte blanche qui fermentait et une odeur aigre se répandait dans toute la maison.

Plus tard, les porcelets viendraient au monde... Il faudrait songer à s'organiser pour les transporter régulièrement en ville et les vendre un bon prix, etc. Toutefois, on n'eut pas à envisager ces problèmes, car, à peine nés, les porcs crevèrent presque immédiatement. Dick déclara qu'ils avaient attrapé une maladie... C'était bien sa chance ! Cependant Mary riposta d'un ton sec qu'elle pensait plutôt qu'ils n'aimaient pas être rôtis prématurément. Il lui fut reconnaissant de cette remarque pleine d'un humour cruel qui amena une détente entre eux. Il se mit à rire d'un air soulagé, en hochant tristement la tête et remontant son pantalon, puis sifflota sa plaintive petite chanson, Mary s'enfuit alors de la pièce, le visage soudain contracté. Les femmes qui épousent des hommes tels que Dick Turner comprennent tôt ou tard, l'expérience aidant, qu'elles ont à choisir entre deux solutions, ou bien se détruire elles-mêmes en se laissant aller à des scènes de révolte et de fureur qui ne peuvent mener qu'à la folie ou se contenir, se dominer en ressassant leur amertume. Hantée par le souvenir de sa mère qui revenait à ses côtés comme un double, plus âgé, plus amer et passablement sardonique, qui la suivait pas à pas, Mary s'engagea dans la voie qui semblait comme tracée par son éducation même.

Elle croyait manquer de fierté quand elle s'emportait contre Dick. Sur son visage autrefois agréable, bien que d'un dessin un peu flou, apparaissaient des lignes cruelles et ses traits s'étaient durcis. C'était comme si elle avait deux masques dont l'un exprimait des sentiments diamétralement opposés à ceux de l'autre : ses lèvres, de plus en plus minces, étaient étroitement serrées, mais on pouvait les voir trembler de colère : ses sourcils si souvent froncés se rejoignaient, mais il restait entre eux une zone de peau sensible, qui s'empourprait dès qu'elle entrait en conflit avec ses serviteurs. Parfois, son visage était celui d'une vieille femme exténuée, mais indomptable et qui avait appris à n'attendre de la vie que ce qu'elle peut vous apporter de plus horrible et de plus cruel. D'autres fois, c'était la face d'une faible femme, pitoyable, d'une créature hystérique, mais elle était encore capable de quitter la pièce sans un mot en ravalant sa rage.

Ce ne fut que quelques mois après la vente des porcs qu'elle surprit un jour, avec un frisson glacé, dans les yeux de Dick, cette expression absorbée qu'elle avait appris à connaître.

Il se tenait debout, dans la véranda, perdu dans ses pensées, les yeux fixés sur l'immense étendue de la brousse. Elle l'observait en silence, attendant qu'il se tournât vers elle naïvement surexcité, comme un enfant, par le succès qu'il tenait pour certain dans son imagination. Et cependant, même en le voyant ainsi, elle ne désespérait pas. En fin de compte elle luttait contre ses sombres pressentiments et se répétait que la saison avait été bonne et que Dick était très satisfait. Il avait remboursé cent livres sur l'hypothèque et il gardait assez d'argent pour leur permettre d'aller jusqu'à l'année prochaine sans rien emprunter ; elle avait adopté, sans même s'en rendre compte, la manière de juger purement négative de son mari. Pour ce qui est des saisons par exemple : il les jugeait non point en fonction des bénéfices qu'il avait réalisés mais des dettes qu'il avait évité de faire. Et quand il remarqua un beau jour qu'il avait lu des choses intéressantes sur les dindons, elle s'efforça de paraître intéressée.

Elle se disait que d'autres fermiers s'occupaient de dindons et en tiraient de l'argent. Dick finirait bien par avoir sa chance, lui aussi et par tomber sur un filon. Peut-être les conditions du marché lui seraient-elles favorables ou la situation de la ferme conviendrait-elle tout particulièrement aux dindons et il en tirerait un bon profit.

C'est alors qu'il lui rappela vivement, comme pour se défendre bien qu'elle ne l'accusât point, qu'il n'avait pas perdu grand-chose sur les porcs (il semblait avoir oublié les abeilles) et l'expérience l'avait beaucoup instruit. Il avait eu les étables pour rien, les gages du valet de ferme ne s'étaient montés qu'à quelques shillings, enfin, la nourriture des bêtes avait été fournie presque entièrement par la ferme. Mary se souvenait pourtant de tous les sacs de maïs qu'ils avaient dû acheter et elle ne pouvait oublier que la nécessité de se procurer coûte que coûte de quoi payer les gages du serviteur avait été le pire souci de Dick pendant tout ce temps, mais elle ne souffla mot et détourna même les yeux car elle était décidée à ne pas l'irriter et à faire au contraire tout son possible pour éviter de provoquer en lui cette méfiance hostile née du sentiment qu'il lui fallait toujours se défendre contre elle et se justifier à ses yeux.

On pouvait affirmer que depuis leur mariage Mary n'avait jamais vu et ne verrait sans doute jamais à l'avenir Dick rester aussi longtemps à la maison que pendant les semaines où il fut obsédé par les dindons et le problème de leur installation. Il n'allait presque plus aux champs. La seule clôture autour de l'enclos coûta plus de cinquante livres. Ensuite, il acheta les dindons, des couveuses très chères, des balances et tout le reste de l'outillage qu'il jugeait indispensable à son exploitation. Mais avant même que les premiers œufs fussent éclos, il lui confia un jour qu'il pensait utiliser les étables et les enclos non pour les dindons mais pour des lapins... Les lapins ! Une poignée d'herbe suffit à les nourrir et ils se multiplient comme... enfin, comme les lapins peuvent le faire ! Il est vrai que les gens n'aimaient pas beaucoup la chair du lapin (c'est un préjugé de l'Afrique du Sud) mais les goûts peuvent être dirigés, modifiés, et si par exemple ils arrivaient à vendre leurs lapins mettons cinq shillings pièce, il calculait qu'ils se feraient un revenu substantiel de cinquante à soixante livres par mois. Ensuite, quand les lapins seraient acclimatés, ils pourraient acheter quelques portées de lapines d'Angora, car il avait entendu dire que leur laine allait chercher environ dix shillings la livre.

En entendant ces mots, Mary fut prise d'une rage si violente qu'elle perdit tout contrôle d'elle-même et proféra des paroles atroces qu'elle regrettait au moment même où elle les prononçait et elle en voulait à Dick de l'avoir vue dans cet état. Mais c'était un sentiment que Dick, pour sa part, n'aurait jamais compris. La colère de Mary l'atteignait au vif, bien qu'il se répétât sans cesse qu'elle n'avait pas le droit de décourager ses efforts qui avaient pu n'être point couronnés de succès mais n'en étaient pas moins méritoires. Et pendant tout ce temps, elle continuait à exhaler sa fureur, à pleurer, à tempêter, à maudire jusqu'au moment où elle n'eut même plus la force de rester debout et s'effondra sur un coin du divan où elle resta haletante, secouée de sanglots. Mais cette fois, on ne vit point Dick relever son pantalon d'un geste puéril en sifflotant et il n'eut point son regard d'enfant martyr. Il se contenta de regarder longuement sa femme affalée sur le divan, sanglotante, hors d'elle-même, comme s'il la voyait pour la première fois, puis, il s'écria d'un ton sardonique :

— À vos ordres, patron.

Mary détestait cette plaisanterie car cette petite phrase corrosive en disait plus sur leur union qu'elle ne se permettait d'en penser au plus secret de son cœur et elle jugeait proprement intolérable que le mépris qu'il lui inspirait fût ainsi proclamé. Leur mariage ne pouvait tenir qu'aussi longtemps qu'elle serait capable de se montrer généreuse et magnanime et de plaindre Dick, mais non de le mépriser. Seulement, à dater de ce jour, il ne fut plus question de lapins ni de dindons. Mary vendit ces derniers et peupla l'enclos de poulets pour se faire « un peu d'argent de poche », dit-elle et s'acheter quelques vêtements, car Dick s'imaginait sans doute qu'elle n'avait qu'à se promener couverte de loques comme une négresse. En fait, il n'imaginait rien du tout apparemment car il ne releva même pas sa remarque. Il semblait de nouveau préoccupé, mais nullement enclin à s'excuser et à se justifier quand il lui apprit qu'il comptait ouvrir une boutique pour les indigènes dans la ferme même. Il se borna à lui faire part de son intention d'un ton péremptoire qui semblait dire : « C'est à prendre ou à laisser, que cela vous plaise ou non, ma décision est prise. » Tout le monde savait que ce commerce rapportait des tas d'argent, dit-il ; Charlie Slatter avait ouvert une boutique chez lui et beaucoup d'autres fermiers en avaient fait autant. Ces boutiques étaient des mines d'or. Mary frémit en entendant ces mots : des mines d'or ? Elle avait découvert un jour, peu après son mariage, plusieurs tranchées dont les parois s'étaient effondrées et qui étaient tapissées de mauvaise herbe. Dick lui avait appris que c'était lui qui les avait creusées autrefois, des années auparavant dans l'espoir de découvrir un Eldorado qui devait être enfoui, il en était profondément convaincu, dans son domaine. Elle remarqua tranquillement :

— S'il y a une boutique chez les Slatter, à cinq milles d'ici, je ne vois aucun intérêt à en avoir une chez nous.

— J'ai toujours au moins une centaine d'ouvriers à la ferme.

— S'ils gagnent quinze shillings par mois, vous n'allez pas devenir un Rockefeller avec ce qu'ils dépenseront dans votre boutique.

— Mais, il y a toujours les gens de passage, insista-t-il avec obstination.

Il fit la demande d'une licence de commerçant et l'obtint sans difficulté. Alors, il construisit sa boutique et Mary vit comme un sombre présage dans le fait que l'affreuse, la redoutable coopérative de son enfance la poursuivait jusqu'ici, dans son propre foyer.

La boutique s'élevait à quelques centaines de mètres de la maison, elle comprenait une petite pièce coupée en deux par un comptoir et une autre plus vaste par-derrière qui plus tard servirait de dépôt pour les marchandises. Celles dont ils avaient besoin pour l'instant pouvaient tenir parfaitement sur les rayons du magasin proprement dit, mais quand les affaires se développeraient ils auraient besoin de la seconde pièce. C'est du moins ce qu'avait décidé Dick. Mary qui l'aidait à déballer les marchandises se sentait déprimée, presque malade de dégoût : ces étoffes à bon marché exhalaient une odeur de produits chimiques, les draps semblaient à la fois rudes et poisseux au toucher avant même d'avoir servi, ils suspendirent la verroterie aux couleurs clinquantes, les broches, les bagues en cuivre et en étain et Mary regardait se balancer et tintinnabuler tous ces bijoux de pacotille avec un mince sourire sur les lèvres, car ils lui rappelaient ses souvenirs d'enfance quand elle goûtait ses plus grandes joies à regarder étinceler et se balancer ainsi les colliers de perles fausses.

Elle songeait que ces deux pièces ajoutées à leur maison auraient rendu leur vie plus confortable ; l'argent dépensé pour la boutique, pour l'enclos destiné aux dindons, la porcherie, les ruches, etc., leur aurait permis de mettre des plafonds et elle aurait été délivrée de cette terreur qui s'emparait d'elle rien qu'à la pensée de la saison chaude qui approchait. Mais elle ne songeait même pas à se confier à Dick. À quoi bon ? Elle se sentait prête à fondre en larmes, des larmes désespérées et prémonitoires, mais elle n'ouvrit pas la bouche, ne prononça pas un mot et continua d'aider Dick jusqu'à ce que tout fût mis en place.

En voyant le magasin achevé, rempli à craquer de marchandises kaffir, Dick se sentit si heureux qu'il partit pour la station voisine et en ramena vingt bicyclettes à bon marché : c'était là un acte audacieux et risqué à cause des surprises que réserve parfois le caoutchouc, mais Dick objecta que ses ouvriers étaient toujours à lui demander des avances pour acheter des bicyclettes. Désormais ils pourraient se les procurer chez lui. Puis la question se posa : qui allait s'occuper du magasin ?

— Quand il marchera pour de bon, nous pourrons avoir un vendeur.

Mary ferma les yeux en poussant un soupir : avant même d'avoir commencé ils avaient à rembourser le capital qu'ils avaient emprunté, et ce ne serait pas l'affaire d'un mois ou deux, or voilà que Dick parlait déjà d'un vendeur qui leur coûterait au bas mot trente livres par mois.

— Pourquoi ne pas engager un indigène ? demanda-t-elle.

— On ne peut pas avoir confiance dans les nègres quand il s'agit d'argent, fit Dick.

Il ajouta qu'il avait compté que ce serait elle qui s'occuperait du magasin puisque, de toute manière, elle était inoccupée. Il fit cette dernière remarque de cette voix âpre et dure qu'il prenait toujours à présent quand il s'adressait à elle.

Mary répondit sèchement qu'elle préférait mourir plutôt que d'y mettre les pieds et rien ne pourrait la faire revenir sur sa décision, rien et personne au monde.

— Vous n'en seriez pas morte ! Vous vous croyez sans doute une trop grande dame pour vous tenir derrière un comptoir.

— Vendre des marchandises kaffir à des kaffirs puants, jamais ! riposta-t-elle.

Mais en fait, son refus tenait à d'autres raisons. Elle ne pouvait avouer à Dick que cette odeur de boutique évoquait pour elle le temps où, petite fille, elle se tenait dans une boutique semblable, les yeux fixés sur les rangées de bouteilles derrière le comptoir, se demandant quelle était celle que son père allait choisir cette nuit-là... Elle avait vu sa mère prendre subrepticement des pièces de monnaie dans la poche de l'ivrogne, la nuit, quand il s'endormait dans son fauteuil et ronflait la bouche ouverte et les jambes écartées. Et le lendemain, Mary était envoyée au magasin pour acheter des provisions qui ne figuraient pas sur le compte du mois. Elle ne pouvait expliquer ces choses à Dick pour la bonne raison qu'il était maintenant associé dans son esprit à toute la grisaille et à la misère de son enfance, et c'eût été comme si elle essayait d'entrer en lutte avec le destin. Finalement, elle capitula et accepta de servir la clientèle. À vrai dire elle n'avait pas le choix.

Désormais, tout en vaquant à ses occupations, elle pouvait, en jetant un coup d'œil par la porte de derrière, distinguer le toit du nouveau bâtiment qui brillait parmi les arbres, et de temps en temps, elle sortait et faisait quelques pas, le long du sentier, afin de voir s'il n'y avait pas un acheteur qui l'attendait. Vers dix heures du matin, une demi-douzaine de femmes indigènes, avec leurs enfants, étaient réunies sous les arbres. Mary, qui n'aimait déjà pas les hommes, avait littéralement horreur des femmes indigènes. Elle haïssait leur embonpoint qu'elles exposaient sans pudeur à tous les yeux, leur peau sombre, leurs doux et timides visages (qui pouvaient paraître si curieux et insolents), leur voix jacassante à l'intonation impudente et sensuelle.

Elle ne pouvait supporter de les voir installées dans l'herbe, accroupies sur leurs talons dans une pose immuable et séculaire, aussi paisibles et insouciantes que si l'heure d'ouverture du magasin ne leur importait nullement... même s'il devait rester fermé toute la journée et qu'elles fussent obligées de revenir le jour suivant.

Mais ce qu'elle détestait par-dessus tout c'était leur façon d'allaiter leurs nourrissons, leurs seins nus et pendants. Il y avait dans leur maternité si calme et satisfaite quelque chose qui faisait bouillir le sang de Mary. Leurs bébés s'accrochaient à elles comme des sangsues, songeait la jeune femme qui frissonnait d'horreur rien qu'à l'idée d'allaiter un enfant. Imaginer un nourrisson, les lèvres collées à son sein, la rendait malade... À cette pensée, elle étendait les mains d'un geste instinctif devant sa poitrine comme pour se protéger. D'ailleurs beaucoup de femmes blanches étaient comme elle et préféraient recourir au biberon. Elle se sentait en bonne compagnie et en arrivait à croire que ce n'était pas elle, mais les négresses qui étaient dans l'erreur. Ces créatures si primitives, livrées à leur seul instinct, lui inspiraient une véritable horreur.

Quand elle en voyait dix ou douze qui attendaient, leur peau sombre et leurs madras aux tons vifs se détachant avec éclat sur le fond vert des arbres, elle allait chercher le trousseau de clés qu'elle accrochait dans son placard afin que le serviteur nègre ne pût profiter d'un moment où elle aurait le dos tourné pour s'introduire dans le magasin et dérober quelque objet. Et la main posée en visière sur ses yeux pour les protéger du soleil, elle s'éloignait le long du sentier pour en finir au plus vite avec cette pénible corvée.

Elle ouvrait la porte d'un geste brusque en faisant claquer le battant qui allait heurter le mur de brique. Elle pénétrait dans la boutique toujours obscure, les narines pincées, à cause de l'odeur. Alors, les femmes venaient nonchalamment s'entasser dans la pièce, tâtant les étoffes, étalant les colliers brillants sur leur peau sombre avec de petites exclamations de plaisir ou se récriant, à cause du prix. Elles portaient leurs bébés sur le dos, « comme des macaques », songeait Mary. Les petits, ceux qui pouvaient marcher, cramponnés à la jupe de leur mère, et dont les paupières étaient tout engluées de mouches, dévoraient des yeux la peau blanche de la jeune femme. Mary restait là pendant une demi-heure environ, dans une attitude distante tandis que ses doigts tambourinaient nerveusement sur le bord du comptoir. Elle répondait brièvement aux questions concernant le prix des marchandises ou leur qualité. Elle était bien décidée à ne pas admettre les marchandages. Au bout d'un moment elle se sentait hors d'état de supporter l'atmosphère confinée du magasin où se pressaient toutes ces créatures jacassantes et qui empestaient. Elle leur disait rudement dans son patois kaffir : « Allons, allons, dépêchez-vous » et elles s'en allaient lentement, l'une après l'autre, toute leur gaieté et leur naïf plaisir enfuis, chassés par l'hostilité trop visible de la jeune femme à leur égard.

— Dois-je rester pendant des heures à attendre que l'une d'elles se décide à acheter un collier de six pence ? demandait Mary à son mari.

— Cela vous fait au moins une occupation, répondait-il avec cette indifférence brutale qu'il lui témoignait à présent et sans même lui jeter un regard.

En fait, ce fut la boutique qui acheva Mary. L'obligation de servir les clients derrière le comptoir, le sentiment que c'était son devoir d'être là, toujours présente, la conscience de ne pouvoir disposer de cinq minutes pour faire quelques pas le long du sentier bordé de fourrés où les tiques cachées dans les mauvaises herbes lui piquaient les jambes, tout concourut à lui donner le coup de grâce, mais en apparence, ce fut la question des bicyclettes qui consacra sa défaite. On ne saurait dire pourquoi ils n'avaient pas réussi à les vendre, peut-être n'étaient-elles pas du modèle qu'aimaient les indigènes, ou y avait-il une autre raison.

Qui peut le dire ? Ils finirent par en vendre une, les autres, lamentables carcasses, gisaient dans l'arrière-boutique renversées et appuyées au mur. Cela faisait encore cinquante livres de déficit ; et s'ils ne perdaient rien, actuellement, ils ne gagnaient pas grand-chose non plus, dans la boutique. Si on ajoutait aux bicyclettes le prix du bâtiment, l'aventure représentait une grosse perte et le seul espoir qui leur restait était de rétablir tant bien que mal la balance, et encore si la chance les favorisait, grâce aux marchandises rangées sur les rayons. Mais Dick ne voulait pas entendre parler de fermer le magasin.

— Maintenant que les marchandises sont là, nous ne risquons plus de perdre dessus et vous n'avez qu'à continuer, Mary. Vous n'en mourrez pas.

Mais elle songeait aux cinquante livres perdues sur les bicyclettes. Avec cinquante livres, on aurait pu mettre des plafonds ou acheter quelques bons meubles pour remplacer tout le bric-à-brac qui remplissait la maison, ou encore s'offrir une semaine de vacances.

Elle caressait toujours l'espoir de partir en vacances. Cet espoir, qui ne semblait pas devoir se réaliser de sitôt, détourna son esprit de ces tristes réflexions et sa vie, au moins pendant quelque temps, s'orienta dans un tout autre sens.

En ce temps-là, elle avait l'habitude de faire la sieste dans l'après-midi. Elle passait de longues heures à dormir : c'était un moyen comme un autre de faire passer le temps. Elle se couchait vers une heure et ne se levait jamais avant quatre heures de l'après-midi ; il lui restait encore deux heures à tuer avant le retour de Dick. Elle les passait allongée à moitié vêtue sur son lit, engourdie, la bouche sèche, la tête douloureuse. C'est pendant ces deux heures où elle était presque inconsciente entre le rêve et la réalité qu'elle s'abandonnait à la joie de faire revivre cette époque merveilleuse et à jamais révolue où elle travaillait au bureau et menait la vie qui lui plaisait avant que les gens ne l'eussent forcée à se marier. Voilà comment lui apparaissaient les choses et elle commença à rêver, pendant ces longues heures qui n'étaient en fait qu'une perte de temps, au jour où Dick aurait ramassé assez d'argent pour leur permettre de retourner vivre en ville, bien qu'elle dût s'avouer à ses moments de lucidité et quand elle était loyale vis-à-vis d'elle-même qu'il ne ferait jamais fortune. Ensuite, vint la pensée que rien ne l'empêchait de s'enfuir et de retourner à sa vie d'autrefois. Arrivée à ce point de ses réflexions, la pensée de ses amis l'arrêta net. Que diraient-ils de lui voir rompre ainsi son mariage ? Tout le côté conventionnel de sa morale qui n'avait rien à voir du reste avec sa vraie vie reparaissait dès qu'elle songeait à ses amis et évoquait le jugement qu'ils portaient sur les autres. Elle souffrait rien qu'à l'idée de se retrouver en face d'eux après cet échec capital, car elle continuait au fond d'elle-même à être hantée par le sentiment qu'elle ne s'était montrée incapable de s'adapter à la vie que parce qu'ils avaient dit d'elle « qu'elle n'était pas faite pour le mariage ». Cette phrase s'était imprimée très profondément dans sa tête une fois pour toutes et continuait de la faire souffrir. Mais son désir d'échapper à sa misérable vie était devenu si pressant qu'elle repoussa le souvenir de ses amis. Désormais, elle ne pensait à rien d'autre qu'à fuir, à redevenir telle qu'elle était autrefois, mais il y avait un abîme entre ce qu'elle était à présent et la fille de ce temps-là, timide, farouche et pourtant d'un naturel accommodant, qui avait de si nombreux amis. Cet abîme, elle en avait parfaitement conscience mais elle ne jugeait pas sa personnalité atteinte pour autant. Elle avait plutôt le sentiment qu'on lui avait enlevé un rôle fait pour elle dans une pièce qu'elle connaissait par cœur pour l'obliger brusquement à jouer dans une autre qui lui était totalement étrangère.

C'était le sentiment de n'être pas à sa place, de ne pas jouer son rôle qui la rendait si sombre, mais non celui d'avoir changé. Cette terre, les travailleurs noirs si étroitement mêlés à leur existence et en même temps si étrangers, Dick dans ses vêtements de fermier avec ses mains tachées d'huile, tout cela ne faisait pas partie d'elle-même et n'avait aucune réalité. Il était monstrueux de songer qu'on avait voulu lui imposer cette vie.

Elle mit à peine quelques semaines à se persuader tout doucement, graduellement, qu'il lui suffirait de monter dans le train, de retourner en ville pour retrouver cette vie adorable et paisible pour laquelle elle était faite, et un jour, quand le domestique revint de la station avec son sac bourré de denrées, de lettres et de journaux, et qu'elle eut pris l'hebdomadaire et regardé les annonces selon son habitude : « Naissances, mariages » (pour voir ce que faisaient ses amis : c'était à vrai dire la seule rubrique du journal qui l'intéressât), elle lut par hasard que la société où elle avait travaillé pendant toutes ces années cherchait une dactylo. Elle se trouvait à cet instant dans la cuisine faiblement éclairée par une bougie et par le vague reflet venu du fourneau, près de la table couverte de viande, de savon, de paquets rapportés par le nègre qui était en train de préparer le souper. Il suffit d'un instant et de ces quelques phrases pour qu'elle se sentît transportée loin de la ferme, dans son ancienne vie. L'illusion persista pendant toute la nuit où elle resta éveillée, retenant son souffle, songeant à l'avenir si facile, réalisant un rêve qui se confondait avec son passé même.

Et quand Dick partit pour les champs, elle se leva, s'habilla, prépara une valise et laissa une lettre à son adresse, selon la tradition, pour lui expliquer qu'elle retournait à son travail, tout à fait comme si Dick connaissait ses pensées, et approuvait ses décisions. Elle mit à peine une heure pour couvrir les cinq milles qui séparaient leur ferme de celle des Slatter. Elle fit la moitié du chemin presque en courant tandis que sa valise se balançait lourdement à son bras et venait battre ses mollets, ses souliers se couvraient d'une fine poussière sableuse et par moments elle trébuchait dans les profondes ornières. Elle trouva Charlie Slatter devant le ravin qui séparait leurs propriétés. Il semblait flâner, inoccupé. Ses yeux étaient fixés sur la route par laquelle elle était venue et il fredonnait un air entre ses dents. Elle fut frappée en s'arrêtant pour le saluer, de le trouver là, les bras ballants, sans rien faire, lui qui était toujours si occupé. Elle ne pouvait pas deviner qu'il tirait des plans et réfléchissait au moyen de racheter la ferme de Dick Turner quand ce fou aurait fait faillite. Il manquait de pâturages pour ses troupeaux. Elle se souvint qu'elle ne l'avait pas rencontré plus de deux ou trois fois où il n'avait pas pris la peine de cacher l'antipathie qu'elle lui inspirait et elle fit un effort héroïque pour se redresser et lui parler avec tout son calme. Cette longue course la laissait haletante.

Elle lui demanda s'il voulait bien l'emmener à la gare à temps pour lui permettre d'attraper le train du matin. Il n'y en aurait pas d'autre avant trois jours et l'affaire qui l'obligeait à se rendre en ville était urgente. Charlie lui jeta un regard perçant, puis parut se lancer dans des calculs.

— Et où avez-vous laissé votre oiseau ? demanda-t-il d'un air jovial.

— Dick est au... au... travail, balbutia Mary.

Il grommela quelques mots entre ses dents d'un air soupçonneux mais, néanmoins, il prit sa valise et la mit dans l'auto qui stationnait sous un grand arbre près de la route. Il monta lui-même dans la voiture puis Mary y grimpa à son tour et s'installa à ses côtés, pendant qu'elle tirait maladroitement sur la portière il regardait la route droit devant lui en sifflotant entre ses dents. Charlie ne jugeait pas nécessaire de faire le joli cœur auprès des femmes.

Enfin, elle fut installée avec son sac qu'elle serrait sur son cœur comme un passeport.

— Ainsi, le cher époux est trop occupé pour vous conduire à la gare ? insista Charlie en se tournant pour lui lancer un regard aigu.

Elle rougit en acquiesçant d'un signe de tête, cependant qu'un sentiment de culpabilité se glissait en elle, mais elle ne songea pas à se dire qu'elle mettait Dick dans une situation fausse : son esprit était tout occupé par ce train où elle allait monter.

Slatter appuya sur l'accélérateur et la grosse et puissante voiture fonça à toute allure sur la route, frôlant à chaque instant les arbres et dérapant dangereusement sur le terrain tout poussiéreux.

À la gare, ils trouvèrent le train déjà sous pression ; l'eau coulait goutte à goutte du tender. Mary n'avait donc pas de temps à perdre. Elle remercia Charlie brièvement et le train n'était pas parti qu'elle l'avait oublié. Elle avait juste assez d'argent pour le voyage jusqu'à la ville, mais pas un sou de plus pour un taxi.

Elle quitta donc la gare à pied en traînant sa valise à travers la ville où elle n'était jamais revenue depuis qu'elle l'avait quittée le jour de son mariage. Dick avait été obligé d'y venir une ou deux fois mais elle s'était refusée à l'accompagner. À l'idée de rencontrer des gens qu'elle avait connus, elle reculait. Il lui semblait que son cœur était galvanisé quand elle approcha du club.

C'était vraiment une merveilleuse journée avec ces bouffées d'air parfumé et le soleil qui brillait si gaiement. Le ciel lui-même paraissait différent vu d'ici entre les maisons familières qui paraissaient nettes et fraîches avec leurs murs blancs et leurs toits rouges. Ce n'était plus ce dôme d'un bleu implacable qui là-bas englobait la ferme dans l'immuable cycle des saisons.

Ici, le ciel était d'un bleu si frais, un bleu de fleur, que Mary, dans son exaltation, avait le sentiment qu'il lui suffirait de le vouloir pour s'envoler loin de la terre vers tout ce bleu et y voguer sans nulle contrainte dans la félicité. La rue qu'elle suivait était bordée de bahinias dont les fleurs roses et blanches s'épanouissaient au milieu des branches comme des papillons parmi les feuilles et toute l'avenue semblait vouée au blanc et au rose sous le ciel d'un bleu pur. C'était un monde tout différent de celui d'où elle sortait : son monde à elle.

Au club, elle fut accueillie par une nouvelle directrice qui lui déclara qu'elle n'acceptait pas les femmes mariées. Tout en parlant, elle l'observait d'un air curieux et ce regard brusquement dégrisa Mary. Elle avait totalement oublié cette règle. Il est vrai qu'elle ne pensait jamais à elle-même comme à une femme mariée. Quand elle retrouva ses esprits elle était dans le hall où elle avait rencontré Dick quelques années auparavant. Elle jeta un coup d'œil autour d'elle : les meubles étaient les mêmes qu'autrefois, mais pourquoi lui paraissaient-ils si étranges ? Tout autour d'elle respirait la propreté, l'ordre et la beauté. Alors, tranquillement, elle s'en alla à l'hôtel, se recoiffa dans la chambre qui lui fut attribuée, puis se rendit à son ancien bureau. Aucune des jeunes filles qui y travaillaient actuellement ne la connaissaient. Tout le mobilier avait été changé. Sa table transportée ailleurs et elle était indignée de penser qu'on avait osé toucher à ses affaires. Puis, elle jeta un coup d'œil aux jeunes employées qui portaient de jolies robes et qui étaient toutes soigneusement coiffées. Pour la première fois, elle fit un retour sur elle-même et se dit qu'on ne pourrait, sans doute, en dire autant d'elle.

Mais il n'était plus temps de reculer. Elle fut introduite auprès de son ancien patron et vit aussitôt sur son visage l'expression qui l'avait frappée tout à l'heure chez cette femme du club. Son regard étant machinalement tombé sur ses mains qui étaient toutes hâlées et crevassées, elle en eut honte et les dissimula derrière son sac. Cependant, l'homme assis derrière son bureau la contemplait attentivement. Il observait son visage puis jeta un coup d'œil sur ses chaussures encore couvertes de poussière rougeâtre, car elle avait oublié de les essuyer. Il semblait à la fois peiné, choqué et scandalisé, et répondit presque qu'il était désolé mais la place était déjà prise. Elle se sentit offensée comme tout à l'heure : Eh quoi ! après toutes les années pendant lesquelles elle avait travaillé ici et fait sien ce bureau, il osait refuser de la reprendre ? « Je regrette beaucoup, Mary », dit-il en évitant de rencontrer ses yeux, et elle comprit que la place n'était pas prise et qu'il voulait seulement se débarrasser d'elle. Il y eut une minute de silence pendant laquelle Mary eut l'impression que ses rêves de ces dernières semaines pâlissaient et s'évanouissaient. Alors il lui demanda si elle avait été malade.

— Non, dit-elle, d'un air morne.

Revenue dans sa chambre d'hôtel, elle s'examina dans la glace. La robe de cotonnade qu'elle portait était toute froissée et elle comprit, en la comparant à celles des jeunes filles du bureau, qu'elle était terriblement démodée, bien qu'encore décente. Comme elle se regardait, elle fut frappée de voir combien sa peau semblait flétrie, desséchée. Cependant quand elle s'attachait à paraître calme, détendue, à ne pas grimacer, on ne voyait pas grande différence, lui semblait-il, avec la Mary d'autrefois. Bien sûr, les petites rides qui entouraient ses yeux étaient comme des coups de griffe. Fâcheuse habitude, se dit-elle, de plisser les yeux au soleil ! Quant à ses cheveux, ils n'étaient ni beaux ni soignés, mais le patron s'imaginait-il qu'on pouvait faire venir le coiffeur dans les fermes ?

Elle éprouva un brusque ressentiment à l'égard du patron, de la directrice du club... elle en voulait au monde entier. Croyaient-ils donc qu'elle avait pu subir toutes ces déceptions et ces souffrances sans en être marquée, transformée ? C'était la première fois qu'elle reconnaissait que c'était elle qui avait changé et non les conditions de sa vie. Elle se promit d'aller dans un institut de beauté pour retrouver au moins une apparence convenable, alors, on ne lui refuserait plus la place à laquelle elle avait droit. Mais elle se souvint qu'elle n'avait pas d'argent. En retournant son porte-monnaie, elle trouva une demi-livre et une pièce de six pence. Elle ne pouvait même pas payer sa note d'hôtel. La panique qui s'était emparée d'elle fit place à l'abattement. Elle resta assise toute droite sur sa chaise contre le mur, immobile et se demandant ce qu'elle devait faire, mais cet effort mental était trop pénible. Elle avait l'impression de voir se dresser devant elle d'innombrables obstacles et des humiliations sans fin auxquelles elle devait faire face, et, en même temps, elle avait l'impression d'être là dans l'attente d'on ne sait quoi. Au bout d'un moment, tout son courage s'effondra. Elle promena un lent regard traqué autour d'elle.

Au même moment, quelqu'un frappa à la porte. À voir son visage on eût pu croire qu'elle n'était nullement surprise. L'entrée de Dick ne fit pas bouger un muscle de son visage. Ils restèrent muets pendant un moment. Puis il tendit les bras en suppliant : « Mary, ne m'abandonnez pas ! » Elle poussa un soupir, se leva, tira machinalement sur sa jupe, lissa ses cheveux. Elle donnait l'impression de se préparer à partir pour un voyage décidé depuis longtemps. En voyant son attitude, son visage qui n'exprimait aucune haine, mais seulement la résignation, Dick laissa retomber ses bras : il fallait à tout prix éviter une scène que Mary visiblement ne pourrait supporter.

À son tour, il revint à lui et, comme Mary tout à l'heure, se regarda dans la glace. Il était venu dans ses vêtements de travail, sans même s'arrêter pour prendre un peu de nourriture après avoir lu le billet laissé par Mary qui l'avait confondu, humilié, bouleversé jusqu'au fond de lui-même.

Ses manches étaient rabattues sur ses bras nus et hâlés. Il ne portait point de chaussettes et ses pieds nus s'enfonçaient dans des bottes de cuir.

Mais il dit comme s'ils étaient venus ensemble pour un séjour en ville qu'ils pourraient aller déjeuner, puis au cinéma si elle en avait envie. Elle pensa qu'il essayait de lui donner l'impression qu'il n'était rien arrivé d'extraordinaire, mais après lui avoir jeté un coup d'œil, elle comprit que c'était sa manière à lui de répondre au fait qu'elle acceptait de reprendre la vie commune.

La voyant qui tentait de lisser maladroitement du plat de sa main sa robe pour la faire paraître moins fripée, il lui demanda d'aller s'acheter des vêtements.

Elle lui répondit de ce ton aigre-doux qui lui était devenu habituel :

— Où prendrais-je l'argent ?

C'est ainsi qu'ils se retrouvaient au même point, sans que leurs voix même eussent changé.

Quand ils eurent terminé leur repas, dans un restaurant que Mary avait choisi exprès, dans une rue écartée où elle ne risquait pas de rencontrer ses anciens amis, ils retournèrent à la ferme comme si tout était parfaitement normal et sa fuite un très petit incident facile à oublier. Mais quand elle se retrouva chez elle prise à nouveau dans l'engrenage de la routine habituelle, et privée même, désormais, du soutien des rêves qu'elle faisait tout éveillée, obligée de faire face à son avenir avec un morne stoïcisme, alors elle découvrit qu'elle était complètement épuisée. Le moindre geste, le plus petit travail lui coûtaient un effort. C'était comme si le voyage en ville l'avait vidée de ses dernières forces, lui laissant juste assez de courage pour accomplir les gestes quotidiens.

C'était le début d'une sorte de désagrégation intérieure insensible à tout, elle était plongée dans une torpeur qui la rendait incapable de lutter.

Et si Dick n'était pas tombé malade à ce moment-là, peut-être tout se serait-il terminé très rapidement d'une façon ou d'une autre. Elle aurait pu mourir encore très jeune comme sa mère après une brève maladie, tout simplement parce qu'elle n'avait pas envie de vivre. Ou bien, elle se serait enfuie une deuxième fois, poussée par une irrésistible impulsion mais prenant soin, cette fois, de se montrer plus raisonnable et plus pratique. Elle aurait appris de nouveau à vivre comme elle était appelée à le faire selon sa nature et son éducation, c'est-à-dire toujours seule, à se suffire à elle-même et à subvenir à ses besoins.

Survint alors un changement brusque et inattendu dans sa vie grâce auquel ce processus de désintégration intérieur fut momentanément stoppé. Quelques mois après la fuite de Mary et six ans après son mariage avec Dick, celui-ci tomba malade pour la première fois de sa vie.

Chapitre VII

Cette année-là, juin fut frais, éclatant et sans nuages. C'était le mois préféré de Mary ; les journées étaient chaudes, mais avec une sorte de légère brise dans l'air et l'on avait plusieurs mois devant soi avant que la fumée des feux allumés dans le veld ne s'épaissît jusqu'à devenir ce voile sulfureux qui assombrissait toutes les couleurs dans la brousse. La fraîcheur rendait à Mary une partie de sa vitalité, non que sa fatigue fût entièrement dissipée, mais elle devenait supportable et la jeune femme s'accrochait à ces mois de répit, y cherchant d'instinct refuge contre la mortelle chaleur des mois qui allaient suivre.

De bonne heure le matin, aussitôt après le départ de Dick pour les champs, elle sortait et allait se promener à petits pas sur le terrain sablonneux qui s'étendait devant la maison, les yeux levés vers le ciel si haut, si clair, d'un bleu intense et merveilleux, frais comme un glacier et qu'aucun nuage ne viendrait ternir pendant des mois et des mois. La froide rosée de la nuit ne s'était pas encore évaporée ; Mary se penchait pour la toucher puis, avançant la main, elle caressait le mur de brique dont le contact semblait frais et humide à ses doigts.

Plus tard, quand il fit plus chaud et que le soleil fut presque aussi brûlant qu'en été, elle prit l'habitude de se tenir sous un arbre au bout de la clairière là où commençait la brousse (rien n'aurait pu la décider à s'aventurer plus loin dans les fourrés), et elle se laissait pénétrer par la fraîcheur de l'ombre ; l'épais feuillage d'un vert olivâtre laissait filtrer des pans de ciel bleu ; le vent était âpre et froid. Puis, brusquement, le ciel s'abaissait comme une lourde couverture grise au-dessus de sa tête et, en quelques jours, le monde semblait transformé. Une pluie fine tombait goutte à goutte et il commençait à faire réellement froid, si froid que Mary devait porter un chandail sous lequel elle frissonnait délicieusement. Mais ce temps ne durait guère. Il semblait que, d'une demi-heure à l'autre, le gris du ciel s'estompait, laissant transparaître le bleu. Le ciel lui-même semblait s'approfondir tandis que de longs nuages s'effilochaient dans l'espace ; puis, brusquement débarrassé de ses voiles gris comme par un coup de baguette, l'azur apparaissait, haut et limpide. Le soleil étincelait victorieusement mais ce n'était pas l'insidieux soleil d'octobre qui vous prenait en traître. On sentait comme une exultation dans l'air, une montée de joie, et Mary avait l'impression d'être délivrée de ses souffrances, redevenue ou presque telle qu'elle avait été, rapide, énergique ; mais à la crispation de ses traits on pouvait deviner qu'elle n'oubliait point que la chaleur allait revenir. Elle s'abandonnait doucement à ces trois miraculeux mois d'hiver pendant lesquels toute menace semblait écartée. Le veld lui-même paraissait différent. Il flamboyait durant ces brèves semaines teinté de pourpre, d'or et de brun roux avant que les arbres ne fussent redevenus de lourdes masses d'un vert opaque. C'était comme si cet hiver avait été envoyé spécialement pour elle, pour lui insuffler une parcelle de vitalité, pour la délivrer de son éternelle mélancolie ; c'était « son » hiver, lui semblait-il. Dick, qui devinait ses pensées, l'entourait d'une attentive sollicitude depuis sa fuite, il lui était si reconnaissant d'être revenue qu'il se sentait lié à elle jusqu'à la mort.

S'il avait été un homme mesquin et rancunier il aurait pu se détacher d'elle, considérant qu'elle lui avait joué le tour classique des femmes qui veulent triompher d'un homme ; mais cette idée ne lui était même pas venue à l'esprit. La fuite de Mary n'avait d'ailleurs été en rien le fruit d'un calcul, quoique les résultats eussent été ceux que n'importe quelle femme calculatrice aurait pu escompter. Il se montrait doux et tolérant, veillait à réfréner ses accès de rage, et il était content de la voir animée en quelque sorte d'une nouvelle vie, le regard plus doux, presque pathétique, comme si elle voyait en lui un ami qu'il lui faudrait bientôt quitter. Dick lui redemanda même de l'accompagner dans les champs, il éprouvait comme un besoin de l'avoir toujours près de lui, car il tremblait secrètement de la voir disparaître un jour en son absence. Bien que leur union eût été un échec et qu'il n'existât entre eux aucune compréhension réelle, il s'était habitué à cette solitude à deux qui lie malgré tout les époux dans le plus médiocre mariage.

Il ne pouvait pas s'imaginer rentrant dans une maison où il ne retrouverait pas Mary. Tout en elle, jusqu'à ses accès de rage contre le domestique, lui inspirait de la compassion et il se réjouissait du regain d'activité dont elle faisait preuve à l'égard du noir paresseux et négligent. Mais elle refusait de l'aider à la ferme. Elle le jugeait même cruel de réclamer son aide. Ici, sur la colline où était bâtie la maison, il faisait presque frais avec les grosses pierres qui formaient écran contre les tourbillons de vent, alors que, là-bas, dans les champs encastrés entre les « roches » et les grands arbres, nul n'aurait pu dire qu'on se trouvait en hiver. Même à présent, si on baissait les yeux vers la vallée, on pouvait voir, en quelque sorte, vibrer la grande chaleur, sur la terre et sur les bâtiments. Non ! qu'il la laissât donc en paix chez elle : elle ne voulait pas l'accompagner. De guerre lasse, Dick finit par se résigner, peiné et blessé comme toujours en pareil cas, mais cependant plus heureux qu'il ne l'avait été depuis longtemps. Il aimait la retrouver à la nuit tombante, paisiblement assise, les bras croisés, sur le canapé, blottie voluptueusement dans son chandail et frissonnant avec délice. Pendant ces nuits, le toit craquait et se tordait avec un bruit de fusée à cause de la brusque alternance de la chaleur du jour ensoleillé et de la nuit glaciale. Il la regardait allonger son bras et toucher le métal glacé du toit et il sentait alors toute son impuissance devant ce muet aveu de sa haine pour les mois d'été.

Il commença même à songer sérieusement à mettre des plafonds. Il tira secrètement ses livres de comptes et se livra à des calculs ; mais la dernière saison avait été mauvaise. L'élan qui le poussait à épargner à Mary ce qu'elle redoutait si fort retombait aussitôt et il décidait avec un soupir d'attendre l'année prochaine, dans l'espoir de jours meilleurs.

Un jour, elle l'accompagna pourtant dans les champs. Ce fut lorsqu'elle apprit qu'il avait gelé. Et un matin, elle se trouva debout avant le lever du soleil, riant de plaisir à la vue de la croûte blanche qui couvrait la terre.

— Il gèle, fit-elle. Qui l'eût cru, dans ce coin brûlé, abandonné de Dieu ?

Elle se baissa, ramassa quelques cristaux friables, en frotta ses mains toutes bleues et invita Dick à l'imiter, comme pour partager avec lui ce moment merveilleux. Ainsi, peu à peu, et sans heurts, de nouveaux rapports s'établissaient entre eux, des rapports plus étroits, plus vrais que ceux qu'ils avaient eus jusqu'ici. C'est à ce moment-là que Dick tomba malade et cette tendresse toute neuve qui s'épanouissait entre eux et aurait pu devenir un sentiment assez fort pour les sauver tous deux n'était pas encore assez vigoureuse pour survivre à ce nouveau souci.

Disons tout d'abord que Dick n'avait jamais été malade, bien que la région fût infestée par la malaria et qu'il l'habitât depuis si longtemps. Peut-être avait-il eu pendant des années le microbe dans son sang, sans même s'en douter. Il prenait régulièrement de la quinine tous les soirs pendant la saison des pluies, mais s'interrompait dès qu'il faisait froid. Il devait exister quelque part dans la ferme, un récipient de bois plein d'eau stagnante et placé dans un endroit suffisamment chaud pour permettre aux moustiques de se reproduire, ou quelque bidon rouillé, oublié dans un coin où le soleil ne pouvait atteindre l'eau et la faire évaporer. Bref, quelques semaines après la période où l'on pouvait logiquement s'attendre à des accès de fièvre, Mary vit Dick, un soir, qui revenait des champs tout pâle et frissonnant. Elle lui donna de l'aspirine et de la quinine : il les prit et alla se coucher, sans toucher à son souper. Le matin suivant, furieux contre lui-même et refusant de se croire malade, il sortit pour travailler, comme d'habitude. Il avait seulement revêtu une lourde veste de cuir par une mesure de précaution assez illusoire, disons-le, contre les accès de violents frissons qui le secouaient. À dix heures du matin, il revint fiévreux, le visage et le cou ruisselants de sueur, la chemise trempée. Il se traîna le long de la pente jusque chez lui et se glissa presque inconscient sous ses couvertures.

L'accès fut très violent, et comme Dick n'était pas habitué à être malade il se montra hargneux et difficile. Mary envoya une lettre à Mrs. Slatter, bien qu'elle répugnât à lui demander un service, et un peu plus tard dans la journée, Charlie vint dans sa voiture avec le médecin qu'il était allé chercher à trente milles de chez lui.

Le docteur établit son diagnostic et quand il en eut fini avec Dick, il déclara à Mary que la maison telle qu'elle était, présentait un grand danger et qu'il fallait la préserver des moustiques. Il lui dit également que tous les fourrés devaient être rasés à cent yards au moins autour de la maison, et qu'ils devaient faire poser des plafonds immédiatement, faute de quoi tous deux risquaient l'insolation. Il scruta Mary du regard et lui apprit qu'elle était anémique, nerveusement épuisée et qu'il lui fallait quitter immédiatement la ferme pour faire un séjour d'au moins trois mois sur la côte. Puis il partit tandis que Mary demeurait dans la véranda et regardait s'éloigner la voiture avec un petit sourire qui ressemblait à une grimace. Elle pensait avec un sentiment de haine que les riches spécialistes avaient beau jeu avec leurs prescriptions. Elle haïssait le docteur et ses calmes façons de balayer et de nier les difficultés des Turner. Quand elle avait dit qu'ils n'avaient pas les moyens de prendre des vacances il avait répondu brutalement : « C'est absurde. Et avez-vous le moyen d'être sérieusement malades ? » Ensuite il avait voulu savoir s'il y avait longtemps qu'elle avait séjourné sur la côte. Or, elle n'avait jamais vu la mer. Le docteur avait toutefois compris la situation beaucoup mieux qu'elle ne l'imaginait, car la note d'honoraires qu'elle attendait avec tant d'effroi ne lui parvint jamais. Elle patienta quelque temps, puis elle lui écrivit pour demander ce qu'elle lui devait. La réponse vint : « Vous me payerez quand vous pourrez. » Bien que terriblement blessée dans son orgueil elle dut s'incliner, car ils n'avaient littéralement pas un sou pour payer.

Mrs. Slatter envoya à Dick un sac de citrons de leur verger et s'empressa d'offrir son aide. Mary éprouvait un soulagement et une sorte de gratitude de la savoir si proche, à cinq milles de distance seulement, mais elle décida néanmoins de ne faire appel à elle qu'en cas d'extrême urgence. Elle écrivit une de ces brèves et sèches missives dont elle avait le secret, la remerciant pour les citrons et annonçant que Dick allait mieux. Mais c'était loin d'être vrai. Il gisait, terrassé par la peur impuissante de l'homme atteint pour la première fois de sa vie par une grave maladie ; le visage tourné vers le mur et la tête enfouie sous la couverture.

« Tout à fait comme un nègre », disait Mary avec un mépris profond. Elle avait vu des indigènes malades, couchés exactement comme lui, avec une sorte d'apathie stoïque.

Mais de temps en temps Dick se soulevait et s'informait de la ferme.

Il profitait des moindres instants où la conscience lui était rendue pour se lamenter en songeant que tout devait aller de travers sans sa surveillance.

Mary le soigna consciencieusement comme un enfant pendant une semaine, bien qu'elle s'impatientât de le voir si effrayé par le mal.

Puis la fièvre tomba, le laissant faible et déprimé, presque incapable de s'asseoir dans son lit. À présent, il s'agitait, se tracassait, grognait à tout propos et ne cessait de parler de ses travaux.

Elle comprit qu'il souhaitait, sans vouloir toutefois le lui demander, qu'elle allât à sa place voir où en étaient les choses.

Pendant quelque temps, elle se refusa à répondre à la muette prière qu'exprimait son visage hargneux et amaigri, puis elle comprit qu'il quitterait son lit avant d'avoir la force de marcher et se décida enfin, surmontant la violente répugnance que lui inspirait l'idée d'affronter seule les nègres qui travaillaient aux champs. Même après avoir sifflé les chiens et pris les clés de la voiture, au moment de quitter la véranda, elle dut retourner à la cuisine pour boire un verre d'eau, et ensuite, déjà installée dans le camion, le pied sur l'accélérateur, elle revint précipitamment sur ses pas sous prétexte qu'elle avait besoin d'un mouchoir. En sortant de sa chambre, elle remarqua le long fouet, accroché à deux clous comme un ornement au-dessus de la porte de la cuisine. Elle avait oublié depuis longtemps son existence et, l'ayant décroché et enroulé à son poignet, elle se dirigea avec plus d'assurance vers la voiture.

Et toujours à cause du fouet, elle ouvrit la portière à l'arrière du camion et en fit descendre les chiens car elle détestait sentir leur souffle sur sa nuque pendant qu'elle conduisait. Elle les laissa errer autour de la maison, gémissants, désappointés, tandis qu'elle-même se dirigeait vers les champs où les ouvriers agricoles étaient censés travailler. Ils savaient Dick malade et n'étaient plus là. Ils s'étaient tous dispersés et avaient regagné leurs cases. Elle conduisit la voiture aussi loin qu'elle put, sur la mauvaise route pleine d'ornières qui menait au quartier nègre, puis elle s'engagea à pied sur le chemin tout en montées et en descentes couvert d'un mince tapis d'herbe brillante qui le rendait glissant.

Ces brins d'herbe pâle, pointus comme des aiguilles, s'accrochaient à ses jupes et les buissons lui envoyaient au visage des tourbillons de poussière rouge.

Les cases des indigènes étaient bâties sur un petit monticule qui surplombait le veld à environ un demi-mille de la maison. Le système était le suivant : tout ouvrier agricole qui se présentait pour être embauché était gratifié d'une journée non payée pour bâtir lui-même, avant de prendre sa place parmi les travailleurs, la case où il vivrait avec sa famille. Aussi voyait-on toujours de nouvelles cases et beaucoup d'anciennes restées vides tomber peu à peu en ruine, excepté lorsque quelqu'un avait l'idée d'y mettre le feu. Ces cases s'élevaient pressées les unes contre les autres sur une ou deux acres de terrain. On eût dit plutôt des excroissances naturelles du sol que des habitations édifiées par des hommes. C'était comme si une gigantesque main noire s'était soudain abattue du ciel sur la terre, avait ramassé une poignée de bois, de l'herbe, et les avait magiquement laissées tomber sous forme de cases. Elles avaient toutes des toits de chaume et des murs de torchis, une seule porte basse et pas de fenêtre. La fumée des feux allumés à l'intérieur filtrait à travers le chaume et s'échappait en tourbillons par la porte si bien que dans chacune des cases semblait couver un lent incendie.

Entre les cases s'étendaient des lopins de terre d'une étendue variable plantés de maïs qui, faute de soin, poussait à regret. La vigne grimpait partout, envahissant les murs et les toits des cases, et on voyait de grosses citrouilles ambrées s'épanouir entre les feuilles. Quelques-unes commençaient à pourrir et se transformaient en une sorte de gelée épaisse et rose, toute couverte de mouches. Ces mouches, on les trouvait partout. Elles bourdonnaient en un nuage épais autour de la tête de Mary, tandis qu'elle marchait, et se pressaient autour des yeux de la douzaine de négrillons au gros ventre et à demi nus qui la regardaient s'avancer entre les tiges de maïs et la vigne.

De maigres chiens, bâtards, dont les os perçaient la peau, rampaient, la queue entre les jambes, et montraient les dents.

Des femmes indigènes drapées dans des morceaux d'étoffe sale achetés à la coopérative, et certaines nues jusqu'à la taille, leur noire poitrine molle et tombante, l'observaient à travers les portes, tout étonnées de son apparence bizarre, et se livraient en riant à des commentaires émaillés de remarques obscènes. Il y avait aussi quelques hommes : en jetant un regard par la porte des cases, elle pouvait voir ces corps affalés, tout recroquevillés sur leurs grabats ; certains étaient accroupis en train de causer. Mais elle était incapable de reconnaître parmi eux les ouvriers de Dick. Elle s'arrêta devant un des hommes et lui dit d'aller chercher le contremaître, qui vint bientôt. Il sortait d'une des plus belles cases dont les murs étaient ornés de figures modelées dans la glaise et grossièrement barbouillées de rouge et de jaune. Ses yeux étaient enflammés. Elle put se rendre compte qu'il était ivre mort.

Elle dit en patois kaffir :

— Arrange-toi pour que les hommes soient aux champs dans dix minutes.

— Le maître va mieux ? demanda-t-il avec une indifférence chargée d'hostilité.

Elle ignora la question et dit :

— Tu peux leur dire que je retiendrai deux shillings six sur la paye de tous ceux qui ne seront pas au travail dans dix minutes.

Elle tendit son poignet et indiqua sa montre en désignant les intervalles de temps.

L'homme partit lourdement, le dos courbé sous le soleil écrasant, furieux de la savoir là, cependant que les femmes indigènes la regardaient en riant et qu'un essaim bourdonnant d'enfants sales et visiblement mal nourris se pressait autour d'elle. Des chiens crevés gisaient un peu à l'écart au milieu du maïs et des vignes. Elle avait horreur de cet endroit où elle n'était jamais venue. « Affreux sauvages ! » pensa-t-elle avec rancune. Elle fixa les yeux rougis du contremaître et répéta : « Dix minutes. » Puis elle se détourna et s'éloigna le long du sentier qui serpentait entre les arbres, prêtant l'oreille à la rumeur que faisaient les indigènes surgis de leurs cases après son passage.

Elle s'installa dans la voiture et attendit à proximité du champ où ils étaient censés travailler à récolter le maïs. Au bout d'une demi-heure, quelques retardataires arrivèrent ; le chef était parmi eux. Une heure s'était écoulée et il n'y avait guère plus de la moitié des hommes au travail. Certains étaient partis visiter des voisins sans même demander l'autorisation, les autres gisaient ivres morts dans leurs cases. Elle appela le contremaître et prit le nom de tous les absents, les inscrivant de sa grande et baroque écriture sur un bout de papier après les avoir péniblement épelés. Elle resta là toute la matinée à surveiller les travailleurs, tandis que le soleil dardait ses rayons à travers le vieux capuchon dont elle s'était affublée et brûlait sa nuque. Ils avançaient sans hâte dans un silence maussade et Mary en conclut qu'ils étaient humiliés d'avoir à travailler sous la surveillance d'une femme. Quand le gong annonça un temps d'arrêt pour le déjeuner, elle monta à la maison et raconta à Dick tout ce qui était arrivé mais en essayant d'atténuer les choses de crainte qu'il ne se tourmentât. Après le déjeuner, elle retourna aux champs et, chose curieuse, sans dégoût pour ce travail auquel elle avait toujours répugné. Elle était ravie de ses responsabilités nouvelles et d'opposer en quelque sorte sa propre volonté à celle de la ferme. Elle abandonna la voiture sur la route quand le groupe de nègres gagna le milieu du champ où les tiges de maïs d'un jaune pâle et doré étaient si hautes qu'elles les dérobaient à sa vue. Ils arrachaient les lourds épis et les mettaient dans les petits sacs suspendus à leur ceinture, pendant que d'autres les suivaient, tranchant les tiges déjà dépouillées qu'ils entassaient proprement en petites pyramides de place en place.

Elle se mit à suivre les hommes d'un pas ferme, s'arrêtant dans les parties déjà déblayées parmi les chaumes coupés ras, sans relâcher un seul instant sa surveillance. Elle continuait de porter la longue lanière de cuir enroulée à son poignet. Cela lui donnait un sentiment d'autorité et l'aidait à affronter l'hostilité des nègres dont elle sentait monter les effluves vers elle. Tandis qu'elle avançait d'un pas décidé, sur leurs talons, les rayons de ce soleil de feu criblant sa nuque et ses épaules, elle commença à comprendre pourquoi Dick pouvait rester là et supporter cette vie jour après jour, depuis tant d'années.

S'il était difficile de rester immobile dans la voiture avec cette chaleur qui filtrait à travers la bâche, il en allait autrement quand on suivait les travailleurs en se concentrant sur la tâche.

Tandis que s'écoulaient les longues heures de l'après-midi elle observait dans une sorte de stupeur attentive ces échines sombres et nues tour à tour courbées puis redressées et le jeu des muscles sous la peau grise de poussière ; la plupart d'entre eux n'avaient qu'un chiffon de coton fané enroulé en guise de pagne autour des reins, quelques-uns portaient des shorts kaki, mais presque tous étaient nus jusqu'à la ceinture. Ils allaient les uns derrière les autres, long troupeau de corps mal nourris, noués, mais musclés et endurants.

Elle oubliait tout ce qui était en dehors de ce champ, du travail et de l'équipe des nègres ; elle ne songeait même pas à la réverbération, à la chaleur du soleil qui frappait dur, tout occupée à surveiller les noirs qui dépouillaient les épis et entassaient les tiges dorées. Quand un des hommes s'arrêtait un instant pour se reposer ou pour essuyer la sueur qui l'aveuglait, elle attendait une minute, les yeux fixés sur sa montre, puis elle le rappelait durement à l'ordre en lui ordonnant de se remettre au travail. Il tournait lentement la tête, lui jetant un coup d'œil oblique, puis se remettait à sa tâche, sans hâte, comme pour protester. Elle ignorait que Dick avait l'habitude d'accorder un repos de cinq minutes toutes les heures : il avait constaté que le rendement en était meilleur. Quand ils s'arrêtaient sans permission pour redresser leur dos las et essuyer la sueur sur leur visage, elle voyait là une sorte de défi à son autorité. Elle les obligeait à travailler jusqu'au soir et alors seulement, elle regagnait sa maison, contente d'elle-même, sans même sentir la fatigue. Elle était toute joyeuse, légère, et faisait tournoyer le fouet autour de son poignet.

Couché dans la pièce basse aussi glacée pendant les mois d'hiver, dès que le soleil était couché, qu'elle était chaude en été, Dick l'attendait, anxieux et agité, bouleversé par son impuissance. Il n'aimait pas imaginer Mary si proche des nègres pendant toute la journée. Ce n'était pas un travail de femme. Et puis, elle s'entendait mal avec les indigènes et la main-d'œuvre était déjà si rare. Mais il se sentait soulagé et détendu quand elle lui racontait que le travail avançait. Elle ne soufflait mot de l'antipathie que lui inspiraient les noirs, de l'hostilité dont elle se sentait environnée et qui l'atteignait au vif.

Elle savait qu'il devait garder le lit encore pas mal de temps et le travail devait être fait, qu'elle l'aimât ou non. Mais elle l'aimait.

Le sentiment d'être le chef, de commander à quelque quatre-vingts nègres, lui donnait une assurance toute nouvelle. C'était un sentiment agréable que de les tenir sous sa férule soumis à sa volonté. À la fin de la semaine, ce fut elle qui prit place à la petite table installée tout exprès dans la véranda parmi les plantes en pots pendant que l'équipe des travailleurs se tenait dehors sous l'ombre épaisse des arbres, dans l'attente de la paye. C'était là un rite qui se répétait tous les mois.

Le jour tombait. On voyait déjà poindre les premières étoiles et une lampe à pétrole dont la flamme sourde et basse faisait songer à un oiseau mélancolique emprisonné dans une cage de verre éclairait la table. Le contremaître, debout près d'elle, criait les noms à mesure qu'elle les pointait sur sa liste. Quand elle arriva à ceux qui n'avaient pas obéi à ses injonctions le premier jour, elle déduisit une demi-couronne en tendant la somme d'argent qui leur revenait. Les gages étaient de quinze shillings par mois en moyenne. On entendit des murmures mécontents dans la foule des indigènes, puis, une tempête de protestations s'éleva et le contremaître alla s'accoter au mur bas et se mit à discuter avec eux dans leur langue. Mary ne comprenait qu'un mot bizarre par-ci par-là, mais elle s'irritait de son attitude. À en juger par son expression et ses gestes, il semblait leur conseiller de se résigner à une invincible malchance au lieu de les réprimander comme elle l'eût souhaité pour leur négligence et leur paresse. Après tout, ils n'avaient rien fait pendant plusieurs jours et si elle avait voulu s'en tenir à ses menaces, c'est deux à six pence qu'il eût fallu retenir car aucun d'eux ne lui avait obéi et ne s'était présenté dans le délai de dix minutes qu'elle leur avait fixé. Ils étaient dans leur tort et elle avait raison. C'était ce que le contremaître aurait dû leur dire au lieu de discuter avec eux d'un ton persuasif et de hausser les épaules et même de rire comme il l'avait fait. Finalement, il se tourna vers elle et déclara qu'ils étaient mécontents et réclamaient leur dû. Elle répondit d'un ton sans réplique qu'elle les avait avertis que cette somme serait déduite de leur salaire et qu'elle tiendrait parole.

Prise d'une brusque colère, elle ajouta sans réfléchir que ceux qui n'étaient pas contents n'avaient qu'à partir. Puis elle continua à préparer les piles d'argent et à les compter, sans prendre garde aux conversations orageuses qui s'élevaient autour d'elle. Certains regagnèrent leur case, ayant accepté la situation, alors que d'autres s'étaient rassemblés et attendaient la fin de la paye. Ils s'approchèrent alors à tour de rôle pour dire au contremaître qu'ils voulaient partir. Elle se sentit vaguement effrayée, car elle savait le mal qu'on avait à se procurer la main-d'œuvre et que c'était là le plus grand souci de Dick.

Néanmoins, même au moment où elle tournait la tête pour guetter les mouvements du malade dans son lit placé derrière la cloison, oui, même à ce moment-là, elle frémissait encore de colère à la pensée qu'ils avaient voulu être payés pour un travail qu'ils n'avaient pas fait. N'avaient-ils pas profité de ce que Dick était malade pour prendre le large et surtout omis de se présenter aux champs dans le délai de dix minutes qu'elle leur avait fixé ? Elle se tourna vers le groupe qui attendait et déclara que ceux d'entre eux qui étaient liés par des contrats ne pouvaient pas s'en aller.

Ceux-ci avaient été recrutés au moyen de ce qu'on pourrait appeler l'enrôlement forcé en Afrique du Sud : des blancs guettent le passage de bandes de nègres migrateurs le long des routes ou errant à la recherche de travail ; ils les rassemblent dans de grands camions, souvent malgré eux, les pourchassent quelquefois à travers la brousse pendant des milles et des milles s'ils essaient de s'échapper, les attirent par de belles promesses et finalement les cèdent aux fermiers blancs à raison de cinq livres ou un peu plus par tête pour la durée d'un an. En ce qui concerne ces ouvriers-là, Mary devait découvrir par la suite que certains d'entre eux s'étaient enfuis de la ferme pendant les quelques jours qui suivirent cette scène et la plupart ne purent être arrêtés par la police car ils avaient franchi les collines en direction de la frontière où ils étaient hors d'atteinte. Mais elle n'allait pas se laisser intimider par la peur de les voir partir et la pénurie de main-d'œuvre qui causait tant de tracas à Dick. Plutôt mourir que de capituler ! Elle les renvoya donc en les menaçant de la police. Quant aux autres qui étaient engagés au mois et que Dick ne parvenait à garder qu'en combinant les cajoleries et les menaces voilées de bonhomie, ils pourraient, dit-elle, s'en aller à la fin du mois. Elle leur parla directement, sans passer par l'intermédiaire du contremaître, d'une voix claire et froide, et leur expliqua avec une admirable logique tous leurs torts et le droit qu'elle avait d'agir comme elle l'avait fait. Elle termina par une courte allocution sur la dignité du travail, thème particulièrement cher au blanc de l'Afrique du Sud.

« Ils ne seraient jamais bons à rien », disait-elle en patois kaffir que certains d'entre eux, à peine débarqués de leurs villages, ne comprenaient même pas, « oui, ils ne seraient jamais bons à rien s'ils n'apprenaient à travailler même sans surveillance pour l'amour du travail ; à obéir, à accomplir leur tâche, sans penser à l'argent qui en serait le salaire. C'était là le secret de la réussite des blancs. Les blancs travaillaient parce que le travail était salutaire ; c'est à sa capacité de travail, mais d'un travail désintéressé qu'on juge de la valeur d'un homme ».

Les phrases de cette brève allocution lui venaient tout naturellement aux lèvres. Elle les avait entendues si souvent dans la bouche de son père quand il sermonnait ses serviteurs nègres qu'elles avaient jailli tout naturellement de la partie de son cerveau où demeuraient enfouis ses plus anciens souvenirs. Les nègres la fixaient avec ce qu'elle appelait elle-même leurs faces d'effrontés. Ils semblaient mornes et furieux en écoutant son discours (du moins ce qu'ils pouvaient en comprendre), mais en fait ils étaient distraits et attendaient simplement qu'elle eût fini. Sans prêter la moindre attention aux protestations qui s'élevèrent de toutes parts dès que sa voix se tut, Mary se leva, les congédia d'un geste brusque et rentra dans la maison, la table encore couverte de petits sacs en papier pleins d'argent. Au bout d'un moment, elle les entendit s'éloigner en maugréant. Elle jeta un coup d'œil derrière ses rideaux et vit leurs silhouettes noires se fondre peu à peu dans la masse sombre des arbres ; leurs voix chargées de colère et de ressentiment s'attardaient et flottaient dans l'air. Mary se sentit pleine d'un sentiment de rancune mais aussi de victoire. Elle les haïssait tous et chacun d'eux pris séparément depuis le contremaître dont l'obséquiosité l'irritait jusqu'aux plus petits enfants, car il y avait des enfants, des enfants qui n'avaient pas plus de huit à neuf ans, parmi eux. Elle avait appris en les surveillant du matin au soir à cacher sa haine quand elle s'adressait à eux, mais elle n'essayait pas de se la dissimuler à elle-même. Elle détestait les voir se parler entre eux en un dialecte qu'elle ne comprenait pas et elle savait que c'était d'elle qu'il était question, qu'ils la jugeaient et se livraient probablement à des remarques obscènes sur son compte. Elle le savait, bien qu'en fait elle dût l'ignorer. Elle haïssait leurs corps noirs toujours à demi nus, le jeu de leurs muscles puissants soumis au rythme machinal du travail. Elle haïssait leur humeur morose, cette façon qu'ils avaient de détourner les yeux en lui parlant, leur insolence voilée, et par-dessus tout, d'une haine mêlée à une violente répulsion physique, elle haïssait la lourde odeur qu'ils exhalaient, une odeur chaude, aigre et animale.

— Ce qu'ils peuvent puer ! dit-elle à Dick dans un brusque mouvement de colère après cette scène.

Dick eut un petit rire.

— Eux prétendent que c'est nous qui puons.

— Quelle absurdité ! s'écria-t-elle choquée à l'idée que ces animaux se permettaient de croire une chose pareille.

— Oh ! fit-il sans remarquer son irritation. Je me souviens d'en avoir parlé un jour avec le vieux Samson. Il m'a dit : « Vous prétendez que nous sentons mauvais, mais pour nous, il n'est rien de pire que l'odeur d'un blanc. »

— Quelle insolence ! s'écria-t-elle, indignée.

Puis elle remarqua sa pâleur, ses joues creuses, et se domina. Elle devait faire grande attention, car il était très irritable dans son état de faiblesse actuelle.

— De quoi leur parliez-vous ? demanda-t-il.

— Oh ! de pas grand-chose, fit-elle prudemment en s'éloignant.

Elle avait décidé de ne lui avouer le départ des ouvriers que plus tard quand il irait vraiment bien.

— J'espère que vous vous montrez prudente avec eux, fit-il anxieusement, il faut y aller doucement de nos jours, voyez-vous, ils sont tous gâtés.

— Je ne crois pas que ce soit le bon système, fit-elle dédaigneusement. Si on me laissait agir à ma guise, c'est à coups de fouet que je les dresserais.

La maladie et la retraite forcée de Dick et sa propre activité l'avaient rapprochée de la ferme, qui prenait à ses yeux une réalité toute nouvelle ; autrefois elle s'en désintéressait et n'essayait même pas d'en comprendre le mécanisme, car elle le jugeait beaucoup plus compliqué qu'il n'était en réalité. Elle s'en voulait de n'avoir pas essayé d'aborder plus tôt ces problèmes. À présent, tout en suivant l'équipe des nègres à travers champs, elle songeait sans cesse à la ferme, aux améliorations qu'il fallait y apporter. Elle avait toujours méprisé Dick mais, désormais, l'exaspération et l'amertume s'ajoutaient à ce mépris. Il ne s'agissait pas de malchance, elle le voyait bien, mais tout simplement d'une incompétence flagrante. Elle s'était trompée quand elle attribuait ces rêveries chimériques auxquelles il s'abandonnait de temps à autre à propos de lapins, de cochons ou de dindons, à un besoin d'échapper momentanément à la routine de la ferme. Non, non, ce n'était pas cela, il était tout d'une pièce et elle retrouvait les mêmes défauts dans tout ce qu'il entreprenait ; ici, c'était un terrain qu'on avait commencé à déboiser pour les semailles, puis abandonné si bien que les jeunes souches y repoussaient en désordre ; là, une étable dont une moitié était faite de briques et de tôle et l'autre d'une charpente en bois recouverte de torchis. Les champs étaient une mosaïque de cultures diverses : ainsi, une pièce de cinquante acres avait été plantée de tournesols, de maïs, de chanvre, de haricots. Au moment de la moisson, c'était toujours vingt sacs de ceci, trente sacs de cela qu'on récoltait et en fin de compte c'était à peine si on en tirait quelques livres de bénéfice. Il n'y avait pas une seule chose qui fût bien faite dans l'exploitation, tout marchait de travers, comment ne s'en rendait-il pas compte ? Ne voyait-il pas qu'il n'arriverait à rien s'il s'entêtait dans cette voie...

Éblouie par la réverbération du soleil qui frappait dur elle allait, attentive aux moindres mouvements des travailleurs tout en tirant des plans pour l'avenir. Elle était décidée à parler à Dick dès qu'il irait mieux et à lui représenter comment il finirait s'il ne changeait pas ses méthodes.

Ceci se passait deux jours avant la date où il devait reprendre son travail. Elle pensait lui accorder une semaine de plus pour lui permettre de se réadapter à la vie normale. Après quoi elle ne lui laisserait plus aucun répit avant qu'il n'eût consenti à suivre ses conseils. Mais le dernier jour, il arriva un incident qu'elle n'avait pas prévu. Il y avait dans le veld, non loin de l'étable des vaches, un endroit où Dick rassemblait chaque année sa récolte de maïs. On commençait par étaler sur le sol une feuille de tôle par crainte des fourmis blanches, puis les sacs étaient vidés et le maïs s'élevait peu à peu en un petit tas farineux ; c'est là que se tenait Mary pendant toute la durée du travail pour veiller à ce qu'il fût convenablement accompli. Les hommes prenaient les sacs pleins et tout poussiéreux dans le camion, les chargeaient sur leur dos en les maintenant par les coins et allaient les vider sur le tas. Deux hommes, debout dans le camion, lançaient les gros sacs sur le dos arqué de leurs camarades. Les hommes s'avançaient avec régularité, l'un après l'autre, et faisaient la chaîne entre l'arrière du camion et le tas de maïs. L'air où voletaient la poussière et de fines parcelles de maïs était suffocant. Quand elle passait la main sur son visage, Mary sentait sa peau toute rêche comme une toile à sac. Elle se tenait au pied du tas qui s'élevait blanc et brillant sur le fond d'un ciel éclatant et tournant le dos aux buffles qui attendaient patiemment, la tête basse, que le camion eût été déchargé pour leur permettre de s'éloigner et d'entreprendre un nouveau voyage. Elle surveillait les indigènes tout en pensant à la ferme et faisait machinalement tourner autour de son poignet le fouet qui traçait des figures serpentines dans la poussière rougeâtre.

Soudain, elle remarqua que l'un des hommes s'était arrêté. Il était sorti du rang et se tenait un peu à l'écart, le souffle court, le visage luisant de sueur. Elle jeta un coup d'œil à sa montre. Une minute passa, puis deux, mais il ne bougeait toujours pas et restait immobile, les bras croisés. Elle attendit que l'aiguille de la montre dépassât la troisième minute, cependant que son indignation allait croissant à la pensée qu'il avait l'audace de rester à rien faire alors qu'il devait bien savoir que, d'après la règle établie par elle, nul n'avait droit à plus d'une minute de répit.

— Allons, remets-toi au travail.

Il la regardait avec cette expression familière aux nègres : les yeux vides comme s'il ne la voyait pas, le visage empreint de cette apparente soumission qui dissimulait tout un monde secret, impénétrable aux blancs.

Il baissa les bras, sans se presser, se détourna et s'éloigna pour aller chercher un peu d'eau dans le bidon à pétrole tenu au frais sous un buisson. Elle répéta en élevant la voix, durement :

— J'ai dit, reprends ton travail.

En entendant ces mots il s'arrêta, la regarda bien en face et dit dans son propre dialecte qu'elle ne comprenait pas :

— J'ai soif.

Elle cria durement :

— Cesse de baragouiner.

Puis elle chercha des yeux le contremaître, mais il avait disparu. L'homme ânonna d'une voix hésitante qui avait quelque chose de grotesque :

— Je... veux... de l'eau...

Il s'exprimait en anglais, puis tout à coup il sourit largement et mit son doigt dans sa bouche pour montrer sa gorge. Mary entendit les autres nègres ricaner doucement derrière elle, au pied du tas de maïs où ils étaient groupés. Et ces rires pourtant débonnaires la rendaient littéralement folle de rage car elle se croyait visée, alors que les hommes ne pensaient qu'à profiter d'une occasion d'interrompre leur travail. Le fait que l'un d'eux parlait mal l'anglais et s'enfonçait le doigt dans la gorge n'était qu'un prétexte comme un autre pour s'amuser un peu. Mais la plupart des blancs se croient bafoués chaque fois qu'un indigène leur parle anglais.

Elle dit en haletant de fureur :

— Je te défends de me parler anglais, tu entends.

Puis elle s'arrêta. L'homme haussait les épaules, souriait, levait les yeux au ciel comme pour le prendre à témoin qu'après lui avoir interdit de s'exprimer dans sa langue à lui, elle lui défendait, à présent, de parler dans sa langue à elle. En quelle langue devait-il donc s'exprimer ? La tranquille insolence de son attitude la mit dans un état de rage indicible. Elle ouvrit la bouche, prête à le foudroyer, mais sa colère l'empêcha d'articuler un seul mot. Elle lut alors dans les yeux du noir un obscur ressentiment en même temps qu'un mépris amusé. Ce fut la goutte d'eau qui fait déborder le vase. Elle brandit machinalement le fouet accroché à son poignet et lui assena en plein visage un coup violent qui claqua dans l'air. Elle avait perdu tout son contrôle. Elle resta comme paralysée, toute tremblante, et quand elle le vit porter la main à son visage d'un air hébété elle baissa les yeux et regarda le fouet qu'elle tenait avec une stupéfaction profonde comme s'il s'était levé de lui-même et sans qu'elle y fût pour rien. Une grosse balafre apparut sur la chair sombre de la joue tandis qu'elle regardait l'homme et elle en vit sourdre une goutte de sang qui brilla, coula sur son menton et s'écrasa sur sa poitrine. C'était un garçon puissant et massif qui dépassait d'une tête tous ses camarades, un beau gars bien bâti qui n'avait sur le dos qu'un vieux sac enroulé autour des reins. Il la dominait de toute sa taille. Une autre goutte de sang tomba sur sa poitrine et roula jusqu'à son ventre. Alors, elle lui vit faire un brusque mouvement et, épouvantée, elle recula car elle avait cru qu'il allait se jeter sur elle, mais il essuya seulement le sang qui coulait sur sa figure, d'une main gigantesque qui tremblait légèrement. Elle savait que tous les nègres se tenaient derrière elle, immobiles comme des statues, observant la scène. Elle fit d'une voix sourde et haletante :

— Maintenant, retourne à ton travail.

L'homme se contenta de la regarder mais avec une expression si effrayante qu'elle eut comme une crampe d'estomac. Puis il se détourna sans hâte, ramassa un sac et alla reprendre sa place dans la chaîne des travailleurs. Tous se remirent à la tâche en silence, tandis que Mary tremblait encore de peur en songeant à ce qu'elle avait fait, au regard qu'elle avait surpris dans les yeux de l'homme. Elle pensait : « Il va aller me dénoncer à la police. » Non qu'une telle perspective l'effrayât, mais elle la mettait en fureur.

Le grief le plus sérieux des fermiers blancs est sans doute cette défense de frapper les travailleurs indigènes et de savoir que, s'ils passent outre, les noirs peuvent, bien qu'ils y répugnent généralement, aller se plaindre à la police. Elle était furieuse de penser que cet animal noir avait le droit de porter plainte contre elle et de juger la conduite d'une blanche.

À vrai dire, elle n'avait pas peur pour elle-même. Si le nègre allait se plaindre au poste de police, elle recevrait un simple avertissement, attendu que c'était le premier délit dont elle s'était rendue coupable, et qui lui serait notifié par un policier européen qu'on voyait souvent dans le district et qui s'était lié avec les fermiers, partageant leurs repas, passant souvent la nuit sous leur toit, assistant volontiers à leurs réunions. Le noir engagé par contrat serait simplement renvoyé à la ferme et Dick n'était pas homme à se montrer indulgent pour un nègre qui aurait osé porter plainte contre sa femme. Mary avait pour elle la police, les prisons et les tribunaux alors que l'homme, lui, n'avait que sa patience et cependant elle devenait folle à la seule pensée qu'il avait le droit de porter plainte contre elle, mais son ressentiment visait surtout les hommes chimériques, les théoriciens qu'elle méprisait, les promoteurs des lois, les chefs du service civil, bref tous ceux qui compliquaient à plaisir la vie des fermiers blancs, en s'immisçant dans leurs affaires, et leur déniant ce droit qu'elle considérait comme naturel de traiter leurs ouvriers agricoles selon leur bon plaisir. Mais à sa colère se mêlait un sentiment de triomphe, la satisfaction de l'avoir emporté dans la lutte. Elle regardait l'homme chanceler sous le poids des sacs, ses lourdes épaules courbées sous la charge, et elle prenait un amer plaisir à le voir ainsi vaincu, cependant qu'elle sentait encore trembler ses genoux. Elle était prête à jurer qu'il avait été sur le point de se jeter sur elle à cet affreux moment où elle l'avait cravaché, mais elle restait là, immobile, cachant jalousement ses sentiments contradictoires, le visage sévère, impassible.

Dans l'après-midi, elle retourna aux champs, bien décidée à ne pas reculer au dernier moment, quoiqu'elle redoutât les longues heures où elle aurait à affronter la muette hostilité, l'antipathie des nègres. Quand la nuit fut enfin venue, âpre et froide, après le rapide déclin du jour et que les indigènes s'éloignèrent chargés des bidons qu'ils avaient apportés pour y boire, d'un vieux vêtement en loques, d'un rat mort ou de quelque bête de la brousse qu'ils avaient prise tout en travaillant et allaient faire cuire pour leur souper, bien qu'elle sût que sa tâche prenait fin ce soir car demain Dick serait là, elle eut encore le sentiment d'avoir remporté une victoire. Oui, elle avait triomphé non seulement de ces noirs mais aussi d'elle-même, de la répugnance qu'ils lui inspiraient et de la maladresse, de l'incapacité de Dick. Elle avait réussi à tirer de ces sauvages un rendement que lui n'avait jamais pu obtenir. Évidemment, il n'était même pas capable de tenir en main ces moricauds. Mais la nuit, en songeant aux jours vides qui l'attendaient, elle se sentit lasse, à bout de forces, et cette discussion qu'elle envisageait depuis tant de jours et qui lui paraissait si simple alors qu'elle était loin de lui dans les champs, occupée à tout examiner en vue des transformations à entreprendre, mais sans tenir compte de

Dick, tout comme s'il n'existait pas, oui, cette discussion en perspective lui apparaissait à présent comme une tâche lourde et accablante. Dick, elle le voyait bien, s'apprêtait à reprendre les rênes en main comme si elle n'avait jamais dirigé la ferme à sa place, et ce soir, il semblait déjà préoccupé, absorbé comme autrefois, et surtout, nullement disposé à discuter de ses problèmes avec elle. Alors, elle se sentit blessée, offensée, car elle ne voulait pas se rappeler que c'était elle qui, pendant tant d'années, avait refusé de l'écouter quand il implorait son aide. Elle ne voulait pas reconnaître qu'il se bornait à agir comme elle lui avait appris à le faire. Mais elle comprit, tandis qu'une fatigue irrésistible s'abattait sur elle, que désormais les gaffes de Dick, inévitables malgré toute sa bonne volonté, pourraient servir ses plans. Elle n'aurait qu'à se tenir tranquille dans son domaine comme la reine des abeilles en obligeant Dick à obéir en tout. Pendant les quelques jours qui suivirent, elle attendit son heure en guettant sur le visage du malade le retour des couleurs de la santé et du hâle effacé par les sueurs de la fièvre. Quand il parut enfin redevenu lui-même, fort et surtout moins nerveux, moins irritable, elle aborda la question de la ferme. Ils étaient assis un soir sous la faible clarté de la lampe et elle lui traça à sa manière brève et emphatique un tableau exact de la manière dont la ferme était gérée et des perspectives d'avenir qu'elle pouvait leur offrir. Elle lui démontra d'une manière irréfutable qu'abstraction faite de la malchance et des mauvaises saisons, ils n'avaient aucune chance de se tirer du bourbier où ils s'étaient enlisés s'ils continuaient à travailler de la même façon. Cent livres de plus ou cinquante livres de moins, selon les variations de prix et de temps, voilà toute la différence. Tandis qu'elle raisonnait ainsi, sa voix devenait pressante, furieuse. Voyant qu'il ne répondait pas et l'écoutait seulement d'un air contraint, elle alla chercher les livres de comptes et prit les chiffres à l'appui de ses arguments. De temps en temps, il approuvait de la tête en suivant des yeux, comme fasciné, son doigt qui allait et venait le long de la colonne puis s'arrêtait quand elle insistait sur un point ou se livrait à un rapide calcul tout en continuant de parler. Rien de tout cela n'était fait pour surprendre Dick, ne connaissait-il pas depuis longtemps les capacités de Mary, ne lui avait-il pas de lui-même demandé de l'aider ?

Ainsi par exemple, elle élevait la volaille sur une grande échelle et se faisait quelques livres par mois grâce aux œufs mais tout le travail nécessité par ce commerce ne lui prenait pas plus de deux heures. Ce revenu régulier et mensuel avait apporté un immense changement dans leur vie. Et il savait qu'elle n'avait presque rien à faire de toute la journée : cependant, d'autres femmes qui s'occupaient de volaille sur cette échelle jugeaient que c'était un dur travail. À présent, elle étudiait tout ce qui touchait à la ferme mais d'une façon qui humiliait Dick et le poussait à se justifier. Toutefois, pour l'instant, il gardait le silence, à la fois plein d'admiration et de rancune à l'égard de Mary et de pitié pour lui-même. L'admiration était d'ailleurs la plus forte. Mary commettait des erreurs de détail mais dans l'ensemble, elle avait cent fois raison ; chacune de ses cruelles remarques était pleinement justifiée. Mais tandis qu'elle parlait en repoussant de temps en temps d'un geste impatient une mèche de cheveux raide qui lui tombait sur les yeux, tout à coup, il se sentit profondément blessé. Certes, il reconnaissait le bien-fondé de ses observations et, d'autre part, son désir de se montrer impartiale était si manifeste qu'il n'essayait même pas de se défendre. Cependant, cette froide impartialité le piquait au vif. Mary semblait considérer la ferme de l'extérieur comme une machine à fabriquer de l'argent. Voilà comment elle la voyait. Ses critiques s'inspiraient uniquement de ce point de vue mais il y avait bien des choses dont elle ne tenait pas compte. Elle ne savait aucun gré à Dick de son attachement à sa terre, mais il ne pouvait pas considérer la ferme du même œil qu'elle car il l'aimait comme si elle avait fait partie de lui-même, il aimait la marche lente des saisons, le rythme si complexe de la culture des céréales dont elle parlait avec mépris comme d'un travail sans intérêt.

Quand elle eut fini, Dick, brisé par ses émotions contradictoires, se tut un moment, cherchant ses mots. Enfin, il dit avec son petit sourire vaincu :

— Bon, ceci dit, que devons-nous faire ?

Elle surprit ce sourire et sentit son cœur se durcir. N'était-ce point pour leur bien commun à tous deux qu'elle tenait à gagner la partie ?

Mais il avait accepté ses critiques et elle commença à lui exposer son programme. Elle suggéra qu'ils pourraient cultiver le tabac. Tous ceux qui les entouraient plantaient du tabac et en tiraient de bons bénéfices. Pourquoi pas nous ? songeait-elle ; et chacune de ses réflexions, la moindre intonation de sa voix impliquaient une pensée cachée, sous-entendue. Ils devaient cultiver le tabac et gagner assez d'argent pour payer leurs dettes, puis quitter la ferme dès qu'ils le pourraient. Quand il finit par se rendre compte de ce qu'elle souhaitait, il en fut bouleversé au point de ne pouvoir réagir et demanda seulement d'un air morne :

— Et quand nous aurons gagné tout cet argent, que ferons-nous ?

Pour la première fois, elle parut perdre pied et baissa les yeux, contemplant la table pour ne pas rencontrer son regard. Elle n'avait pas pensé à cela. Elle ne savait qu'une chose, elle voulait le voir réussir, gagner de l'argent pour qu'ils puissent enfin être libres, agir à leur guise et abandonner la ferme, recommencer à mener une vie civilisée. La pauvreté sans bornes dans laquelle ils vivaient était intolérable, elle les détruisait. Ce n'est pas qu'ils n'eussent pas de quoi manger, mais ils devaient calculer, renoncer d'avance à tout jamais à l'idée du moindre plaisir, remettre sans cesse les vacances jusqu'aux calendes ; c'était une pauvreté toujours assombrie par le spectre des dettes qui vous poursuivait plus terrible que la mort elle-même. Voilà quels étaient ses sentiments et cette pauvreté était d'autant plus intolérable qu'il lui semblait qu'ils se l'étaient en quelque sorte imposée. La plupart des gens n'auraient pas compris la chatouilleuse fierté de Dick. Il y avait pas mal de fermiers aussi pauvres qu'eux dans le district, mais ils vivaient à leur guise, accumulant les dettes dans l'espoir d'un événement miraculeux qui les tirerait d'affaire. (Et il faut avouer que les événements semblaient leur donner raison.) Ainsi quand vint la guerre et la hausse brusque et vertigineuse du tabac, ils firent fortune en une saison, d'une année à l'autre – ce qui, en l'occurrence, rendit les Turner plus ridicules que jamais.

Et si ces derniers avaient décidé d'abandonner tout orgueil, de prendre de coûteuses vacances, par exemple, d'acheter une nouvelle voiture, leurs créanciers, habitués aux fermiers dont nous parlions, y auraient sans doute consenti. Mais Dick ne voulait pas en entendre parler. Bien que Mary lui en voulût amèrement d'être ainsi, car elle considérait que c'était une folie, en fait, c'était le seul trait qu'elle respectait encore en lui.

Il pouvait n'être qu'une chiffe, un vivant échec par ailleurs, dans cette dernière citadelle de son orgueil, il était ferme comme un roc.

Voilà pourquoi elle n'essayait point d'entamer une discussion afin de le rendre pareil aux autres. Même à l'époque dont nous parlons, des fortunes s'édifiaient encore sur le tabac. Cela paraissait si facile. C'était ce qu'elle pensait tandis qu'elle contemplait le visage las et malheureux de Dick assis en face d'elle. Elle se répétait que c'était très simple, il n'avait qu'à se concentrer tout entier sur la question. « Bon, et après ? » Quel serait leur avenir, voilà ce qu'il voulait savoir.

Lorsque Mary songeait à ce merveilleux et vague avenir perdu dans le lointain où, enfin, il leur serait permis de vivre à leur guise, elle s'imaginait toujours revenue en ville comme autrefois parmi tous ses amis, installée au club féminin où elle avait vécu. Dick ne figurait point dans ce tableau. Aussi, quand il répéta la question après un long silence de Mary (silence pendant lequel elle évita même de le regarder), sentant tout ce qui les séparait, irrévocablement, elle ne put trouver de réponse.

Elle repoussa ses cheveux qui retombaient toujours sur ses yeux comme pour écarter une pensée et demanda par acquit de conscience :

— Mais nous ne pouvons pas continuer à mener cette vie, vous l'admettez, je suppose ?

Cette fois encore, il ne répondit pas.

Mary s'était mise à tapoter la table du bout de son crayon qu'elle faisait tournoyer entre le pouce et l'index avec un petit bruit qui irritait Dick à tel point qu'il dut se raidir pour ne pas crier. À présent, il comprenait tout : elle lui avait rendu la direction du domaine, mais se refusait à lui dire dans quel sens elle souhaitait le voir s'orienter, et lui laissait le soin de se débrouiller seul. Il en conçut une grande amertume. Certes, ils ne pouvaient pas continuer à vivre ainsi, elle l'avait bien dit, avait-il jamais prétendu le contraire ? Ne travaillait-il pas comme un nègre dans le but de se libérer ? Mais il faut dire qu'il avait perdu l'habitude de vivre dans l'avenir, et cette disposition de Mary l'inquiétait. Il s'était exercé à penser uniquement à la saison prochaine. Il ne voyait pas au-delà, mais il en allait tout autrement pour Mary qui pensait à des êtres totalement différents, à une autre vie, une vie sans lui – il le savait, bien qu'elle ne lui en eût jamais soufflé mot. Et le sachant, il éprouvait une sorte de panique car il y avait si longtemps qu'il vivait loin des êtres qu'il n'éprouvait plus jamais le besoin de leur présence, non qu'il ne fût heureux de pouvoir ronchonner de temps en temps contre tout ce qui l'ennuyait, en compagnie de Charlie Slatter, mais si une raison quelconque l'empêchait de le rencontrer, il s'en consolait sans peine car le commerce de ses semblables lui faisait plus cruellement mesurer son échec !

Il avait vécu tant d'années uniquement en compagnie des travailleurs indigènes, occupé à tirer ses plans pour la prochaine saison, que son horizon avait fini par se rétrécir à la mesure de sa vie et il ne pouvait rien imaginer d'autre. Il ne pouvait surtout pas s'imaginer lui-même ailleurs que dans cette ferme dont chaque arbre lui était aussi familier qu'aux nègres et ceci n'était point une figure de rhétorique ; il connaissait chaque parcelle du veld qui le faisait vivre, et l'amour qu'il lui portait n'était pas le sentiment tendre et romanesque du citadin, non, ses sens s'étaient affinés au point qu'il percevait le bruit du vent, le chant de l'oiseau, sentait l'odeur de la terre, les moindres variations de température. Éloigné de la ferme, il ne ferait que dépérir. Certes, il avait envie de réussir, mais pour continuer de vivre à la ferme, d'y vivre confortablement, de façon que Mary pût avoir tout ce qu'elle désirait si ardemment et surtout pour qu'il leur fût permis d'avoir un jour des enfants. Les enfants, il souhaitait tant en avoir, même à présent, et il n'avait pas renoncé encore à l'espoir qu'un jour, peut-être... Il n'avait jamais compris que l'avenir que

Mary imaginait était hors de la ferme et que c'était là le but qu'il devait l'aider à atteindre. Quand il s'en rendit compte il lui sembla que sa vie chancelait sur ses assises. Il regardait Mary avec une sorte d'horreur, comme une créature étrangère qui n'avait pas le droit de vivre avec lui et de lui dicter ce qu'il avait à faire. Mais il ne pouvait se permettre de la juger ainsi car il comprenait ce que sa présence signifiait pour lui depuis qu'elle avait tenté de fuir. Non, elle devait comprendre l'attachement qu'il avait pour la ferme et, quand il aurait réussi, ils auraient des enfants. Elle devait se rendre compte que son sentiment d'une défaite n'était pas dû à son échec dans la ferme mais à l'éloignement qu'il lui inspirait en tant qu'homme. Mais quand ils pourraient avoir des enfants, cette souffrance elle-même s'apaiserait. Et ils seraient heureux. C'est ainsi qu'il rêvait, sa tête dans ses mains, en écoutant le tap-tap-tap du crayon. Mais malgré cette conclusion réconfortante, son sentiment d'une défaite l'emportait. Il haïssait l'idée du tabac et l'avait toujours haïe. C'était, lui semblait-il, une culture inhumaine. Il imaginait quelle serait sa vie à piétiner pendant des heures dans des bâtiments surchauffés avec l'obligation de se lever en pleine nuit pour surveiller les thermomètres. Il remuait nerveusement ses papiers sur la table, puis enfouissant sa tête entre ses mains il se révoltait désespérément contre son destin. Mais à quoi bon ! Mary saurait bien l'obliger à faire ce qu'elle voulait. Enfin, levant les yeux, il fit avec un sourire malheureux :

— Eh bien, voilà, patron, puis-je réfléchir à tout cela pendant quelques jours ?

Mais sa voix sonnait faux.

Elle riposta avec emportement :

— Je vous prierai de ne pas m'appeler patron.

Il ne répondit pas, mais son silence était plus éloquent que tout ce qu'il aurait pu dire. Elle se leva brusquement et, balayant d'un geste les registres étalés sur la table, elle fit : « Je vais me coucher », puis elle le laissa là, seul avec ses pensées. Trois jours plus tard, il lui dit en fuyant son regard qu'il était en train de s'entendre avec les maçons indigènes pour construire deux granges. Quand il osa enfin regarder ses yeux où il s'attendait à lire un triomphe non déguisé, il les vit briller d'un nouvel espoir et se demanda comment elle pourrait supporter un autre échec.

Chapitre VIII

Après avoir mis en œuvre toute sa volonté pour influencer Dick, Mary le lâcha, l'abandonna à lui-même.

Il eut beau essayer maintes fois de l'intéresser à son travail en lui demandant conseil pour une chose ou une autre, suggérer qu'elle devrait venir à son secours quand il était embarrassé, elle fit chaque fois la sourde oreille et cela pour trois raisons ; la première résultait d'un calcul : si elle était continuellement auprès de lui à témoigner de sa supériorité et à donner des preuves d'initiative, Dick en prendrait ombrage et ferait systématiquement le contraire de ce qu'elle lui demanderait. Dans les deux autres cas ses réactions avaient été purement spontanées : elle continuait à détester la ferme et les problèmes qui s'y rattachaient et frissonnait rien qu'à la pensée d'arriver un jour à se résigner comme lui à sa petite routine ; mais la troisième raison était de beaucoup la plus forte, bien qu'elle n'en eût point conscience. Elle avait besoin, profondément besoin de se représenter Dick, son mari, l'homme auquel elle était irrévocablement liée, comme un être indépendant, doué d'une forte personnalité et qui ne devrait sa réussite qu'à lui-même. Quand elle le voyait faible, dénué d'ambition, pitoyable, elle le haïssait d'une haine qui se tournait automatiquement contre elle-même. Ce qu'il lui fallait, c'était un homme plus fort qu'elle et elle essayait de le susciter en Dick. S'il avait su prendre de l'ascendant sur elle, lui en imposer, par la force de sa volonté, elle l'aurait aimé et elle aurait cessé de se haïr pour avoir lié son sort à celui d'un raté. C'était ce qu'elle attendait de lui et aussi ce qui l'empêchait – bien qu'elle en grillât d'envie – de prendre des initiatives. Ainsi son refus de s'intéresser à la conduite de la ferme lui était dicté par son désir de ménager l'orgueil de Dick dans ce qu'elle considérait comme son point faible mais elle ne s'avisa jamais que le grand échec de Dick c'était elle-même. Et peut-être n'avait-elle point tort car elle aurait su respecter une réussite matérielle. Elle n'avait point tort, dirons-nous, mais pour de mauvaises raisons. Elle aurait eu raison si Dick avait été un homme différent. Quand elle s'aperçut qu'il recommençait à se conduire d'une manière absurde, à gaspiller de l'argent pour des choses inutiles en lésinant sur les dépenses indispensables, elle préféra fermer les yeux, car cette fois l'enjeu était trop important pour elle et Dick, se sentant repoussé, cessa de la consulter. Désormais il suivit obstinément son propre chemin avec le sentiment qu'elle l'avait encouragé à nager dans des eaux profondes et dangereuses au-delà de ses forces, l'abandonnant ensuite à ses propres ressources.

Quant à elle, elle se cantonnait à la maison où elle se consacrait à l'élevage de poulets, à la lutte incessante qu'elle menait avec ses nègres.

Tous deux savaient que la partie était décisive.

Elle vivait donc comme elle avait vécu pendant les premières années de son mariage, dans l'attente d'un changement qui devait survenir, y aspirant avec une confiance, une foi qui, en ce temps-là, ne lui faisaient jamais défaut, sauf en de rares instants. Au début elle attendait chaque jour le miracle qui leur permettrait de gagner la partie ; ensuite elle avait fui, incapable de supporter sa vie plus longtemps, et en revenant elle avait compris qu'il était vain de se leurrer plus longtemps. Maintenant l'espoir était revenu, mais elle laissait à Dick le soin de prendre des initiatives et se bornait à attendre qu'il mît les choses en train ; pendant des mois, elle vécut comme une créature contrainte de séjourner dans un pays abhorré. Elle ne faisait aucun plan mais considérait qu'il allait de soi qu'une fois installés ailleurs les choses s'arrangeraient d'elles-mêmes, elle continuait à ne faire aucun projet d'avenir pour le jour où Dick gagnerait enfin de l'argent, mais elle ne cessait de rêver à celui où elle-même se trouverait dans un bureau en qualité de secrétaire, une secrétaire éminemment capable et appréciée ; elle se voyait installée au club féminin parmi les jeunes filles dont elle serait la confidente, entourée d'amis qui l'inviteraient chez eux, de camarades hommes qui aimeraient à la sortir et rechercheraient sa compagnie pour le simple plaisir sans rien demander en échange.

Le temps précipite son cours dans les périodes où les crises qui ont mûri secrètement à l'intérieur des êtres éclatent soudain, ainsi qu'à l'horizon surgissent brusquement des collines à la fin d'un voyage.

La capacité de sommeil d'un corps humain peut être en certains cas illimitée, et Mary passait des heures et des heures à dormir chaque jour avec une sorte d'avidité comme pour hâter encore la course du temps et engloutir de grosses portions de vie, si bien qu'elle s'éveillait toujours avec le sentiment agréable d'avoir hâté l'heure de la délivrance. En fait, elle n'était presque jamais réveillée, elle allait et venait, faisant ce qu'elle avait à faire dans une sorte de rêve nourri d'espoir, d'un espoir qui devenait si fort à mesure que s'écoulaient les semaines qu'il lui arrivait de se réveiller le matin pleine d'entrain comme si elle avait la certitude qu'un événement merveilleux allait survenir le jour même.

Elle regardait monter peu à peu les granges qui abriteraient le tabac et qu'on construisait dans la vallée, comme elle aurait surveillé la construction du navire qui l'arracherait à son lieu d'exil. Les nouveaux bâtiments sortaient lentement de terre. Les pans de murs surgissant du sol prirent peu à peu la forme d'un rectangle divisé par des cloisons comme une grande boîte séparée en compartiments. Pour finir on posa la toiture, une plaque de tôle toute neuve qui, surchauffée par le soleil, avait le luisant d'une nappe de glycérine et que venaient frapper les vagues de chaleur torride. Sur le versant opposé du monticule invisible à l'œil, des sillons étaient creusés d'avance pour la saison des pluies qui transformerait le fond raviné de la vallée en un torrent rapide.

Les mois avaient passé ; octobre était là, et bien que ce fût l'époque de l'année que Mary redoutait le plus à cause de la chaleur, cette année-là, soutenue par son espoir, elle la supporta allègrement. Elle dit à Dick qu'à tout prendre la chaleur n'était pas si terrible. « Elle n'a jamais été aussi accablante », lui répondit-il en lui lançant un regard peiné et un peu surpris. Il n'arrivait pas à comprendre cette influence singulièrement variable qu'exerçait sur elle la température, cette manière de ne considérer le monde qu'en fonction de son humeur lui était totalement étrangère. Partant du fait qu'il fallait accepter la chaleur aussi bien que le froid ou la sécheresse, il ne voyait là aucun problème et se soumettait au rythme des saisons sans songer un instant à se révolter, comme elle le faisait.

Or cette année elle observait avec une attention passionnée la buée qui montait dans l'air, car elle attendait fiévreusement la saison des pluies qui ferait lever le tabac dans les champs. Elle interrogeait Dick d'un ton indifférent dont il n'était pas dupe, au sujet des récoltes obtenues par les autres fermiers. Les yeux brillants d'espoir elle l'écoutait lui conter brièvement comment tel fermier avait gagné deux mille livres en une seule saison et comment tel autre avait pu s'acquitter d'un seul coup de toutes ses dettes, mais quand, sans tenir compte de son feint détachement, il attirait son attention sur le fait qu'il n'avait que deux granges au lieu de dix ou douze dont disposaient ses voisins et qu'il ne pouvait s'attendre à gagner des mille et des cents, même si la saison était bonne, Mary faisait la sourde oreille. Rêver à la réussite immédiate était pour elle une nécessité.

Vint la saison des pluies qui se prolongèrent à souhait jusqu'en décembre. Le tabac semblait sain, vert et bien venu aux yeux de Mary, la récolte promettait d'être belle. Elle prit l'habitude de parcourir les champs en compagnie de Dick, rien que pour le plaisir de contempler la vigoureuse richesse des plants, et se mit à penser au jour où toutes ces feuilles, si minces si vertes, seraient transformées en un chèque de plusieurs chiffres. C'est alors que survint la sécheresse. Au début Dick ne s'inquiéta pas outre mesure. Une fois qu'il a bien pris racine, le tabac peut se passer d'eau pendant un certain temps, mais de grands nuages s'amoncelaient dans le ciel et la terre devenait de jour en jour plus brûlante. Puis Noël passa, ainsi qu'une bonne partie du mois de janvier. Dick devenait morose et irritable, tandis que Mary s'enfermait dans le silence. Il tomba bien une ondée mais par malheur sur l'un seulement des deux champs plantés de tabac. Puis à nouveau la sécheresse s'installa sans le moindre signe annonciateur de pluie.

Enfin les nuages se reformèrent dans le ciel où le vent les dispersa. Mary et Dick se tenaient dans la véranda et les regardaient flotter comme des voiles épais au-dessus des collines. De fins rideaux de pluie se rapprochaient, puis s'éloignaient dans la vallée, mais il ne tomba pas une seule goutte sur leur ferme, même plusieurs jours après que d'autres fermiers eussent annoncé qu'ils avaient pu sauver une partie de leur récolte.

Un après-midi une pluie tiède tomba en brillantes gouttelettes du haut du ciel où s'inscrivait un arc-en-ciel aux couleurs éclatantes, mais sans désaltérer le sol desséché. Les feuilles de tabac, toutes flétries, se redressèrent à peine ; puis le temps se mit au beau fixe. « Et voilà, dit Dick, dont le visage faisait peine à voir, de toute façon il est trop tard. » Il espérait toutefois que les champs qui avaient reçu la première ondée pourraient être sauvés, mais quand la pluie tomba enfin convenablement, la plupart des plants de tabac étaient perdus. Il n'en resterait qu'une quantité infime, une partie du maïs avait réchappé ; cette année encore on ne couvrirait pas ses frais. Dick expliqua tout cela à Mary d'une voix calme, mais avec une expression de souffrance. Elle déchiffrait cependant sur ses traits une sorte de soulagement, car on ne pouvait cette fois lui imputer ce nouvel échec ; il s'agissait d'une pure malchance qui aurait pu atteindre n'importe qui d'autre. Mary ne pouvait rien lui reprocher. Ils firent le tour de la situation pendant toute une soirée. Dick apprit à sa femme qu'il avait sollicité un nouvel emprunt pour éviter la faillite et, de toute façon, il ne miserait plus sur le tabac l'année suivante. Lui-même pour sa part aurait préféré renoncer entièrement à cette culture, mais il en planterait un peu, si elle y tenait. Un nouvel échec, comparable à celui de cette année signifierait la faillite, une faillite dont ils ne pourraient se relever ; Mary fit une tentative pour obtenir qu'il tentât un nouvel essai, car, disait-elle, il ne pourrait y avoir deux années mauvaises de suite.

— Cela ne pourrait arriver à personne, pas même à Jonas, fit-elle, pour essayer de le dérider.

Non, non, deux mauvaises années, l'une après l'autre, c'en était trop et tant qu'à faire, puisqu'on était forcé de s'endetter, pourquoi ne pas contracter un emprunt convenable ? Leur dette n'existait pas comparée à celles de certains fermiers qui devaient des milliers de livres. S'ils devaient échouer en fin de compte, que ce fût au moins avec éclat, après avoir tout risqué pour réussir. Pourquoi ne pas construire douze granges, planter toutes les terres en tabac et, dans un suprême effort, jouer le tout pour le tout ? Pourquoi devrait-il être le seul à avoir autant de scrupules ? Mais comme elle prononçait ces mots, elle retrouva sur les traits de Dick cette expression qu'elle y avait déjà vue quand elle lui avait représenté qu'ils devraient prendre des vacances pour rétablir leur santé, c'était un regard plein d'une morne terreur qui glaça Mary.

— Je ne veux pas emprunter un penny de plus que ce qui m'est strictement indispensable, dit-il enfin. Je ne le ferai pour rien au monde.

Et il demeura inflexible malgré tout ce qu'elle put dire pour l'influencer. Mais alors que feraient-ils l'année prochaine ? « Eh bien, dit-il, en admettant que l'année soit bonne, si la récolte est belle, si les cours ne s'effondrent pas et si le tabac est une réussite, les pertes de cette année seront à peu près compensées et peut-être même nous restera-t-il un peu d'argent. Après tout, la chance peut tourner, mais ce serait une folie de tout miser sur une seule culture avant d'avoir payé mes dettes, car, ajouta-t-il d'un air sombre, faire faillite c'est perdre la ferme ! » Mary riposta, bien qu'elle sût que rien ne pourrait le blesser davantage, que si cela leur arrivait, elle en serait heureuse, car alors il serait obligé de s'engager à fond, pour en sortir. Elle ajouta qu'il ne prendrait pas aussi aisément son parti des choses, s'il ne savait que, même au bord de la faillite, ils pourraient toujours vivre du peu qu'ils récolteraient eux-mêmes sur leurs terres, et en sacrifiant leur propre bétail.

On peut affirmer que les crises qui atteignent les individus, de même que celles qui bouleversent les nations, ne trouvent généralement leur explication qu'une fois terminées.

Quand Mary entendit cette expression « l'année prochaine », si terrible dans la bouche du fermier qui lutte pour la vie... elle se sentit littéralement malade d'angoisse, mais il fallut quelques jours pour tuer ce vif espoir dont elle avait vécu et lui faire comprendre ce qui l'attendait. Ce temps écoulé presque sans qu'elle s'en avisât, tout occupée de ses rêves d'avenir, se dressait soudain devant elle. Ces mots « l'année prochaine » pouvaient signifier n'importe quoi : par exemple un nouvel échec, mais en mettant les choses au mieux, rien d'autre qu'une légère amélioration : l'espoir d'un miracle leur était désormais interdit, « rien ne changerait, non, rien ne pourrait changer ! ». Dick s'étonna de ne pas lui voir manifester sa déception avec plus de violence.

Il s'était préparé à affronter une tempête de rage et de larmes, lui-même, averti par sa longue expérience, tournait tout naturellement les yeux vers l'année suivante et il commençait à tirer ses plans en conséquence. Du fait que Mary ne donnait aucun signe de désespoir il en conclut que le coup n'avait pas été aussi dur qu'il l'avait craint et cessa de se tourmenter, oubliant qu'il est des blessures profondes dont on ne meurt que lentement. Il fallut un certain temps pour qu'elle cessât d'être soulevée par ces vagues d'espoir qui montaient du fond d'elle-même, d'une région de son esprit qui ignorait encore la nouvelle de leur dernier échec ; ce n'est point sans peine qu'elle se rendit à cette cruelle évidence ; il leur faudrait pas mal d'années, si tant est qu'ils puissent y parvenir un jour, pour pouvoir quitter la ferme.

Brusquement elle s'abîma dans un morne désespoir, sans rien de commun avec la détresse aiguë dont elle avait tant souffert.

Elle avait maintenant l'impression d'être envahie par une sorte de pourriture qui l'atteignait au plus profond d'elle-même, car le rêveur éveillé lui-même ne peut se passer d'un élément d'espoir pour trouver sa joie dans le rêve. Il lui arrivait à présent de s'interrompre au milieu d'une de ses songeries qui lui rendaient son passé et qu'elle projetait dans l'avenir en se disant d'un air morne qu'il n'y aurait pas d'avenir. Rien, rien du tout, seulement le vide.

Si ce qui leur arrivait s'était passé il y a seulement cinq ans, elle se serait plongée, comme on se drogue, dans la lecture de ces œuvres romanesques dont elle s'était autrefois nourrie. Les femmes de ce genre s'identifient volontiers à leurs vedettes favorites ou bien cherchent un refuge dans une religion quelconque – orientale de préférence et empreinte de sensualité. Si Mary avait reçu une meilleure éducation, elle aurait pu se procurer des livres, découvrir Tagore par exemple, et elle se serait laissé griser par l'enchantement des mots.

Au lieu de cela, elle se disait vaguement qu'elle devait se trouver une occupation : se livrer peut-être à l'élevage des poulets sur une plus grande échelle ou bien se lancer dans la couture, mais elle se sentait lasse, maladroite, et rien ne l'intéressait. Elle se dit alors que lorsque viendrait la saison fraîche qui lui rendrait ses forces, elle trouverait bien quelque chose à faire, mais elle remettait toujours tout à plus tard. Pour elle comme pour Dick, tout était désormais subordonné à la saison prochaine.

Dick, qui travaillait plus que jamais, finit par s'apercevoir qu'elle paraissait exténuée : son regard était hébété, ses paupières bouffies, et on lui voyait de grosses poches sous les yeux, des plaques rouges sur les joues. Elle semblait en très mauvaise santé. Il lui demanda si elle se sentait malade et elle répondit comme si elle s'en avisait à l'instant même qu'elle l'était en fait. Elle souffrait de violents maux de tête et d'une lassitude générale qui était peut-être le symptôme d'un mal sérieux. Il remarqua qu'elle paraissait satisfaite de pouvoir attribuer ses malaises à une véritable maladie. Il suggéra que, faute de pouvoir partir en vacances, elle pourrait peut-être aller passer quelque temps en ville chez des amis. Mais elle parut horrifiée ; rien que l'idée de rencontrer des gens, et surtout ceux qui l'avaient connue quand elle était jeune et heureuse, lui donnait le sentiment d'être exposée comme une écorchée vive à tous les regards.

Dick retourna à son travail, songeant avec un haussement d'épaules à l'obstination de sa femme, mais avec l'espoir qu'elle serait bientôt guérie.

Mary passait ses journées à s'agiter sans répit dans la maison car elle ne pouvait pas rester tranquille. Ses nuits étaient mauvaises, elle n'éprouvait pas de dégoût pour la nourriture, mais manger lui était une fatigue insupportable et elle avait la sensation que son cerveau cotonneux était sans répit serré dans un étau. Elle s'occupait des poulets et du magasin, veillant machinalement au train-train quotidien ; il était rare qu'elle se laissât aller à ses anciens accès de fureur contre le serviteur. C'était comme si ces tempêtes de rage qui éclataient autrefois n'avaient été que des exutoires grâce auxquels elle se libérait de son énergie et de sa force inemployée, mais cette force étant tarie, les scènes devenaient superflues. Mais elle continuait à criailler, à bougonner, et ne pouvait s'adresser à un indigène autrement que sur un ton irrité. Puis au bout de quelque temps son agitation elle-même s'apaisa, elle pouvait passer des heures immobile, comme hébétée sur le vieux divan tout râpé à fixer le rideau fané qui pendait lamentablement au-dessus de sa tête. Il semblait que quelque chose s'était brisé au fond d'elle-même et qu'elle s'affaiblissait peu à peu jusqu'au moment où elle s'abîmerait dans les ténèbres. Dick put croire qu'elle allait mieux jusqu'au jour où il la vit venir à lui avec un regard qu'il ne connaissait point, un regard désespéré et comme traqué, qu'il ne lui avait jamais vu. Elle lui demanda s'ils ne pourraient pas avoir un enfant. C'était là le plus grand bonheur qu'elle lui eût jamais donné. Enfin, elle se tournait vers lui ! La joie de Dick fut si aiguë, que pendant un instant il fut sur le point de céder à sa prière. Un enfant ? C'était ce qu'il désirait le plus au monde. Souvent encore il rêvait d'avoir des enfants quand les choses iraient mieux. Son visage s'assombrit brusquement :

— Mary, mais comment voulez-vous que nous ayons des enfants ?

— D'autres en ont bien malgré qu'ils soient pauvres.

— Ne savez-vous pas à quel point nous le sommes ?

— Bien sûr que je le sais. Seulement je ne peux continuer à vivre ainsi. Je dois avoir quelque chose à moi. Je n'ai aucun but !

Alors il se rendit compte qu'elle ne souhaitait un enfant que pour elle-même et que lui n'était toujours rien pour elle. Il répondit de son air buté qu'elle n'avait qu'à jeter un coup d'œil autour d'elle pour voir quelle était la vie des enfants élevés comme le seraient les leurs.

— Où cela ? demanda-t-elle vaguement, en promenant les yeux autour d'elle, comme si ces enfants infortunés étaient là en chair et en os dans leur maison.

Alors il se rappela qu'elle vivait en marge de la vie du district et dans un isolement complet. Cette pensée accrut son irritation. « Il lui a fallu des années, se dit-il, pour daigner se réveiller, sortir de sa torpeur, saisir enfin le mécanisme de la vie à la ferme, et encore après tant d'années elle n'a pas la moindre idée de la façon dont les gens vivent autour d'elle. » Elle ignorait jusqu'au nom de leurs plus proches voisins.

— N'avez-vous jamais vu l'Allemand de Charlie ?
— Quel Allemand ?
— Son régisseur. Il a treize enfants, et douze livres par mois pour les faire vivre. Slatter est dur comme un roc avec lui. Treize enfants, vous vous rendez compte, ils s'ébattent comme des chiots, toujours en loques, nourris de citrouilles et de maïs, comme de vrais petits nègres. Ils ne vont pas à l'école...

— Mais nous n'aurions qu'un seul enfant ? insista Mary d'une voix faible et plaintive.

Son instinct lui soufflait qu'un enfant lui était indispensable pour la sauver d'elle-même.

Il lui avait fallu des semaines d'un lent désespoir pour arriver à cette conclusion. La pensée d'avoir un enfant lui faisait horreur quand elle songeait au trouble qu'il apporterait dans sa vie, mais au moins elle aurait un but. Elle n'en revenait pas d'en être arrivée là. Quoi ? c'était elle qui insistait auprès de Dick pour avoir un enfant alors qu'elle savait qu'il brûlait d'en avoir et qu'elle-même ne les aimait point ? Après des semaines de désespoir et de doute le rêve d'avoir un enfant avait pris corps. « Ce ne serait pas un mal, après tout ! » Il lui tiendrait compagnie, elle évoquait sa propre enfance auprès de sa mère et commençait à comprendre pourquoi celle-ci s'était accrochée à elle, comme à une bouée de sauvetage. Elle s'identifiait à présent à sa mère le cœur plein de compassion, comprenant maintenant après tant d'années tout ce qu'elle avait enduré.

Elle se voyait elle-même sous les traits d'une enfant silencieuse, jambes nues, tête nue, toujours en train de flâner autour de la maisonnette sur pattes de poule, le cœur tiraillé entre son amour, sa pitié pour sa mère et sa haine pour son père. Alors elle imaginait son propre enfant – une petite fille qui la réconforterait comme elle-même avait réconforté sa mère. Elle ne se représentait jamais cet enfant sous les traits d'un bébé. C'était là une étape à franchir aussi rapidement que possible. Non, elle voulait une petite fille qui serait une compagnie et se refusait à envisager l'idée que l'enfant pourrait bien être un garçon...

Dick reprit alors :

— Et comment ferons-nous pour l'école ?

— Qu'entendez-vous par là ? dit Mary de son air furieux.

— Comment ferons-nous pour acquitter les frais de scolarité ?

— Il n'y en a pas. Mes parents n'ont jamais payé un sou de frais de scolarité !

— Mais il y a les frais de pension, le prix des livres, des vêtements, les trajets ; croyez-vous que l'argent nous tomberait du ciel ?

— Nous pouvons demander une aide au gouvernement.

— Non, fit Dick, d'un ton sec, et il ajouta tout frémissant : Je ne le ferai jamais même pour vous, même s'il s'agissait de votre vie. J'en ai assez de me présenter toujours en quémandeur et de tendre la main dans les bureaux où trônent des parasites assis sur leurs gros derrières. La charité ? non, merci, je n'en veux pas ! Je ne veux pas d'un enfant que je verrais grandir en sachant que je ne peux rien pour lui. Pas d'enfant dans cette maison – pas tant que nous mènerons pareille vie.

— Et moi ? Cette vie doit me convenir, je suppose, fit Mary d'un air lugubre.

— Vous ? vous auriez dû y penser avant de m'épouser, fit Dick.

À ces mots la fureur de Mary fut sur le point d'éclater : « Quelle dureté ! Quelle injustice ! » Son visage s'empourpra, ses yeux lancèrent des éclairs, mais elle se domina aussitôt, joignit ses mains tremblantes et ferma les yeux : elle était trop épuisée pour se mettre vraiment en colère.

— J'aurai bientôt quarante ans, fit-elle d'une voix lasse, ne pouvez-vous comprendre que bientôt je ne pourrai plus avoir d'enfants, surtout si je continue à mener cette vie.

— Non, impossible, ce n'est pas possible actuellement, répéta-t-il inexorablement.

Ce fut la dernière fois que cette question d'enfant fut posée entre eux. Elle savait aussi bien que lui que c'eût été une folie, Dick étant ce qu'il était, lui qui avait mis une fois pour toutes son orgueil à n'emprunter que le strict nécessaire.

Un peu plus tard, la voyant retombée dans sa terrible prostration, il demanda encore :

— Mary, je vous en conjure, accompagnez-moi aux champs. Pourquoi ne venez-vous pas ? Nous pourrons nous en occuper tous les deux.

— Je hais vos champs, dit-elle d'une voix blanche ; je hais la ferme, vous m'entendez, et je ne veux pas en entendre parler.

Néanmoins, malgré son indifférence à tout, elle essaya de lui donner satisfaction. Pendant quelques semaines, elle accompagna Dick pas à pas, en essayant de le soutenir par sa présence, mais son désespoir s'en trouva encore accru ; il n'y avait rien à faire, tout était perdu. Elle voyait clairement ce qui n'allait pas dans la ferme, mais ne pouvait rien pour Dick car si d'une part il quêtait ses conseils, rayonnant d'une joie puérile quand, un coussin sous le bras, elle se traînait derrière lui dans les champs, de l'autre dès qu'elle hasardait une suggestion ou une critique, son visage se fermait aussitôt, n'exprimant plus qu'un sombre entêtement, et il se mettait alors à discuter pied à pied.

Ces semaines furent terribles pour Mary car, pendant cette brève période, elle regarda les choses en face, sans illusions. Elle se vit elle-même, ainsi que Dick, elle mesura leur échec sur le plan intime, leurs divergences quant à la ferme, et elle se représenta clairement ce que serait leur avenir, car son regard plongeait au cœur de la vérité même. Elle savait à juste titre qu'elle finirait par succomber sous le poids de cette douloureuse clairvoyance... Elle suivait donc Dick, jusqu'au jour où elle se dit qu'elle devait renoncer à lui suggérer quoi que ce fût, à l'aiguiller vers des décisions raisonnables, car elle perdait son temps.

Alors elle commença à penser à Dick avec une tendresse lucide, sans rancune, et c'était une joie pour elle de se sentir délivrée de toute son amertume, de sa haine, de le porter dans son cœur, comme une mère, ne songeant qu'à le protéger de sa propre faiblesse – faiblesse dont il n'était pas responsable. Elle prit aussi l'habitude de s'installer à l'ombre, à la lisière de la brousse. Elle s'asseyait par terre en prenant bien soin de relever sa jupe, fouillait l'herbe des yeux par crainte des tiques et, sans arrêt, elle songeait à Dick. Elle pouvait le voir debout au milieu du vaste champ rougeâtre avec quelque chose d'hésitant, d'indécis, dans toute son allure, maigre silhouette falote dans ses amples vêtements, sous son vaste chapeau aux bords rabattus et elle se demandait comment des êtres pouvaient vivre sans cette volonté qui fait l'unité d'un être. Pourtant Dick était si gentil, si charmant, se répétait-elle avec lassitude, si honnête, si estimable, sans rien de bas ni de laid en lui.

Elle ne comprenait que trop quand elle s'efforçait de regarder les choses en face (et elle en était capable depuis que Dick lui inspirait cette indulgente pitié), oui, elle ne comprenait que trop combien il avait dû souffrir par sa faute dans sa fierté d'homme – bien qu'il n'eût jamais songé à se venger d'elle en l'humiliant à son tour, si vif que fût son ressentiment. C'était un si brave garçon ! Mais pourquoi manquait-il à ce point d'énergie ? Mary se demandait s'il avait toujours été ainsi ; elle n'aurait su le dire. En fait, elle ignorait presque tout de lui... Ses parents étaient morts et il était fils unique. Il avait grandi dans un faubourg de Johannesburg et elle supposait, bien qu'il ne le lui eût jamais dit, que son enfance avait été moins sordide que la sienne, quoiqu'il eût mené une vie très modeste et même pauvre. Il avait déclaré un jour d'un air irrité que sa mère avait eu une existence très dure et cette remarque l'avait rapprochée de lui, en lui faisant comprendre qu'il avait aimé sa mère et en avait voulu à son père. Devenu un homme, il avait dû exercer pas mal de métiers ; successivement employé dans les postes puis aux chemins de fer, il était entré ensuite à la compagnie des Eaux pour relever les compteurs, puis il avait voulu devenir vétérinaire, mais s'était aperçu après trois mois d'études, qu'il n'avait plus d'argent pour les poursuivre. C'est alors que sur un coup de tête il s'était rendu dans le sud de la Rhodésie, pour acheter une ferme et conquérir son indépendance.

Maintenant il était là plein de zèle mais incapable de tirer parti de ces terres dont chaque parcelle, chaque grain de maïs, au surplus, appartenaient au gouvernement. Assise à l'ombre, Mary le regardait s'évertuer en se disant que de toute façon il était condamné, perdu d'avance. À vrai dire, il n'avait jamais eu la moindre chance de s'en tirer mais en même temps elle se refusait à croire à la faillite d'un si bon garçon. Alors, abandonnant son coussin, elle se levait et allait à lui, décidée à faire une nouvelle tentative.

— Écoutez, Dick, fit-elle un jour, timidement, mais avec fermeté, écoutez-moi bien. J'ai une idée : pourquoi ne pas essayer l'année prochaine d'acheter une centaine d'acres de plus et de planter du maïs... rien que du maïs sur toutes les terres, au lieu d'entreprendre toutes ces petites cultures.

— Et que ferons-nous, si la saison est mauvaise pour le maïs ?

Elle haussa les épaules :

— On ne peut pas dire que vos entreprises présentes vous mènent bien loin !

Les yeux de Dick s'injectèrent de sang, son visage se durcit et les deux rides profondes qui allaient de ses pommettes à son menton se creusèrent davantage.

— Que pouvais-je faire de plus que ce que j'ai fait ? cria-t-il, et avec quoi paierais-je cent acres de plus ? Savez-vous seulement de quoi vous parlez ? Et où trouverai-je la main-d'œuvre nécessaire, quand j'en manque déjà pour le travail que j'ai à faire actuellement. Je ne peux pas me permettre d'acheter des nègres cinq livres par tête. Je suis forcé de me rabattre sur des travailleurs libres et il ne s'en présente presque plus. C'est d'ailleurs en partie de votre faute car vous m'avez fait perdre vingt de mes meilleurs ouvriers agricoles et ils ne reviendront plus. Ils travaillent ailleurs et font une mauvaise réputation à ma ferme à cause de votre sale caractère. Ils ne veulent plus venir chez moi, comme autrefois. Non, c'est fini, ils s'en vont tous **dans** les villes, où ils peuvent se balader à ne rien faire.

Puis, une fois de plus, emporté par ses griefs, il se mit à déblatérer contre le gouvernement, tombé, disait-il, sous la coupe des « Amis des nègres », ces songe-creux venus d'Angleterre qui ne voulaient pas obliger les noirs à travailler la terre et se refusaient à envoyer des camions et des soldats pour les amener, de force, aux fermiers. Ce gouvernement pourrait-il jamais comprendre les difficultés dans lesquelles se débattaient ces derniers ? Et alors la colère de Dick retombait sur les indigènes dont on n'était pas les maîtres, qui se montraient si insolents, etc. Il ne s'arrêtait plus de récriminer d'une voix dure et amère, cette voix du fermier blanc qui s'en prend au gouvernement avec une conviction aussi immuable que le cours des astres et des saisons lui-même. Dans cette tempête de revendications il en oublia ses plans pour l'année suivante. Il revint chez lui sombre et préoccupé et commença à invectiver son serviteur noir qui, pour l'instant, personnifiait à ses yeux les sales indigènes responsables de tous ses maux.

Mary finit même par s'inquiéter de le voir si nerveux, si tant est qu'elle fût capable d'inquiétude dans l'état de prostration où elle se trouvait.

Rentré avec elle au coucher du soleil, Dick se laissait tomber aussitôt dans son fauteuil et se mettait à fumer ; il fumait à présent sans arrêt et rien que des cigarettes indigènes, moins coûteuses que les autres mais qui le faisaient tousser jour et nuit et jaunissaient ses doigts presque jusqu'au milieu de la seconde phalange. Même assis, il restait crispé, agité, secoué de tics, car il était à bout de nerfs, jusqu'au moment où le corps enfin détendu il goûtait un peu de repos, en attendant l'heure du souper. Après quoi il pouvait gagner son lit et s'endormir.

Mais alors le serviteur entrait pour dire qu'il y avait là des ouvriers agricoles qui l'attendaient pour demander l'autorisation d'aller voir des amis... ou pour quelque autre chose de ce genre, et Mary retrouvait sur le visage de Dick ce regard fixe qu'elle avait appris à connaître. Il était repris de ses tics et de ses tressaillements nerveux – on avait l'impression qu'il ne pouvait littéralement plus supporter les noirs et il intimait au serviteur l'ordre de sortir immédiatement – en criant que les ouvriers n'avaient qu'à fiche le camp au diable et à retourner sans tarder dans leurs cases. Mais au bout d'une demi-heure le noir revenait et annonçait de son ton tranquille – bien qu'il tremblât de peur à l'idée d'affronter la colère de Dick – que les garçons de ferme étaient toujours là. Alors Dick éteignait sa cigarette, puis en allumait aussitôt une autre et sortait en vociférant.

Mary écoutait de toutes ses oreilles, les nerfs tendus. Bien que cette exaspération ne lui fût que trop familière, elle était contrariée de voir Dick dans cet état, elle en était même extrêmement irritée et, quand elle le voyait revenir, elle lui faisait remarquer d'un air sarcastique :

— Vous considérez que vous, vous avez le droit d'avoir des ennuis avec les nègres, mais moi, cela ne m'est pas permis, n'est-ce pas ?

— Je dois vous dire, s'écriait-il avec emportement, que je ne peux plus les supporter, tandis que ses yeux brûlants prenaient une expression tragique.

Puis il s'affalait sur son siège, tremblant de tous ses membres.

Mais malgré cette haine, toujours latente en lui, elle était déconcertée en le voyant discuter familièrement avec son contremaître dans les champs. « Pourquoi se commet-il avec ces indigènes ? » se disait Mary, avec une sorte de malaise. Il se mouchait comme eux dans ses doigts et quand on le voyait mêlé à un groupe de noirs, on pouvait le prendre pour un des leurs. La couleur de sa peau hâlée différait peu de celle des nègres ; et lorsqu'elle le voyait rire avec eux d'une plaisanterie, d'une blague qu'il lançait dans l'intention d'entretenir leur moral, elle avait l'impression qu'il lui échappait. Elle ne pouvait partager cette grosse gaieté qui lui paraissait si choquante.

« Comment tout cela se finira-t-il ? » se demandait Mary, mais alors une immense fatigue s'abattait sur elle et elle pensait vaguement : « Qu'importe après tout. »

Elle finit par lui déclarer qu'elle ne voyait pas pourquoi elle continuerait à perdre son temps assise sous un arbre à se laisser dévorer les jambes par les tiques pour le regarder travailler, alors que souvent il ne paraissait même pas s'apercevoir de sa présence.

— Mais j'aime à vous voir là, Mary.

— Cela se peut, mais moi je commence à en avoir assez.

C'est ainsi qu'elle revint à ses vieilles habitudes et ne pensa plus à la ferme que comme à un lieu d'où Dick revenait chaque soir pour manger et dormir.

À dater de ce jour, elle se laissa aller. Elle passait ses journées immobile et engourdie sur son divan et les tempes serrées comme dans un étau. Elle avait soif mais le seul fait d'aller chercher un verre d'eau ou d'appeler le nègre pour le lui demander exigeait un effort insurmontable. Elle avait sommeil mais se lever du divan pour se mettre au lit lui paraissait une tâche épuisante. Elle préférait s'endormir là où elle était. Quand elle faisait quelques pas, ses jambes lui semblaient trop lourdes pour la porter, prononcer une phrase lui causait une peine infinie. Elle en arriva à ne plus adresser la parole pendant des semaines à un être humain, en dehors de son mari et du serviteur ; encore ne voyait-elle Dick que pendant cinq minutes le matin et une demi-heure le soir, avant qu'il ne se laissât tomber, terrassé par la fatigue, sur son lit.

Après les mois froids et radieux de l'hiver, l'année s'avançait vers la période des grandes chaleurs. À mesure qu'elles approchaient, le vent se faisait plus violent et rabattait une pluie de poussière qui pénétrait partout dans la maison. On la sentait crisser sous les doigts, les moindres objets semblaient rugueux au toucher. Des tourbillons s'élevaient dans les champs au bas de la côte, entraînant des brins d'herbe et de balle de maïs qui tournoyaient dans l'air.

Mary pensait avec une véritable horreur à ces chaleurs, mais elle se sentait incapable de l'énergie nécessaire pour se préparer à la lutte. Elle avait l'impression qu'un rien suffirait à l'anéantir et elle aspirait avec une sorte de soif à la nuit totale. Les yeux fermés, elle imaginait des cieux vides, noirs et glacés, sans une étoile ; c'est au moment où n'importe quelle influence aurait pu s'exercer sur elle et l'engager dans une vie différente, alors que tout son être était comme suspendu, dans l'attente de je ne sais quoi qui la pousserait dans une voie ou dans une autre, que le domestique, une fois de plus, lui signifia qu'il voulait partir. Cette fois ce n'était pas pour une scène au sujet d'un plat cassé ou d'une assiette mal lavée ; non, il voulait tout simplement rentrer chez lui et Mary était trop indifférente à tout pour entamer une lutte. Il partit donc après avoir amené un remplaçant que Mary jugea si impossible qu'elle le renvoya au bout d'une heure. Elle resta ensuite quelque temps sans domestique, se contentant de faire le strict nécessaire. Les planchers étaient poussiéreux et ils mangeaient des conserves ; mais aucun serviteur ne se présenta. Mary s'était acquis une si mauvaise réputation parmi eux qu'il lui était de plus en plus difficile de remplacer les domestiques qui la quittaient.

Dick, qui en avait assez de la saleté et de la mauvaise nourriture, déclara qu'il amènerait un de ses valets de ferme qu'on pourrait initier au service.

Quand l'homme se présenta à la porte, elle le reconnut : c'était le garçon dont elle avait labouré le visage d'un coup de fouet deux ans auparavant. Elle vit la balafre sur sa joue, une marque mince et sombre sur la peau noire. Elle resta un moment indécise sur le pas de la porte tandis qu'il attendait dehors, les yeux baissés, mais rien que l'idée de le renvoyer aux champs et de recommencer à attendre un remplaçant lui paraissait au-dessus de ses forces. Elle lui dit d'entrer.

Ce jour-là elle fut prise d'une sorte de paralysie qui l'empêcha de le mettre au courant, comme elle le faisait d'habitude, en travaillant avec lui. Elle le laissa seul à la cuisine et demanda au retour de Dick :

— N'y aurait-il pas un autre garçon qui puisse faire l'affaire ?

Dick continua d'engloutir goulûment d'énormes bouchées de nourriture, ainsi qu'il en avait pris l'habitude, puis il répondit :

— C'est le meilleur garçon que j'aie pu trouver, pourquoi demandez-vous cela ?

On percevait une note d'hostilité dans sa voix. Mary ne lui avait jamais parlé de l'incident du fouet, car elle redoutait sa colère.

Elle dit :

— Oh ! il ne me fait pas une très bonne impression — mais dès qu'elle eut prononcé ces mots, elle vit une lueur d'exaspération dans les yeux de son mari et elle ajouta précipitamment : Je pense malgré tout qu'il fera l'affaire.

— Il est propre, répliqua Dick et il a de la bonne volonté. C'est un des meilleurs valets de ferme que j'aie jamais eus. Que voulez-vous de plus ?

Son ton était brusque, presque agressif, et il sortit sans prononcer un mot de plus. C'est ainsi que le noir resta.

Elle commença à le mettre au courant comme les autres, d'une voix froide et d'une manière méthodique selon l'habituelle coutume, mais avec une différence : elle était incapable de le traiter comme les nègres qu'elle avait eus jusqu'ici à son service, car elle gardait vivant dans sa mémoire cet instant de terreur qui l'avait saisie quand, après l'avoir frappé, elle avait cru qu'il allait se jeter sur elle. Elle se sentait mal à l'aise en sa présence, bien que sa conduite ne différât nullement de celle des autres domestiques et que rien dans son attitude ne lui permît de croire qu'il se souvenait de l'incident. Il restait silencieux, patient et soumis sous l'avalanche d'ordres et d'explications qui s'abattaient sur lui. Ses yeux demeuraient toujours baissés comme s'il avait peur de lever un regard sur elle. Mais même en admettant qu'il ne se souvînt plus de l'incident, Mary, elle, ne pouvait l'oublier et il y avait une subtile différence entre sa manière de parler aux autres et son comportement vis-à-vis de celui-ci.

Elle se montrait aussi neutre et distante qu'elle savait l'être, au point qu'on ne retrouvait même plus, du moins pour l'instant, dans sa voix aucune trace de l'irritation qui lui était devenue coutumière.

Elle avait pris l'habitude de rester immobile à le regarder travailler ; et ce grand corps musclé et puissant semblait la fasciner. Elle lui avait donné, pour porter dans la maison, des chemises et des shorts blancs qui avaient appartenu aux serviteurs précédents, mais qui étaient trop courts et trop étroits pour lui et quand il balayait, frottait ou se penchait sur le fourneau, on voyait ses muscles gonfler le mince tissu de la manche et l'on avait l'impression que l'étoffe allait craquer. Il semblait même, à cause de l'exiguïté de la maison, encore plus fort et plus grand qu'il n'était en réalité. C'était un bon travailleur, un des meilleurs qu'elle eût jamais eus. Elle avait l'habitude de faire le tour des pièces après qu'il avait fini le ménage, en essayant de le trouver en défaut, mais il était bien rare qu'elle y parvînt.

Au bout de quelque temps elle s'habitua à lui et le souvenir de ce fouet qui avait labouré son visage s'estompa peu à peu dans sa mémoire. Elle le traitait comme elle avait traité tous les indigènes à son service et sa voix quand elle s'adressait à lui était aussi aigre et irritée qu'avec les autres, mais il ne lui répondait jamais. Sans même lever les yeux il se laissait gourmander, bien que ses réprimandes fussent souvent injustifiées.

Peut-être s'était-il juré de rester impassible.

C'est ainsi que peu à peu tout s'organisa dans la maison (en apparence tout au moins) selon une routine qui permettait à la jeune femme de ne rien faire du matin au soir. Mais en fait, sans être guérie de son apathie elle allait mieux de toute évidence.

Vers dix heures du matin, après lui avoir servi son thé, le nègre sortait et s'en allait derrière le poulailler. Il portait une bassine d'eau chaude qu'il déposait sous un gros arbre. De la maison Mary pouvait de temps à autre l'entrevoir penché sur la bassine, nu jusqu'à la ceinture, et se lavant à grande eau.

Mais elle s'efforçait de ne pas se trouver dans le voisinage au moment où le nègre faisait ses ablutions. Quand cette cérémonie était achevée, il revenait dans la cuisine et s'y tenait tranquille à ne rien faire. À voir son visage on eût dit qu'il ne pensait à rien – peut-être même faisait-il un petit somme. Il ne se remettait pas au travail avant l'heure du déjeuner.

Mary était agacée de le sentir inactif pendant des heures sous ce soleil, dont aucune ombre n'atténuait l'ardeur, mais qui ne paraissait nullement incommoder le noir. Elle n'avait pas le courage d'intervenir bien qu'elle s'efforçât d'échapper à cette léthargie proche du sommeil à laquelle elle s'abandonnait maintenant.

Un matin elle s'en alla inspecter le poulailler – travail qu'elle négligeait souvent depuis quelque temps – et quand elle eut repris le chemin de la maison avec son panier plein d'œufs au bras, elle s'arrêta brusquement à la vue du nègre qui était sous un arbre, à quelques pas. Il était en train de savonner vigoureusement sa nuque puissante et sur sa peau noire la mousse semblait éclatante de blancheur.

Elle le voyait de dos. Tandis qu'elle le regardait, il tourna la tête par hasard et la vit. Peut-être avait-il deviné sa présence ? Elle avait complètement oublié que c'était l'heure de ses ablutions. Un blanc peut regarder un nègre même nu car il n'est pas plus qu'un chien à ses yeux. Aussi fut-elle mécontente de le voir s'interrompre et se redresser avec colère, attendant qu'elle s'éloignât. Elle était furieuse à l'idée qu'il pût croire qu'elle s'était arrêtée exprès. C'eût été bien présomptueux de la part de ce nègre, d'une insolence inouïe, aussi ne permettait-elle même pas à ce soupçon d'effleurer son esprit, mais tandis que l'homme l'observait à travers le massif qui se dressait entre eux, l'attitude de son corps immobile, l'expression de son visage l'exaspéraient. Elle se sentit à nouveau soulevée par ce sentiment irrésistible qui l'avait poussée un jour à lui cravacher le visage. Elle se détourna délibérément, tranquillement, et se mit à flâner autour du poulailler en lançant des poignées de grain aux volailles, puis, sans hâte et sans lui accorder un coup d'œil, elle franchit la porte. Bien qu'elle ne regardât pas de son côté, elle le savait toujours là, grande silhouette sombre, impassible. Elle se dirigea vers la maison et pour la première fois depuis des mois, brusquement tirée de son apathie, elle sentit le sol sous ses pas, la morsure du soleil sur sa nuque, et la brûlure des silex sous ses semelles. Elle entendit alors une sorte d'étrange et furieux grognement et comprit qu'elle se parlait à elle-même, tout haut, en marchant. Elle pressa sa main sur sa bouche et secoua la tête comme pour éclaircir ses idées, mais quand Moïse revint à la cuisine, qu'elle entendit le bruit de son pas, elle était déjà assise dans la pièce du devant, en proie à une émotion presque hystérique au souvenir du regard sombre et vindicatif que l'indigène lui avait lancé, en attendant qu'elle s'éloignât. Elle avait l'impression d'avoir mis la main sur un serpent.

Poussée par une impulsion irrésistible, elle se rendit à la cuisine et le trouva, vêtu de vêtements propres, en train de ranger ses objets de toilette. Elle évoqua ce cou noir, couvert de mousse blanche, ce dos puissant penché sur le seau, et un aiguillon sembla s'enfoncer dans sa chair. Elle était hors d'état de comprendre que sa fureur ne reposait sur rien. Que s'était-il passé après tout ? Simplement ceci : que les rapports traditionnels de maître à serviteur et de blanc à noir avaient fait place à des relations moins conventionnelles, car lorsqu'un blanc de l'Afrique du Sud plongeant son regard dans les yeux d'un noir découvre un être humain (encore que son souci majeur soit de l'ignorer) le sentiment de sa propre culpabilité toujours latent en lui se traduit par un réflexe qui le conduit à user du fouet. Elle sentit qu'elle devait agir immédiatement pour retrouver son équilibre ; son regard tomba sur une boîte à bougies, rangée sous la table et où l'on enfermait les brosses et le savon et elle dit au nègre :

— Il faut frotter le plancher.

Elle fut surprise d'entendre sa propre voix, car elle n'avait pas eu l'intention de parler.

— Je l'ai déjà fait ce matin, dit le noir, en la regardant de ses yeux chargés de haine.

Elle fit : « J'ai dit il faut frotter ce carrelage. »

Elle avait presque hurlé ces derniers mots et pendant une seconde ils restèrent immobiles à se mesurer du regard, puis les yeux de l'homme se baissèrent et elle quitta la pièce en faisant claquer la porte.

Elle entendit la brosse humide frotter le plancher. Elle se jeta sur le divan, aussi faible que si elle relevait d'une maladie. Elle connaissait ces rages aveugles, injustifiées, auxquelles elle était sujette, mais elle n'en avait jamais ressenti d'aussi violente. Elle frissonnait, son sang battait à ses tempes et ses lèvres étaient sèches. Au bout d'un moment elle se releva pour aller chercher de l'eau dans sa chambre de crainte de rencontrer le noir, mais un peu plus tard elle s'obligea à se rendre à la cuisine. Debout sur le seuil, elle inspecta le plancher mouillé, comme si elle n'était venue que dans cette intention.

Moïse se tenait immobile derrière la porte comme d'habitude et contemplait l'amas de roches d'où surgissait une euphorbe qui semblait tendre ses bras charnus d'un vert grisâtre vers le ciel.

Elle fit semblant de regarder derrière les placards, puis déclara :

— Il est temps de préparer la table.

Il se retourna et commença à mettre la nappe. Ses gestes étaient lents, plutôt gauches, tandis que ses grandes mains noires disposaient les couverts qui semblaient soudain minuscules. Et chacun de ses gestes irritait Mary. Elle était assise là, crispée, les lèvres serrées, les mains convulsivement pressées l'une contre l'autre. Quand il sortit elle éprouva une détente et se sentit comme délivrée d'un poids qui l'écrasait. La table était dressée. Elle alla l'inspecter mais chaque objet était à sa place. Alors elle prit un verre et le porta à la cuisine.

— Regarde ce verre, Moïse, ordonna Mary.

Il traversa la pièce et regarda par acquit de conscience. On voyait au fond du verre une légère trace de duvet blanc pelucheux, laissée par la serviette. Il remplit la bassine d'eau, y mêla de la mousse de savon, exactement comme elle lui avait appris à le faire, et lava le verre sans qu'elle le quittât des yeux. Quand le verre fut essuyé, elle le lui prit des mains et le porta dans la pièce voisine.

Elle l'imaginait revenu à sa place, au soleil, derrière la porte, les yeux dans le vide et elle se sentit prête à crier, à lancer un verre pour le voir s'écraser contre le mur. Mais il n'y avait plus rien, strictement rien à faire faire au nègre. Bien que l'ameublement, la vaisselle, les rideaux fussent pauvres et déteints, tout était propre et bien rangé.

Le lit – le grand lit conjugal qu'elle avait toujours haï – était moelleux, les draps lisses, bien tirés, les couvertures rabattues d'une façon engageante, selon le modèle de ces lits qu'on voit dans les catalogues d'exposition.

La vue de ce lit l'énerva en lui rappelant le contact détesté du grand corps las et musclé de Dick pendant la nuit, contact auquel elle ne s'était jamais habituée. Elle se détourna, les mains crispées, et vit soudain son visage dans le miroir. Ces lèvres sèches, serrées, ces yeux enflammés, ce visage gonflé couvert de taches rouges... elle avait peine à se reconnaître. Un moment elle se regarda bouleversée, pitoyable, puis fondit en larmes. Elle sanglotait convulsivement et haletait avec de grands frissons, en essayant d'étouffer ses cris de peur que l'indigène ne l'entendît de la cuisine. Elle pleura ainsi pendant un moment, puis regarda la pendule et sécha ses yeux.

Dick serait bientôt là. La peur de lui apparaître dans cet état l'aida à se dominer. Elle baigna sa figure, se recoiffa et poudra les larges cernes qui soulignaient ses yeux.

Le repas se passa dans le silence habituel. Dick remarqua son visage rougi et fripé, ses yeux injectés de sang et comprit instantanément de quoi il retournait.

C'étaient les scènes avec les serviteurs qui mettaient Mary dans cet état, mais il se sentait las et déçu car il y avait longtemps qu'il n'y avait pas eu de scènes et il avait fini par imaginer qu'elle arrivait peut-être à se dominer. Elle baissait la tête et ne touchait pas à la nourriture ; l'indigène tourna pendant tout le repas autour de la table, comme un automate. On avait l'impression que si son corps faisait les gestes nécessaires pour assurer le service, son esprit était absent. Mais brusquement à la pensée des qualités du noir, à la vue du visage tout gonflé de sa femme, Dick exaspéré s'écria dès que Moïse eut quitté la pièce :

— Mary, vous devez vous arranger pour garder ce garçon, je vous en préviens, c'est le meilleur serviteur que nous ayons jamais eu, le meilleur !

Mais on voyait bien qu'elle ne l'entendait pas, elle ne leva même pas la tête, comme si elle était devenue sourde. Dick remarqua seulement que sa main maigre, toute ridée par la chaleur, était agitée d'un tremblement. Il répéta au bout d'un instant, d'une voix méconnaissable :

— Je ne peux plus supporter ces perpétuels changements de domestiques, j'en ai assez, je vous en avertis.

Mais elle continua à se taire, affaiblie qu'elle était par sa colère et les pleurs qu'elle avait versés pendant toute la matinée. Il lui semblait qu'il lui aurait suffi d'ouvrir la bouche pour fondre en larmes.

Il la regarda avec surprise, car telle qu'il la connaissait, elle aurait dû riposter avec aigreur, en accusant le noir de vol ou de mauvaise conduite, et il s'était préparé à batailler. Le silence obstiné de sa femme le poussa à insister pour l'obliger à répondre.

— Mary, reprit-il, comme s'il s'adressait à un inférieur, avez-vous entendu ce que je vous ai dit ?

— Oui, fit-elle enfin, avec un effort visible et d'une voix sans timbre.

Dès qu'il eut quitté la maison, elle alla immédiatement s'enfermer dans sa chambre, afin d'éviter la vue de l'indigène, qui était en train de desservir. Elle sombra dans le sommeil et, quatre heures durant, elle perdit le sentiment de cette intolérable vie.

Chapitre IX

Ainsi passaient les jours, ainsi passèrent août et septembre, jours brûlants, orageux, traversés de lourdes et suffocantes bouffées de vent qui soufflaient en tourbillons poussiéreux des kopjes environnants.

Mary vaquait à ses occupations comme perdue dans un rêve ; elle mettait des heures à accomplir ce qui autrefois lui aurait à peine demandé quelques minutes. Elle allait tête nue sous le soleil aveuglant dont les lourds et cruels rayons écrasaient ses épaules, la laissant tout étourdie, presque hébétée, et par instants elle se sentait anéantie comme si le soleil avait fait fondre sa chair, ne laissant qu'une mince enveloppe autour du squelette endolori. Elle était parfois prise d'un brusque vertige et devait envoyer le domestique lui chercher son chapeau ; puis, lasse d'errer désœuvrée au milieu des poules sans même les voir, elle s'affalait dans un fauteuil avec autant de soulagement que si elle venait de trimer pendant des heures, puis restait là, inerte, la tête vide. Mais le sentiment de la présence de cet homme seul avec elle dans la maison l'accablait jusqu'au plus profond d'elle-même. Elle était toujours tendue, toujours sur ses gardes, tandis qu'il se tenait là. Elle en tirait le plus de travail qu'elle pouvait, le rappelant durement à l'ordre sans lui faire grâce d'un grain de poussière, d'un verre, d'une assiette qu'il avait oublié de ranger. Mais Dick l'avait avertie qu'il ne supporterait plus aucun changement de domestique dans la maison et elle était incapable d'affronter sa colère. Aussi, contrainte de se dominer, elle se sentait comme une corde tendue à se rompre, comme un champ de bataille où s'affronteraient deux forces ennemies ; toutefois ce qu'étaient ces forces et comment elle les maîtriserait, elle n'aurait su le dire.

Tout en obéissant à ses ordres, Moïse se montrait aussi calme et indifférent que si elle n'existait pas cependant que Dick, naguère si facile à contenter et d'humeur si conciliante, ne cessait maintenant de récriminer. Quant à Mary, elle n'arrêtait pas de harceler le noir d'une voix aigre pour une chaise déplacée de un ou deux millimètres, sans même s'apercevoir que le plafond était couvert de toiles d'araignées : braquée sur certains détails, elle laissait tout le reste aller. Son horizon s'était rétréci au point qu'elle n'attachait plus maintenant d'importance qu'à des vétilles.

Un jour, les poulets commencèrent à crever les uns après les autres. Elle murmura vaguement que c'était sans doute une maladie, puis soudain se rappela qu'elle avait oublié de leur donner à manger depuis une semaine, bien qu'elle n'eût pas manqué de se rendre chaque jour dans le poulailler avec son panier rempli de grain au bras. Les poulets ayant péri, il ne resta plus qu'à les cuire et à les manger. Pendant un certain temps Mary mécontente d'elle-même fit un effort pour penser à ce qu'elle faisait, c'est alors que survint un autre incident.

Elle n'avait pas remarqué qu'il n'y avait plus une goutte d'eau dans les auges où venait boire la volaille. Les poulets gisaient sur la terre calcinée, agités de faibles soubresauts, mourant de soif. Désormais, rien ne put secouer son apathie. Ils vécurent pendant des semaines de leur basse-cour jusqu'au jour où le grand poulailler grillagé se trouva vide. Il ne leur restait plus un seul œuf, mais elle n'en fit pas venir pour autant de la coopérative, car ils coûtaient trop cher. Neuf fois sur dix son cerveau n'était qu'un vide douloureux. Dick s'était habitué à cette manière qu'elle avait de prononcer trois mots ; après quoi elle s'interrompait brusquement et sombrait dans le silence, tandis que son visage se vidait de toute expression. Elle ne savait même plus ce qu'elle avait eu l'intention de dire. S'il la pressait gentiment de poursuivre, elle levait sur lui un regard aveugle et ne répondait même pas. Il en était si peiné qu'il ne trouva pas le courage de protester en la voyant abandonner l'élevage des poulets qui jusqu'ici leur avait permis de gagner un peu d'argent.

Toutefois en ce qui concerne le nègre, son atonie était loin d'être complète. Il occupait un coin de son cerveau qui restait encore actif. Toutes les scènes qu'elle n'osait lui faire malgré l'envie qu'elle en avait, de peur de le voir partir, se jouaient dans sa tête. Un jour, elle fut tirée de sa torpeur par un bruit et s'aperçut que c'était elle-même qui parlait seule d'une voix basse et furieuse. Elle s'était imaginé que le nègre avait oublié de faire la chambre ce jour-là et, brusquement déchaînée contre lui, elle l'invectivait dans sa propre langue, qu'il eût d'ailleurs été bien incapable de comprendre si elle s'était réellement adressée à lui. Le son de sa voix sourde, grinçante, insensée, lui inspira brusquement le même effroi que l'image qui lui était apparue l'autre jour dans la glace. Cette vision d'elle-même, réfugiée dans un coin du divan et discourant comme une folle l'épouvanta.

Elle se leva et, sur la pointe des pieds, alla à la porte de la cuisine, jeta un coup d'œil pour se rendre compte si le nègre se trouvait assez près pour avoir pu l'entendre. Il était là, appuyé au mur, dans sa pose habituelle. Elle ne voyait que sa puissante épaule qui gonflait le mince vêtement et une main qui pendait nonchalamment ouverte, les doigts délicatement recourbés vers l'intérieur de la paume d'un brun cuivré. Il était parfaitement immobile. Elle décida qu'il n'avait pas entendu et se refusa à penser aux deux portes restées ouvertes entre elle et lui.

Elle l'évita pendant tout le reste de la matinée, qu'elle passa à errer d'une pièce à l'autre et à s'agiter inutilement sans même penser qu'il lui eût été possible de rester tranquille un instant.

Tout l'après-midi elle sanglota désespérément, allongée sur son lit. Elle était complètement épuisée au moment du retour de Dick, mais cette fois, il ne remarqua rien car lui-même était à bout de forces et n'aspirait qu'à son lit.

Le lendemain matin, au moment où elle allait distribuer au nègre les provisions qu'elle tenait sous clé dans le placard de la cuisine – placard qu'elle s'imposait de tenir toujours fermé sans s'aviser qu'il restait la plupart du temps ouvert, ce qui rendait cette mesure parfaitement inutile – Moïse, qui se tenait à ses côtés le plateau entre les mains, lui annonça soudain qu'il voulait partir à la fin du mois. Il s'exprimait d'une façon calme et directe mais avec une sorte d'appréhension comme s'il prévoyait une résistance et s'y préparait. Cette nuance de crainte était familière à Mary. Elle la retrouvait chaque fois qu'un de ses serviteurs venait la prévenir qu'il voulait la quitter, et bien qu'elle se sentît alors grandement soulagée car ces départs mettaient fin à la lutte permanente entre elle et les noirs, elle n'en éprouvait pas moins chaque fois la même indignation, comme s'ils lui eussent fait un affront en manifestant le désir de la quitter.

Elle n'en laissait partir aucun sans une longue scène de discussions et de reproches, mais cette fois elle avait à peine ouvert la bouche qu'elle la referma sans proférer un mot. Dick serait furieux quand il apprendrait ce départ ! Elle ne se sentait pas capable d'affronter sa colère. C'était au-dessus de ses forces et pourtant, cette fois, ce n'était pas sa faute si Moïse voulait partir. N'avait-elle pas fait tout ce qu'elle pouvait pour retenir cet homme qu'elle haïssait et qui lui inspirait tant de frayeur ?

Alors brusquement, à sa profonde horreur, elle fondit en larmes, là en présence de l'indigène. Elle restait debout devant la table, impuissante et épuisée, tournant le dos au nègre et secouée de sanglots. Pendant un moment, aucun des deux ne bougea, puis Moïse fit le tour de la table de façon à voir le visage de la jeune femme qu'il se mit à regarder, les sourcils froncés, d'un air surpris et un peu perplexe.

Elle s'écria dans une sorte de panique : « Tu ne dois pas partir ! » et continua à sangloter en répétant : « Tu dois rester ! Tu dois rester ! » cependant que la honte la submergeait à la pensée qu'il la voyait dans cet état.

Au bout d'un moment, elle le vit se diriger vers le placard où se trouvait le filtre et remplir un verre d'eau. La nonchalante assurance de ses mouvements la blessait au vif, elle qui avait perdu tout contrôle d'elle-même et quand il lui tendit le verre, jugeant son geste inconvenant, elle n'eut pas un mouvement pour le prendre. Mais malgré l'attitude digne et compassée qu'elle s'efforçait d'adopter, elle eut encore un sanglot : « Tu ne dois pas partir... » Une sorte de supplication vibrait dans sa voix. Moïse porta le verre à ses lèvres et elle dut lever la main pour le tenir. Elle but une gorgée pendant que ses larmes coulaient sur son visage. Elle lui jeta un regard implorant par-dessus le verre et avec un regain de frayeur vit que les yeux du nègre exprimaient une sorte d'indulgence pour sa faiblesse.

— Buvez, fit-il aussi simplement que s'il parlait à une femme de sa race, et elle but.

Alors il lui reprit le verre des mains avec précaution, le posa sur la table et voyant qu'elle restait là, prostrée, il dit : « Madame, coucher coucher lit. » Elle ne bougea pas. Comme à contrecœur il avança le bras, répugnant à toucher cette « sacro-sainte » femme blanche et se contenta de la pousser doucement vers le lit. C'était pour Mary comme un de ces cauchemars où le dormeur se sent paralysé en face de scènes d'horreur : cette main noire sur son épaule lui donnait la nausée, elle n'avait jamais de sa vie, non, pas une fois, eu le moindre contact avec la chair d'un nègre. Comme ils approchaient du lit, elle fut prise d'un vertige : « Madame coucher », fit-il encore. Et cette fois, sa voix était très douce, presque paternelle. Lorsqu'elle se laissa tomber sur son lit, d'une pression légère il la força à s'étendre ; puis il prit son manteau qui était pendu à la porte et lui en recouvrit les pieds. Dès qu'il eut quitté la pièce l'horreur qui submergeait Mary s'évanouit ; elle resta étendue tout engourdie, incapable de mesurer les conséquences de cet incident.

Bientôt, elle s'endormit. À son réveil, elle s'aperçut que l'après-midi était très avancé. Le rectangle de ciel qui s'encadrait dans la fenêtre et où s'amoncelaient des nuages sombres était éclairé par la lumière orangée du soleil couchant. Pendant un moment, elle n'eut aucun souvenir de ce qui s'était passé tout à l'heure ; mais quand la mémoire lui revint, la peur l'envahit à nouveau, une peur obscure et terrible. Elle se revoyait sanglotant désespérément sans pouvoir s'arrêter et buvant, docile aux injonctions du nègre. Elle pensait à la façon dont il l'avait littéralement poussée jusqu'à son lit, puis l'avait obligée de s'étendre et avait enroulé son manteau autour de ses jambes ; alors elle se recroquevilla et se renfonça dans ses oreillers avec un indicible dégoût. Au milieu de cette agonie, elle ne cessait d'entendre la voix du nègre, ferme et grave, empreinte d'une douceur paternelle...

Peu à peu la nuit envahissait la pièce. Sur les murs badigeonnés de blanc seule brillait une sourde clarté, dernière trace du jour finissant qui s'attardait encore sur le sommet des arbres alors que les branches inférieures étaient déjà plongées dans l'ombre crépusculaire. Mary se leva pour allumer la lampe.

La flamme monta, vacillante, et se mit à briller doucement. La pièce était maintenant comme une coquille de lumière ambrée creusée au cœur de la vaste nuit. Mary se poudra puis resta longuement assise devant le miroir. Elle se sentait incapable de bouger et même de penser, prise d'une peur dont elle n'aurait su dire la cause. Il lui semblait que pour rien au monde elle n'aurait le courage de quitter sa chambre avant que son mari ne fût rentré pour la soutenir de sa présence.

Quand Dick revint, il dit en la regardant d'un air consterné qu'il n'avait pas voulu la réveiller pour le déjeuner. Il ajouta qu'il espérait qu'elle n'était pas malade.

— Oh ! non, fit-elle, seulement lasse, j'éprouve...

Sa voix mourut sur ce mot et elle eut ce regard vide qu'il ne connaissait que trop.

Ils étaient assis dans le halo de lumière sourde répandue par la lampe qui se balançait au-dessus de leurs têtes, tandis que le domestique allait et venait autour de la table. Elle tint longuement ses yeux baissés, bien que son visage eût perdu son expression absente depuis l'entrée du noir.

Quand elle se décida enfin à lever les yeux, et à scruter rapidement les traits de l'indigène, elle fut rassurée : elle le vit impassible, lointain : on eût dit un automate.

Le lendemain matin, elle se força à aller à la cuisine et à lui parler d'une façon naturelle. Elle attendait, tremblante d'effroi, qu'il répétât qu'il voulait s'en aller, mais il n'en fit rien. Et ils continuèrent ainsi pendant toute une semaine à mener leur vie habituelle jusqu'au jour où elle comprit qu'il n'avait plus l'intention de partir : il s'était laissé toucher par ses supplications et par ses larmes. Elle ne pouvait souffrir la pensée des moyens auxquels elle avait eu recours pour arriver à ses fins et cette soif d'oubli lui permit de se remettre peu à peu. Alors, soulagée, délivrée de la crainte torturante que lui inspirait la colère de Dick, chassant tout souvenir de sa honteuse faiblesse, elle recommença à parler au nègre d'une voix mordante et glacée, à l'accabler de réflexions désobligeantes et sarcastiques.

Un jour qu'ils étaient tous deux dans la cuisine, il se tourna vers elle et, la regardant bien en face, lui dit d'une voix où vibrait comme un reproche :

— Madame m'a demandé de rester. Moi reste pour aider Madame, mais si Madame fâchée, moi m'en aller.

Le ton résolu de l'indigène arrêta Mary instantanément. Elle eut conscience de sa faiblesse d'autant que cet incident l'obligeait à se rappeler pourquoi le nègre était encore là. L'espèce de mécontentement qu'elle avait perçu dans sa voix lui donna à penser qu'il la jugeait injuste. Injuste ? Mais pourquoi ? Il se tenait devant le fourneau, surveillant quelque chose qui était en train de cuire. Elle ne savait que dire. Il s'éloigna, alla vers la table et en attendant sa réponse attrapa un chiffon pour saisir la poignée brûlante du four, puis il dit sans la regarder :

— Je fais bien mon travail, pas vrai ?

Il s'exprimait en anglais, chose qui, en d'autres circonstances, l'aurait mise hors d'elle, car elle y aurait vu une impertinence. Mais elle répondit en anglais également :

— Oui.

— Alors, pourquoi Madame toujours fâchée ?

Cette fois, il s'exprimait d'un air insouciant et léger, quasi familier, comme s'il s'était adressé à un enfant. Il se pencha pour ouvrir la porte du four et en retira un plat de scones légers et croustillants, mille fois mieux réussis que ceux que Mary aurait pu faire elle-même. Il commença à les retourner, l'un après l'autre, sur la tôle pour les laisser refroidir. Bien qu'elle se rendît compte qu'elle aurait dû quitter la pièce, elle resta là comme clouée sur place, sans pouvoir détacher les yeux des grandes mains du noir.

Elle ne prononça pas un mot, bien qu'elle sentît monter en elle son irritation habituelle en l'entendant parler sur ce ton, mais en même temps elle était fascinée et déroutée. Elle ne savait quelle attitude prendre. Au bout d'un moment, voyant qu'il vaquait tranquillement à ses occupations sans s'occuper d'elle, Mary quitta la cuisine, et sans mot dire rentra dans sa chambre.

Quand la pluie se mit à tomber à torrents vers la fin du mois d'octobre, après six semaines d'une mortelle chaleur, Dick, comme tous les ans à pareille époque, renonça à rentrer pour déjeuner vu l'urgence de son travail.

Il quittait la maison à six heures du matin et ne revenait qu'à six heures du soir, si bien qu'il n'y avait qu'un repas à préparer. Le petit déjeuner et le repas de midi lui étaient envoyés aux champs. Mary, comme toutes les années précédentes, annonça à Moïse qu'elle se contenterait de prendre du thé. Rien que l'idée de déjeuner seule lui coupait l'appétit. Le premier jour de l'absence de Dick, au lieu du thé qu'elle avait demandé, Moïse lui apporta des œufs, de la confiture et des toasts. Il posa soigneusement le tout sur la petite table à son chevet.

— J'ai dit que je ne voulais que du thé, dit-elle d'un ton acerbe.

Il répondit tranquillement :

— Madame rien pris au petit déjeuner, pas vrai ? Madame doit manger.

On voyait même sur le plateau, dans une tasse ébréchée, un bouquet de fleurs jaunes et rouges maladroitement composé mais dont les couleurs faisaient une tache éclatante sur le vieux napperon criblé de taches.

Mary restait saisie, comme paralysée. Elle n'osait même pas lever les yeux pendant qu'il se penchait pour poser le plateau.

Elle était bouleversée de constater ce désir évident de lui faire plaisir. Il attendait visiblement un mot de remerciement, une expression de satisfaction, mais il n'était pas en son pouvoir de répondre à son muet appel. Tout ce qu'elle put faire fut de retenir les mots aigres et amers qui lui montaient aux lèvres. Elle allongea le bras, attira le plateau à elle et se mit à manger en silence.

Ainsi, à présent, de nouveaux rapports s'étaient noués entre eux : elle se sentait irrémédiablement en son pouvoir bien qu'en fait rien ne justifiât cette impression. Désormais, elle ne pouvait échapper un seul instant au sentiment de la présence du noir dans la maison, même quand il se tenait dans la cuisine, appuyé au mur face au soleil, dans cette pose qui lui était familière. Il lui inspirait une peur irraisonnée, un profond malaise et en même temps, bien qu'elle-même ne s'en doutât point (et eût-elle soupçonné un sentiment pareil qu'elle aurait préféré mourir plutôt que de l'admettre), il exerçait sur elle une sorte d'obscure fascination.

C'était comme si le fait d'avoir pleuré devant Moïse entraînait une sorte d'abandon tacite de son autorité que le nègre interprétait comme une abdication définitive. Quand les remarques cinglantes et cruelles d'autrefois remontaient encore aux lèvres de Mary, le noir la regardait en face et elle pouvait déchiffrer dans ses yeux la révolte et un insolent défi. Il n'avait retrouvé qu'une seule fois son attitude ancienne de soumission aveugle, mais c'était un jour où il avait oublié d'accomplir sa tâche et uniquement parce qu'il se sentait dans son tort. Elle le fuyait désormais alors qu'autrefois elle se forçait à le surveiller toute la journée, à inspecter sans cesse son travail. Elle ne mettait presque plus jamais les pieds à la cuisine, lui laissait diriger la maison et abandonnait même sur un rayon de l'office son trousseau de clés où il pouvait prendre quand il voulait celle du placard aux provisions.

À deux reprises, il s'adressa à elle sans attendre qu'elle lui parlât et la questionna de cette voix quasi familière qu'il prenait maintenant avec elle.

La première fois ce fut pour l'interroger au sujet de la guerre : « Est-ce que Madame croire que la guerre sera bientôt finie ? »

Mary fut stupéfaite : pour elle qui vivait en dehors de tout contact quel qu'il fût, qui ne lisait même pas l'hebdomadaire local, la guerre n'était qu'un mythe. Mais elle avait vu Moïse penché d'un air absorbé sur un vieux journal étalé en guise de nappe sur la table de la cuisine. Elle répondit froidement qu'elle n'en savait rien. Mais il revint à la charge quelques jours plus tard comme s'il s'était livré entre-temps à des réflexions profondes : « Est-ce que Jésus trouver bon que les gens se tuer ? » Cette fois elle fut irritée par la réprobation tacite qu'impliquait cette question et elle répondit d'un air glacé que Jésus était du côté des justes. Mais pendant tout le reste de la journée elle sentit renaître la vieille rancune dans son cœur. Le soir, elle demanda à Dick :

— Pouvez-vous me dire d'où vient Moïse ?

— C'est un pupille des missions, répliqua Dick. Le seul serviteur convenable que j'aie jamais trouvé chez ces gens-là.

Dick, comme la plupart des habitants de l'Afrique du Sud, n'aimait pas les nègres élevés par les missionnaires, « ils en savaient trop. On n'aurait jamais dû leur apprendre à lire et à écrire, mais leur enseigner la dignité du travail et surtout le respect des blancs ».

— Pourquoi demandez-vous cela, fit-il d'un air soupçonneux. J'espère qu'il n'y a pas eu de nouvelles histoires ?

— Non.

— Se serait-il montré insolent ?

— Non.

Mais cette mission à l'arrière-plan expliquait bien des choses : ainsi l'usage du mot *madame* qu'il prononçait d'une façon si exaspérante au lieu de l'habituel *missus* qui convenait beaucoup mieux à un garçon de son espèce. Ce *madame* choquait Mary. Elle était tentée de lui demander d'y renoncer, mais il n'était nullement irrespectueux et il lui avait sans doute été enseigné par quelque missionnaire avec un certain nombre d'idées saugrenues. D'ailleurs il n'y avait rien dans l'attitude de Moïse à son égard qui lui permît de s'en prendre à lui, mais bien qu'il ne se montrât jamais insolent, il savait maintenant la forcer à le traiter comme un être humain ; aussi lui était-il devenu impossible de l'ignorer comme un objet répugnant. Pourtant n'était-ce pas ainsi qu'elle avait traité tous les autres domestiques qu'elle avait eus jusqu'ici à son service ? Un lien s'était créé entre elle et Moïse, malgré elle, et depuis, elle était non seulement consciente de sa présence, mais elle se rendait compte qu'il y avait là une lourde menace qu'elle était incapable de définir. À présent, au cours de ses nuits agitées, elle avait sans cesse des rêves affreux.

Le sommeil qui autrefois s'abattait sur elle instantanément comme un noir rideau l'emportait maintenant dans un monde mille fois plus réel que sa vie quotidienne.

À deux reprises, il lui arriva de rêver à l'indigène et chaque fois elle s'éveillait frappée de terreur comme s'il l'avait touchée. Il se dressait devant elle tout-puissant et lui dictait sa volonté, avec une sorte de bienveillance, et toujours il s'arrangeait pour la frôler ; puis elle eut d'autres rêves où le noir ne figurait pas, mais qui étaient également confus et effrayants.

Elle s'éveillait angoissée, couverte de sueur, et ne songeait qu'à oublier au plus vite. Elle commença à appréhender le moment de se mettre au lit. Elle restait allongée dans les ténèbres auprès du corps abandonné de Dick, s'efforçant elle-même de ne pas céder au sommeil. Il lui arrivait souvent au cours de la journée d'observer l'indigène non point comme une maîtresse de maison qui surveille le travail de son serviteur, mais avec une curiosité horrible et en évoquant ses rêves. Le nègre, lui, continuait à prendre soin d'elle, veillant à ce qu'elle mangeât, lui apportant ses repas sans qu'elle le lui demandât et lui offrant de petits présents, tantôt quelques œufs frais apportés de sa case, tantôt un bouquet de fleurs qu'il avait cueillies dans la brousse.

Un jour, le soleil s'était depuis longtemps couché, mais Dick n'était pas encore rentré, elle dit à Moïse :

— Tiens le dîner au chaud, je vais aller voir s'il n'est pas arrivé quelque chose au maître.

Comme elle prenait son manteau dans sa chambre, le noir frappa à la porte et lui déclara qu'il allait voir lui-même ce qui se passait. Madame ne devait pas aller seule dans la brousse à cette heure.

Mary fit : « Très bien ! » et alla retirer son manteau.

Mais il n'était rien arrivé à Dick. Il avait simplement été retenu auprès d'un buffle qui s'était cassé la patte, mais quand la chose se reproduisit la semaine suivante et que Dick fut encore en retard, elle n'essaya même plus, malgré toute son inquiétude, d'aller voir ce qui se passait, craignant que l'indigène n'assumât à nouveau, comme il l'avait déjà fait si simplement, la responsabilité de veiller sur elle. Quoi qu'elle fît désormais, un seul point de vue comptait pour elle : son attitude serait-elle ou non de nature à favoriser les rapports humains qui s'étaient maintenant établis entre elle et Moïse sans qu'elle fût capable de s'y opposer ouvertement ?

En février, Dick fut de nouveau terrassé par la malaria. Ce fut comme la première, une crise foudroyante et d'une grande violence, mais heureusement assez brève. Comme la dernière fois, Mary envoya, bien qu'à regret, un messager à Mrs. Slatter pour la prier de faire chercher le docteur. Ce fut le même que l'autre fois. Il fronça les sourcils en examinant la misérable petite maison et demanda à Mary pourquoi elle n'avait tenu aucun compte de ses prescriptions. Elle ne répondit pas. « Pourquoi n'avez-vous pas fait élaguer les buissons autour de la maison comme je vous l'avais dit ? C'est là que s'embusquent les moustiques. – Mon mari ne pouvait pas sacrifier des ouvriers pour ce travail. – Alors il préfère sacrifier sa santé », dit le docteur avec une feinte sévérité, bien qu'en réalité, tout cela lui fût assez indifférent. Les longues années passées dans le district lui avaient donné une bonne dose de philosophie. Il faisait son deuil de l'argent que lui devaient « les Turner » et dont il ne verrait pas la couleur, là-dessus il n'avait aucune illusion ; et en tant que malades, il n'y avait rien à en tirer, vraiment rien. On n'avait qu'à regarder les rideaux fanés déteints par le soleil, sales, et qui pendaient en lambeaux, pour en être convaincu. Dans chaque détail on voyait tous les signes de la faillite. Sa visite n'était qu'une simple formalité. Mais poussé par l'habitude, il se tenait au chevet de Dick frissonnant, brûlant de fièvre, et donnait ses instructions à Mary. Il déclara que Dick était complètement épuisé, vidé, une proie offerte au mal.

Il parlait avec toute l'énergie et la gravité dont il était capable dans le but d'effrayer Mary. Mais elle lui opposa la force d'inertie. Toute son attitude semblait proclamer : « Et après ? À quoi bon ? » Il finit par s'éloigner en compagnie de Charlie Slatter qui souriait d'un air sarcastique pour bien marquer sa réprobation.

Il ne pouvait s'empêcher de penser que quand la maison serait à lui, il remplacerait le grillage qui entourait le poulailler par une clôture qu'il avait chez lui et de se dire que la tôle ondulée employée dans la construction de la maison et de ses dépendances pourrait être récupérée.

Mary veilla Dick pendant les deux premières nuits, assise dans le fauteuil le plus dur, par crainte de s'endormir. Elle ramenait continuellement les couvertures sur le corps agité et brûlant du malade. Mais Dick était moins gravement atteint que la dernière fois et, surtout, il n'avait plus peur, sachant que l'accès devait suivre son cours.

Mary n'essaya même pas de surveiller le travail des ouvriers à la ferme. Cependant, pour empêcher Dick de s'énerver, elle se forçait à faire, matin et soir, le tour de la propriété. Mais ce semblant d'inspection s'avérait parfaitement inutile. Les ouvriers agricoles avaient tous quitté leur travail ; ils étaient retournés dans leurs cases ou bien flânaient dans leur quartier. Mary le savait et n'en avait cure ; elle ne jetait même pas un coup d'œil dans les champs. C'était comme si la ferme ne la concernait plus en rien.

Un jour l'indigène demanda, tandis qu'elle battait dans le lait un œuf qu'il lui avait apporté de chez lui :

— Madame elle s'est couchée la nuit dernière ?

Il parlait de cette façon simple et directe à laquelle elle ne savait comment répondre.

Elle fit, sans lever les yeux :

— Je dois veiller le maître.

— Madame elle a passé l'autre nuit aussi sans coucher, pas vrai ?

— Oui, fit-elle.

Puis elle s'éloigna rapidement pour porter la boisson dans la chambre. Dick reposait, immobile, délirant, dévoré de fièvre. Il était plongé dans une pénible somnolence. On n'était pas arrivé à faire baisser sa température. L'accès était trop violent et le malade très affaibli. Tantôt il était couvert de sueur, tantôt sa peau devenait sèche et brûlante. Tous les après-midi, la mince colonne de mercure montait en flèche dans le fragile tube de verre. À peine Mary avait-elle eu le temps d'introduire le thermomètre dans la bouche de Dick que déjà la colonne de mercure s'élevait. Vers six heures le mercure atteignait 105 degrés [1]. Alors il ne bougeait plus jusqu'à minuit, et le malade s'agitait, grognait et gémissait. Aux premières heures du jour, la température tombait au-dessous de la normale. Dick se plaignait alors d'avoir froid et réclamait de nouvelles couvertures bien que toutes celles de la maison fussent déjà entassées sur lui. Elle faisait chauffer des briques dans le four, les entourait d'un chiffon de laine et les lui mettait aux pieds.

Cette nuit-là, Moïse vint jusqu'à la porte de la chambre et frappa comme d'habitude. Mary souleva la portière brodée :

— Qu'y a-t-il ? fit-elle.

— Madame rester dans sa chambre cette nuit. Moi rester avec maître.

— Non, fit-elle, en pensant à la perspective de cette longue nuit en compagnie de l'indigène. Non, toi aller à ta case, moi, je resterai avec le maître.

Il souleva la portière et s'avança vers elle, et tandis qu'elle reculait, le voyant si proche, elle remarqua qu'il portait un sac à maïs proprement roulé sous le bras et qui devait contenir ses affaires pour la nuit.

---

1. Au thermomètre Fahrenheit utilisé dans les dominions de même qu'en Angleterre. (*N.d.T.*)

— Madame dormir, fit-il, Madame fatiguée, pas vrai ?

Elle sentait la peau autour de ses yeux toute tirée, ridée par la fatigue, cependant elle répéta d'une voix impatiente :

— Non, Moïse, il faut que je reste.

Il traversa la pièce, alla jusqu'au fond et y déposa son sac entre les deux placards, puis il se redressa et dit d'un air blessé, d'une voix où l'on pouvait saisir une nuance de reproche :

— Madame croit, moi mal soigner maître, pas vrai ? Moi aussi malade quelquefois. Moi tenir couvertures sur maître, pas vrai ?

Il s'avança de quelques pas vers le lit, mais sans trop s'en approcher et jeta un coup d'œil sur le visage empourpré de Dick.

— Moi, donner à boire quand lui réveillé, pas vrai ?

Cette voix enjouée où persistait le reproche laissa Mary désarmée.

Elle jeta un rapide coup d'œil sur son visage, mais en évitant de rencontrer ses yeux, puis se détourna. Cependant, elle sentait bien qu'elle ne devait pas avoir l'air d'avoir peur de lui. Elle lança un rapide regard sur sa main, cette grande main à la paume moins sombre que le reste du corps et qui pendait ouverte, le long de sa hanche. Il insista encore :

— Madame croit moi pas bien surveiller maître ? Pas vrai ?

Elle hésita et dit d'une voix fébrile :

— Non, ce n'est pas cela, mais je dois rester.

Comme si c'eût été là un consentement tacite, l'homme fit un pas en avant et tira soigneusement les couvertures sur le malade endormi.

— Si maître est mal, moi appeler Madame, fit-il.

Il était debout, devant la fenêtre, masquant le paysage qui s'y encadrait, un ciel tout parsemé d'étoiles dans l'entrecroisement des branches d'arbre. Il attendait, visiblement, qu'elle se retirât.

— Madame, malade aussi si elle dort pas, fit-il, pas vrai ?

Sans répondre, elle alla vers le placard où elle prit son grand manteau. Avant de quitter la pièce, elle lui dit, pour marquer son autorité :

— Tu m'appelleras si le maître se réveille.

Elle se dirigea instinctivement vers son refuge habituel, le divan de la pièce voisine où elle passait tant d'heures recroquevillée. Elle ne pouvait supporter l'idée que le nègre se trouverait si près d'elle pendant toute la nuit, et que seule une frêle cloison les séparerait.

Elle disposa un coussin à la tête du divan et s'étendit. Puis elle recouvrit ses pieds de son manteau. La nuit était étouffante. Il n'y avait pas un souffle d'air dans la petite pièce. La flamme trouble brûlait bas dans la lampe qui pendait du plafond et cette faible lueur, vacillante, éclairait vaguement tantôt une poutre et tantôt un pan de la toiture ; sous la lampe, un petit rond doré illuminait le centre de la table tandis que le reste de la pièce était plongé dans l'obscurité où l'on pouvait à peine distinguer vaguement quelques formes bizarrement étirées. Elle tourna légèrement la tête pour jeter un coup d'œil sur les rideaux qui pendaient immobiles, devant la fenêtre ouverte. Elle prêta l'oreille et perçut soudain les mille bruits nocturnes de la brousse. Ils s'amplifiaient comme pour couvrir les battements de son cœur. À quelques mètres, s'éleva le cri d'un oiseau dans les arbres, un crissement d'insectes, puis il y eut un craquement dans les branches comme si un être mystérieux les écartait pour se frayer un passage. Elle pensa avec épouvante aux petits arbres nains, trapus, comme rampants, qui l'environnaient de toutes parts. Elle n'avait jamais pu s'habituer à la brousse et ne s'y était jamais sentie chez elle. Après tant d'années, elle éprouvait encore un mouvement d'effroi en songeant au mystère du veld qui l'entourait de tous côtés, où bruissaient tant d'insectes, où caquetaient tant d'oiseaux inconnus... Il lui arrivait souvent en s'éveillant dans la nuit de songer à cette petite maison de brique où elle vivait, frêle coquille qu'un rien suffirait à broyer dans cet univers hostile et immense de la brousse. Elle s'était mille fois représenté comment, s'ils arrivaient jamais à quitter ces lieux, une seule saison de pluies suffirait à balayer la petite maison, à anéantir la clairière ; alors, de jeunes arbres monteraient du carrelage brisé, repoussant le ciment et la brique, et en quelques mois, il ne resterait qu'un amas de gravats parmi des troncs d'arbres.

Elle était donc allongée, toute crispée sur son divan, l'oreille tendue, tous ses sens en alerte, l'esprit frémissant comme un jeune animal traqué qui se serait soudain retourné pour faire face aux chasseurs. Ses nerfs étaient si tendus que tout son corps lui faisait mal. Elle prêtait l'oreille aux bruits de la nuit, écoutait les battements de son propre cœur, guettait les moindres sons qui s'élevaient dans la pièce voisine. Elle entendit tout à coup un frottement de pieds calleux sur la natte fine, puis le tintement d'un verre qu'on remuait, le murmure à peine perceptible, grognements, gémissements vagues du malade, puis le bruit des pieds nus se rapprocha ; il y eut comme un frôlement contre le mur, le nègre devait s'installer sur son sac entre les placards. Il était à peine séparé d'elle par une mince cloison, si proche que sans cette barrière, son dos nu eût presque touché la figure de la jeune femme.

Elle se représentait si bien ce dos large et musclé qu'elle frissonna, il lui semblait sentir cette odeur âcre et chaude qu'exhalait le corps des nègres, elle la respirait sans bouger de son divan, dans ces ténèbres. Alors, brusquement, elle détourna la tête et enfouit son visage dans les coussins. Pendant un long moment, elle n'entendit plus rien, rien que le bruit d'une respiration régulière. Elle se demanda si c'était Dick qui respirait ainsi, mais il poussa un gémissement et comme le nègre se levait pour le couvrir, le bruit de la respiration cessa. Moïse revint à sa place et elle entendit de nouveau ses reins glisser le long du mur, puis la respiration régulière se fit encore entendre : c'était donc lui. Dick remua plusieurs fois puis appela de cette voix qui n'était pas la sienne, mais celle du délire et de la fièvre, et chaque fois le nègre se levait et s'approchait du lit. Dans les intervalles, Mary écoutait avidement le bruit de cette respiration paisible qui pendant qu'elle se tournait et se retournait sur sa couche semblait emplir peu à peu toute la chambre : d'abord toute proche, elle gagnait le coin opposé, là-bas, puis l'autre, dans les ténèbres. Mary n'arrivait à localiser ce bruit qu'en se tournant vers le mur. Elle s'endormit ainsi, collée à la cloison. Son sommeil fut troublé et agité, peuplé de rêves. Une fois, elle sursauta, réveillée par un bruit léger tout proche et aperçut la masse sombre de l'indigène qui était en train d'écarter la portière. Elle retint son souffle, mais en l'entendant remuer il regarda vivement de son côté puis détourna les yeux. Il franchit sans bruit la porte de la cuisine et disparut. Il ne s'éloigna que pour un instant et les yeux de Mary le suivirent tandis qu'il traversait la cuisine, ouvrait la porte et s'évanouissait seul dans la nuit. Alors elle tourna la tête et appuya sa joue contre le coussin, toute secouée de frissons, comme tout à l'heure quand elle pensait à l'odeur des nègres. Elle songea : « Il va bientôt rentrer. » Elle s'attachait à rester bien droite, retenant son souffle afin qu'il la crût endormie. Mais comme il tardait à revenir, au bout d'un instant elle se leva et alla dans la chambre où Dick reposait, immobile, tout recroquevillé, dans un grand désordre.

Elle toucha son front, il était froid et moite, elle en conclut qu'il devait être plus de minuit. Le nègre avait pris toutes les couvertures sur la chaise et les avait entassées sur le malade. À présent, les rideaux remuaient doucement derrière elle et une brise fraîche vint jouer sur son cou. Elle alla fermer le carreau le plus rapproché du lit, puis s'immobilisa, attentive au tic-tac de la pendule qui semblait s'amplifier dans le silence.

Elle se pencha pour jeter un coup d'œil sur le cadran faiblement éclairé et vit qu'il n'était pas encore deux heures, mais elle avait l'impression qu'une grande partie de la nuit s'était déjà écoulée. Quelque chose remua du côté de la cuisine et elle courut se recoucher en toute hâte comme une coupable, puis elle perçut à nouveau l'effleurement des pieds calleux sur le plancher couvert de nattes. Moïse passa devant elle pour reprendre sa veillée. Elle vit qu'il la regardait pour savoir si elle dormait. Mais à présent, elle était non seulement réveillée mais incapable de retrouver le sommeil. Bien qu'ayant froid elle ne pouvait se décider à se lever pour chercher une couverture supplémentaire. Et de nouveau, elle eut l'impression de respirer cette odeur âcre et chaude d'homme noir. Pour l'éviter elle tourna doucement la tête et vit bouger les rideaux gonflés par la fraîche brise nocturne. Dick était calme maintenant, seul le bruit d'une respiration régulière s'élevait dans la pièce voisine. Elle se retourna encore et, à peine endormie, eut un rêve affreux.

Elle était redevenue enfant et jouait avec de petits camarades dans un jardin poussiéreux qui s'étendait devant la misérable masure de bois et de tôle qui était sa maison mais, dans son rêve, elle ne voyait pas les visages de ses compagnons de jeu ; elle savait seulement qu'ils lui obéissaient et qu'elle était le chef de la bande ; tous l'appelaient par son nom et lui demandaient des ordres. Elle était donc là, debout, en plein soleil devant les plates-bandes de géraniums dont l'odeur montait un peu âcre. Les enfants l'entouraient quand elle entendit soudain la voix perçante de sa mère qui l'appelait et lui ordonnait de rentrer. Elle quitta le jardin, monta à pas lents les marches de la véranda, effrayée de ne pas voir sa mère. Puis elle entra dans la maison et se dirigea vers la chambre. Soudain, elle s'immobilisa, prête à défaillir. Elle voyait son père, le petit homme jovial au ventre rebondi, toujours puant la bière et qu'elle haïssait. Il tenait dans ses bras la mère de Mary qui se débattait en le regardant d'un air moqueur, mais il resserra son étreinte. À cette vue Mary s'enfuit. Puis elle se voyait en train de jouer à cache-cache avec ses parents et ses frère et sœur avant d'aller au lit... C'était le tour de Mary d'avoir les yeux bandés, pendant que sa mère allait se cacher.

Ses aînés se tenaient à l'écart, observant le jeu qu'ils jugeaient trop enfantin pour eux. Ils se moquaient d'elle qui s'y donnait tout entière. Brusquement son père saisit sa tête qu'il attira sur ses genoux. Il posait ses petites mains poilues sur ses yeux pour l'empêcher de tricher, riant très haut et faisant des plaisanteries sur la cachette choisie par sa mère. Mary respira l'odeur écœurante de la bière et aussi, la tête appuyée contre l'épais tissu du pantalon paternel, cette odeur d'homme mal lavé qui s'était toujours associée pour elle à l'image de son père. Elle se débattit car elle suffoquait, mais son père la maintint contre lui, riant de sa terreur. Et ses petits camarades se mirent à rire eux aussi en chœur. Alors elle poussa un cri qui l'éveilla, mais pas entièrement ; elle essayait de secouer la torpeur qui alourdissait ses paupières jusqu'au moment où elle fut enfin bien réveillée et se retrouva enfoncée dans les coussins du divan, l'oreille tendue pour essayer de percevoir un bruit de respiration dans la pièce voisine, et elle resta ainsi longtemps à guetter le souffle du dormeur, puis ce fut le silence. Elle promenait autour de la pièce des yeux exorbités par une terreur qui allait croissant, sans oser remuer de peur de troubler le repos de l'indigène derrière la cloison.

Peu à peu elle voyait s'élargir, au centre de la table, le cercle de lumière, encore un peu blafarde, et elle sentait croître dans son cœur la conviction que Dick était mort, oui, Dick était mort et le noir, tapi dans la chambre voisine, guettait la venue de Mary. Elle s'assit tout doucement, rejeta le vêtement qui enveloppait ses jambes tout en se répétant qu'elle n'avait rien à craindre. Enfin elle posa les pieds par terre, parvint à se redresser et à se tenir debout au milieu de la pièce tout en mesurant des yeux la distance qui la séparait de la chambre ; elle regardait avec effroi les ombres projetées sur les peaux de bêtes qui couvraient le sol. Elles semblaient ramper vers elle dans le balancement de la lampe, et la peau du léopard devant la porte se gonflait, s'animait à vue d'œil ; ses petits yeux de verre transparents semblaient fixer Mary, qui, prise de panique, courut vers la porte. Un moment elle resta là aux aguets, le bras levé, la main prête à écarter la lourde portière, puis lentement elle entra dans la chambre. Elle pouvait à peine distinguer la forme de Dick immobile sous ses couvertures, mais ne voyait pas le nègre bien qu'elle le sût là, dans l'ombre, l'attendant, la guettant. Elle écarta davantage la portière et vit une jambe tendue qui allait du mur jusqu'au milieu de la pièce, jambe extraordinaire qui semblait appartenir à un être gigantesque. Elle fit quelques pas, et vit l'homme distinctement. Elle constata avec irritation qu'il dormait, épuisé par sa longue veille, appuyé au mur. Il était assis dans cette pose où elle l'avait surpris bien des fois en plein soleil, le bras nonchalamment appuyé sur son genou relevé, la main ouverte, abandonnée, les doigts souples légèrement recourbés vers la paume, l'autre jambe, celle qu'elle avait aperçue tout d'abord, était allongée et Mary distingua la plante des pieds calleuse et toute fendillée. La tête de l'homme était penchée en avant et tombait si bas sur sa poitrine qu'on voyait uniquement sa nuque épaisse. Mary était envahie par le sentiment si souvent éprouvé à son réveil lorsqu'elle s'attendait à prendre le nègre en défaut (mais après avoir inspecté son travail elle devait reconnaître qu'il avait accompli sa tâche) ; c'est alors que mécontente d'elle-même, elle tournait toute sa mauvaise humeur contre lui. Puis son regard se porta sur le lit où Dick reposait, rigide, immobile ; elle évita la jambe noire gigantesque allongée sur le sol, fit silencieusement le tour du lit et s'arrêta le dos tourné à la fenêtre. En se penchant vers son mari elle sentit le souffle froid de la nuit sur ses épaules et songea avec indignation que le noir avait encore ouvert la fenêtre. C'était sa faute si Dick était mort d'un refroidissement. Mais celui-ci semblait horriblement laid, gisant là sans vie, tout jaune, les yeux fixes, vitreux, la mâchoire pendante et la bouche ouverte. Dans son rêve, Mary tendit le bras pour le toucher et se sentit incroyablement soulagée et ravie de le trouver froid. Mais en même temps la conscience de cette joie monstrueuse éveillait en elle un sentiment de culpabilité et elle s'efforçait de faire naître dans son cœur l'affliction qu'elle aurait dû ressentir. Tandis qu'elle était là penchée sur le corps sans vie de Dick elle eut soudain conscience que le noir s'était réveillé et l'observait. Sans même tourner la tête elle pouvait voir du coin de l'œil la longue jambe qui se repliait doucement, puis elle sut qu'il était debout dans l'ombre ; ensuite il s'avança vers elle. Il semblait que la pièce se fût soudain incroyablement agrandie tandis que le noir venait lentement de très loin et qu'elle restait là figée de peur à l'attendre. La sueur froide de l'angoisse coulait le long de son corps cependant qu'il s'approchait à pas lents, puissant et obscène. Puis elle s'aperçut qu'il n'était pas seul, le père de Mary s'était joint à lui, menaçant. Ils avançaient tous deux comme un seul homme, et l'âcre odeur qui la suffoquait venait non pas de l'indigène, mais du corps mal lavé de son père. Elle remplissait toute la pièce, forte, musquée, animale, et Mary sentit ses genoux trembler tandis que ses narines se dilataient pour trouver un peu d'air pur. Elle était prise de vertige. À moitié évanouie elle s'appuyait inconsciemment au mur pour ne pas tomber et manqua presque de choir par la fenêtre. Alors le noir vint à elle et posa la main sur son bras. Elle entendit sa voix : il parlait de la mort de Dick, essayait de la réconforter, mais en même temps son père, horrible et menaçant, la frôlait de son désir. Mary poussa un cri et eut soudain conscience d'être endormie, en proie à un cauchemar. Elle criait inlassablement, désespérément, en s'efforçant d'échapper à cet horrible rêve. Elle songea que ses cris allaient réveiller Dick et elle se débattit comme enlisée dans les sables mouvants du sommeil. Enfin elle se réveilla en sursaut, se redressa haletante et s'assit sur le divan. Elle vit que le nègre se tenait près d'elle encore à moitié assoupi, les paupières rougies de fatigue. Il lui tendait son thé sur un plateau. Il faisait jour maintenant, mais le temps était maussade. Un mince rayon tombait de la lampe allumée au-dessus de la table. Quand Mary encore habitée par son rêve terrifiant vit l'indigène, elle se rejeta en arrière et, haletante, se recroquevilla dans le coin du divan, en fixant l'homme avec une indicible terreur.

Moïse qui l'observait d'un regard curieux lui annonça : « Le maître s'est endormi. » À ces mots, Mary cessa brusquement de croire à la mort de Dick, mais elle n'en continua pas moins à examiner le nègre d'un air soupçonneux. Elle ne pouvait même pas parler, et elle s'aperçut qu'il était tout étonné de la voir si effrayée, puis elle surprit soudain dans ses yeux cette expression diabolique, patiente et brutale, qu'elle connaissait bien, comme s'il lisait en elle et la jugeait. Tout à coup il dit d'une voix douce :

— Madame peur de moi, pas vrai ?

Mary eut l'impression d'entendre la voix de son rêve et se mit à trembler. Elle essaya de raffermir sa voix puis au bout d'un instant fit tout bas, presque dans un murmure :

— Non, non, je n'ai nullement peur.

Mais à peine avait-elle prononcé ces mots qu'elle s'en voulut mortellement d'avoir nié cette chose monstrueuse. Prend-on la peine de discuter ce qui est proprement inadmissible, impensable ?...

Elle le vit sourire, suivit le regard qu'il abaissait sur ses mains qui reposaient sur ses genoux, agitées d'un tremblement, puis ce regard remonta jusqu'au visage, après avoir noté les épaules voûtées, le mouvement du corps convulsivement pressé contre les coussins du divan comme pour y chercher un refuge. Il demanda d'un air tranquille et familier :

— Pourquoi Madame avoir peur de moi ?

Elle répondit d'une voix perçante en éclatant d'un rire presque hystérique :

— Tu es ridicule, je n'ai nullement peur de toi.

Elle s'adressait à lui comme elle aurait pu parler à un blanc avec qui elle se serait amusée à flirter. Elle manqua de s'évanouir en voyant l'expression qui se peignit sur les traits de l'indigène quand il l'entendit. Il l'enveloppa d'un regard lent, indéfinissable, puis, sans rien dire, se détourna et quitta la pièce.

Quand il eut disparu elle se sentit délivrée de son supplice et se laissa tomber sur les coussins à bout de forces, encore toute tremblante au souvenir de son rêve, dans l'espoir de voir se dissiper l'affreux brouillard qui l'environnait. Au bout d'un moment elle put prendre quelques cuillerées de thé versées dans la soucoupe puis elle se força à se lever comme dans son rêve et passa dans la pièce voisine. Dick dormait paisiblement, et paraissait un peu mieux. Elle traversa la pièce sans le toucher et passa dans la véranda. Elle se pencha sur la balustrade et aspira avidement quelques bouffées d'air frais. Le soleil n'était pas encore levé. Tout le ciel était clair, décoloré, avec çà et là des touches de lumière rosée, mais les ténèbres et le silence régnaient encore parmi les arbres où rien ne remuait. Elle voyait de légères fumées monter des cases qui se pressaient dans le quartier indigène et savait qu'il était l'heure de sonner le gong pour appeler les hommes au travail.

Elle passa toute cette journée comme d'habitude, assise dans sa chambre. Elle évitait le nègre, car elle ne se sentait pas assez sûre d'elle et préférait ne pas affronter sa présence. Quand il s'éloigna aussitôt après le déjeuner pour prendre son repos réglementaire, elle se précipita dans la cuisine pour préparer en hâte et presque furtivement les boissons fraîches pour Dick, puis elle s'éloigna aussi vite qu'elle put en se retournant plusieurs fois pour regarder en arrière comme si elle se sentait poursuivie.

Cette nuit-là elle prit soin de fermer à clé toutes les portes de la maison, puis elle alla se coucher près de Dick et pour la première fois depuis leur mariage elle lui fut reconnaissante d'être là.

Il retourna au travail la semaine suivante, et les jours recommencèrent à couler doucement l'un après l'autre, longues journées qu'elle passait seule avec le nègre dans la maison pendant que Dick était aux champs.

Elle luttait, mais contre quoi ? elle n'aurait su le dire et à mesure que le temps passait Dick peu à peu perdait toute réalité à ses yeux, alors que la pensée du noir devenait une véritable obsession pour elle.

Cette présence du nègre tout-puissant, toujours enfermé avec elle et qu'elle n'avait aucun moyen de fuir finissait par être un vrai cauchemar. Tandis que Dick n'existait qu'à peine à ses yeux, l'autre prenait une terrible réalité. Depuis le moment où elle se réveillait le matin et le voyait penché sur elle portant le plateau du thé, les yeux baissés pour ne pas voir ses épaules nues jusqu'à l'instant où il quittait la maison, elle ne connaissait pas un instant de répit. Elle remplissait machinalement sa tâche, obsédée par la crainte de le rencontrer sur son chemin. Quand il se trouvait dans une pièce elle allait dans l'autre. Jamais elle ne le regardait, elle savait que si son regard croisait le sien, le choc serait terrible car il y avait maintenant entre eux le souvenir ineffaçable de la peur qu'il lui avait inspirée et de la façon dont elle lui avait parlé l'autre nuit. Elle prit l'habitude de lui donner ses ordres très rapidement et d'une voix forcée, après quoi elle quittait précipitamment la cuisine. Elle redoutait le son de sa voix où l'on pouvait discerner maintenant la familiarité, la hauteur et même une sorte d'insolence.

Bien qu'elle eût été maintes fois sur le point de dire à Dick : « Il faut renvoyer Moïse », elle était toujours arrêtée par la peur invincible de l'explosion de fureur qu'elle prévoyait, mais elle se sentait comme engagée dans un sombre tunnel, à la veille d'un événement décisif, imprévisible, inéluctable qui mettrait fin à tout. Et elle devinait à l'attitude souriante et ironique de Moïse que lui aussi attendait. Ils étaient comme deux adversaires se défiant en silence. Seulement, lui était fort, sûr de lui-même, tandis qu'elle était minée par la peur, par les cauchemars de ses terribles nuits et par l'obsession qui s'était emparée d'elle.

Chapitre X

Les êtres qui mènent une vie très solitaire, que ce soit par goût ou par nécessité, et ne se soucient aucunement des affaires de leurs voisins, sont toujours troublés et choqués d'apprendre qu'eux-mêmes sont l'objet de commérages. C'est un peu comme si un dormeur voyait, à son réveil, son lit entouré d'étrangers en train de l'examiner curieusement. Les Turner, qui portaient aussi peu d'intérêt au district que s'ils eussent vécu dans la lune, auraient, sans doute, été stupéfiés d'apprendre qu'eux-mêmes défrayaient, depuis des années, la chronique locale. Des gens dont ils connaissaient à peine le nom, ou dont ils n'avaient même jamais entendu parler, se livraient sur leur compte à des commentaires appuyés sur une profonde connaissance de leur vie et qui étaient entièrement dus à la malignité des Slatter. Oui, tout était de la faute des Slatter. Mais comment leur jeter la pierre ? Personne ne croit au mal que peuvent engendrer des commérages, avant d'en avoir été victime. Si quelqu'un eût tenté d'adresser des reproches aux Slatter, ils auraient sans doute protesté : « Mais tout ce que nous avons dit est vrai. » Et l'excès même de leur indignation aurait trahi le trouble de leur conscience.

En fait, Mrs. Slatter aurait dû être une sainte pour se montrer parfaitement impartiale et généreuse à l'égard de

Mary après tous les affronts que celle-ci lui avait infligés, car elle avait essayé maintes fois « de la sortir d'elle-même », comme elle disait. Devinant la farouche fierté de la jeune femme (elle-même n'en manquait point), elle s'obstinait à l'inviter tantôt à une réception, à une partie de tennis, à une sauterie... Encore tout dernièrement, après le second accès de fièvre de Dick, elle avait tenté une dernière fois de mettre fin à son isolement.

Le docteur avait eu des réflexions terriblement cyniques sur le compte du ménage Turner. Mais à toutes les invitations de Mrs. Slatter, Mary ne répondait que par de courts billets excédés (les Turner n'ayant pas le téléphone, par économie, alors que tous les autres fermiers l'avaient). C'était comme si elle refusait délibérément une main qui lui était tendue. Et, pourtant, Mrs. Slatter, avec une inlassable bonté, s'obstinait, quand elle la rencontrait à la coopérative les jours du courrier, à lui faire des avances. Mais Mary répondait toujours d'un ton cérémonieux qu'elle aurait été ravie de venir, mais que malheureusement les occupations de Dick...

Mais à l'époque dont nous parlons, il y avait longtemps que personne n'avait rencontré Dick et Mary à la station du chemin de fer.

— Que deviennent-ils ? demandaient les gens.

Chez les Slatter, il y avait toujours quelqu'un pour demander ce que devenaient les Turner, et Mrs. Slatter, dont la gentillesse et la patience avaient fini par s'user, ne résistait pas au plaisir de les renseigner.

Il y avait l'histoire de la fuite de Mary, mais cela remontait à six ans... alors, Charlie s'en mêlait, il racontait comment il avait vu arriver Mary nu-tête, vêtue comme une mendiante, après avoir traversé la brousse seule, à pied, ce qui ne convenait guère à une dame. Elle lui avait alors demandé de la conduire à la station du chemin de fer.

« Comment aurais-je pu deviner qu'elle avait l'intention de quitter Dick ? Elle ne m'en souffla mot. Je pensais qu'elle allait faire des courses en ville et que Dick n'avait pu l'accompagner. Et quand Turner arriva un peu plus tard, à moitié fou d'inquiétude, je fus bien obligé de lui dire que je l'avais menée à la gare.

— Elle n'aurait pas dû agir ainsi ! Ce sont des choses qui ne se font pas. »

À force d'avoir été répétée, l'histoire avait fini par être monstrueusement déformée. Mary s'était, paraît-il, enfuie en pleine nuit de chez son mari qui l'avait laissée dehors et lui avait fermé la porte au nez. Elle s'était réfugiée auprès des Slatter et leur avait emprunté de l'argent pour pouvoir partir. Dick était accouru le lendemain pour la ramener et il avait promis de ne plus la maltraiter. Telle était la fable qui circulait dans tout le district, accompagnée de hochements de tête, de sourires entendus, mais quand les gens se mirent à raconter que Slatter avait cravaché Dick Turner, Charlie estima que c'était aller trop loin et s'en montra contrarié car au fond il aimait bien Dick et le plaignait encore qu'il le méprisât. Mais aussi quelle idée avait-il eue de courir après Mary au lieu de sauter sur l'occasion de se débarrasser d'elle, etc. ? Et peu à peu naquit une autre légende. Les gens commencèrent à exécrer Mary alors que Dick était disculpé. Et pendant tout ce temps, Mary et Dick ne se doutaient pas le moins du monde des commérages dont ils étaient l'objet, car ils vivaient depuis des années confinés dans leur ferme. Mais la vraie raison de l'intérêt que leur portaient les Slatter et surtout Charlie était qu'ils continuaient plus que jamais à convoiter leur ferme. Et comme ce fut, en fait, l'intervention de Charlie qui, sans le vouloir, précipita les événements, il est indispensable de dire un mot de sa situation. De même que la Seconde Guerre mondiale créa les rois du tabac et leur richesse fabuleuse, la Première, en déterminant la hausse extraordinaire des prix du maïs, enrichit pas mal de fermiers. Jusqu'à la guerre, Slatter avait été un homme pauvre. La guerre finie, il se trouva riche, et quand un homme doué du tempérament de Slatter a commencé à faire fortune, il n'a pas d'autre idée en tête que de continuer à s'enrichir. Il se gardait toutefois d'investir ses capitaux dans sa ferme car il ne croyait pas que ce fût un bon placement. Dès qu'il avait un peu d'argent disponible, il achetait titres et actions. Quant à sa ferme, il n'y introduisait aucun perfectionnement en dehors de ceux qui pouvaient augmenter son rapport.

Il possédait cinq cents acres du sol le plus riche, le plus noir, un sol qui produisait autrefois vingt-cinq et même jusqu'à trente sacs de maïs par acre et qu'il avait si bien exploité qu'à présent il s'estimait satisfait quand il en obtenait cinq sacs. L'idée ne lui venait même pas d'essayer de fertiliser ses terres et il coupait ses arbres pour les débiter en bois de chauffage. Mais aucune terre, fût-elle aussi riche que celle de Slatter, n'est inépuisable, et à l'heure où il pouvait enfin se dispenser de la pressurer pour en tirer quelques milliers de livres par an ses champs ne pouvaient plus rien produire et il lui fallait en acquérir de nouveaux. Son comportement était le même que celui des noirs qu'il méprisait. Il tirait tout ce qu'il pouvait d'un champ jusqu'à épuisement et alors il passait à un autre. Aussi le domaine de Dick – le seul dont il pût espérer devenir propriétaire – excitait-il sa convoitise. D'ores et déjà il savait exactement comment il l'exploiterait. Dick possédait une centaine d'acres de terre fertile. À part quelques champs où il cultivait le tabac, tout le reste de son exploitation servait de pacage à ses bêtes et c'étaient précisément ces pâturages que convoitait Charlie. Il désapprouvait les fermiers qui donnaient du fourrage à leur bétail pendant la saison d'hiver alors qu'il préférait envoyer le sien chercher sa subsistance dans les champs. Aussi l'achat de la ferme de Dick était pour lui la seule solution possible. Pendant des années, Charlie avait tiré ses plans pour le jour où Dick ferait faillite. Mais jusqu'alors celui-ci avait tenu bon.

— Comment s'arrange-t-il ? se demandaient les gens avec irritation.

Chacun savait qu'il ne gagnait pas un sou, qu'il était criblé de dettes et aussi que la malchance le poursuivait.

— C'est parce qu'ils vivent comme des cochons et n'achètent même pas l'indispensable, disait Mrs. Slatter avec aigreur.

Elle avait fini par se désintéresser complètement de Mary qui aurait bien pu se noyer sans qu'elle remuât le petit doigt pour la sauver. Peut-être se seraient-ils tous montrés moins irrités contre Dick Turner s'il avait paru conscient de son échec, s'il était venu demander conseil à Charlie en avouant son incapacité. Alors tout eût été différent. Mais il n'en avait rien fait. En fait, il s'agrippait désespérément à sa ferme hypothéquée et ignorait Charlie.

Celui-ci constata un beau jour qu'il y avait un an qu'il n'avait vu Dick. « C'est inouï comme le temps file vite », constata Mrs. Slatter quand il le lui fit remarquer ; mais lorsqu'ils se livrèrent à quelques calculs, ils s'aperçurent qu'il y aurait bientôt deux ans qu'ils n'avaient vu le ménage. Le temps s'écoule d'une manière particulièrement lente lorsqu'on vit au fond d'une ferme.

Ce même jour, dans l'après-midi, Charlie qui ne se sentait pas la conscience tout à fait tranquille prit sa voiture pour se rendre chez les Turner. Il s'était toujours considéré comme le mentor de Dick, estimant son expérience bien supérieure à la sienne.

Il se sentait en quelque sorte responsable de lui et s'était toujours intéressé à son sort depuis que le jeune homme s'était établi dans sa ferme. Tout en roulant dans sa voiture, Charlie promenait autour de lui un regard inquisiteur, mais les choses semblaient n'aller ni mieux ni plus mal qu'autrefois. Les veilleurs étaient bien là à la limite de l'exploitation, mais s'ils pouvaient la protéger d'un début d'incendie, ils eussent été en nombre insuffisant pour éteindre le feu par grand vent. Consolidées tant bien que mal, les étables menaçaient ruine et les chemins défoncés auraient eu grand besoin d'être asséchés et réparés. Le bois d'eucalyptus qui longeait la route avait été atteint par un de ces incendies qui ravagent périodiquement la brousse et bon nombre d'arbres avaient été calcinés : on les voyait se dresser comme des spectres avec leurs feuilles flétries, leurs troncs carbonisés dans la riche lumière dorée de l'après-midi. Tout était dans le même état qu'autrefois : profondément délabré mais encore réparable.

Charlie trouva Dick assis sur une grosse pierre près des granges construites pour abriter le tabac et qui servaient à présent de magasin à fourrage. Il était en train de surveiller les nègres qui rentraient la récolte de maïs de l'année pour la soustraire aux fourmis. Ils la disposaient sur des feuilles de tôle supportées par des briques. Le large et informe chapeau de fermier que portait Dick lui tombait sur les yeux. Il leva la tête pour saluer Slatter qui s'était arrêté à ses côtés et observait les ouvriers de son œil perçant. Il avait remarqué que les sacs qui contenaient le maïs étaient si vieux, si usés, qu'on pouvait être sûr qu'à moins d'un miracle ils ne tiendraient jamais jusqu'à la fin de l'année.

— En quoi puis-je vous être utile ? demanda Dick avec sa politesse habituelle et toujours un peu abrupte, mais sa voix était mal assurée et l'on y percevait une note toute nouvelle.

À l'ombre du grand chapeau, son regard était anxieux.

— À rien du tout, riposta Charlie d'un ton bref en lui lançant un long regard irrité. Je suis tout juste passé pour voir un peu ce que vous deveniez, mon vieux ; il y a des mois qu'on ne vous a vu.

Il ne reçut pas de réponse. Les nègres arrivaient au bout de leur tâche. Entre-temps le soleil s'était couché, laissant une traînée rouge sombre au-dessus des kopjes. Venu des confins de la brousse, le crépuscule gagnait peu à peu les champs. Le quartier indigène s'estompait au loin parmi les arbres avec ses cases coniques d'où montaient de minces volutes de fumée et des lumières rougeoyaient derrière les troncs d'un brun foncé. On entendait résonner le gong dont le bruit monotone annonçait la fin de la journée de travail. Les ouvriers après avoir jeté leur veste en loques sur leurs épaules s'éloignaient l'un après l'autre.

— Et voilà ! fit Dick en se levant péniblement ; encore une journée de passée.

Il eut un violent frisson. Charlie le regarda attentivement : ses grandes mains tremblantes n'avaient que la peau et les os et ses épaules décharnées, voûtées, étaient secouées de frissons. Pourtant il faisait très beau. La terre dégageait une intense chaleur sous la grande flambée que le crépuscule allumait dans le ciel.

— Encore les fièvres ? interrogea Charlie.

— Non, je ne le pense pas. C'est mon sang qui est appauvri, après toutes ces années.

— Oh ! il ne s'agit pas seulement d'anémie dans votre cas, j'en ai bien peur, riposta Charlie qui semblait tirer une revanche personnelle du fait que Dick avait les fièvres.

Néanmoins le regard qu'il lui lançait était plein de sollicitude, et sa grosse figure plate mangée de poils paraissait grave et attentive. Il s'informa :

— Beaucoup d'accès de fièvre ces temps-ci depuis que je vous ai amené le toubib ?

— Oui, pas mal, reconnut Dick ; en fait, j'ai un accès par an, l'année dernière, j'en ai même eu deux.

— C'est votre femme qui vous soigne ?

Dick eut un regard soucieux.

— Oui, fit-il.

— Comment va-t-elle ?

— C'est toujours pareil !

— Elle a été malade ?

— Non, pas malade, mais... Enfin elle n'est pas très bien... Ce sont les nerfs. Elle est à bout... Il y a trop longtemps qu'elle n'a pas pris de vacances.

Puis tout à coup, comme s'il ne pouvait se contenir davantage :

— Je me ronge pour elle, j'en suis malade.

— Mais qu'a-t-elle ? demanda Charlie d'un ton neutre, sans le quitter toutefois des yeux.

Les deux hommes se tenaient toujours au même endroit devant la grange dans la pénombre crépusculaire. Une odeur douceâtre de moisi leur parvenait à travers la porte entrouverte. L'odeur du maïs qu'on venait de rentrer. Dick ferma la porte qui était presque sortie de ses gonds en la soulevant légèrement pour la remettre d'aplomb, puis il tourna la clé dans la serrure. Le battant ne tenait plus que par une vis et un homme solide n'aurait eu aucune peine à le faire sauter.

— Vous venez un instant à la maison ? proposa Dick.

Charlie consentit d'un signe de tête. Puis il demanda en promenant les yeux autour de lui :

— Où est la bagnole ?

— Oh ! Je vais à pied ces temps-ci.

— Bazardée ?

— Oui, l'entretien en revenait trop cher. Quand j'ai besoin de quelque chose, j'envoie le tombereau à la station.

Ils montèrent dans l'énorme voiture de Charlie qui tanguait dangereusement et faisait des embardées dans les chemins trop étroits sillonnés d'ornières. Depuis que Dick n'avait plus sa voiture, l'herbe repoussait partout sur les routes. Entre la pente douce et boisée dominée par la ferme et les granges construites à la lisière de la brousse s'étendaient des terres en friche qui semblaient à première vue complètement incultes, mais Charlie put se rendre compte en scrutant attentivement l'ombre crépusculaire qu'entre l'herbe et les buissons croissaient des plants de maïs, un maïs assez mal venu et clairsemé. Il crut tout d'abord qu'il avait poussé là par hasard, mais il paraissait régulièrement planté.

— Qu'est-ce que c'est que cela ? fit-il. Que vouliez-vous faire ?

— Oh ! C'est une expérience que j'ai tentée, une nouvelle méthode américaine.

— Quelle méthode ?

— Le type disait qu'on n'avait pas besoin de labourer, ni de soigner la récolte. La méthode consiste à semer le grain n'importe où même dans les terrains en friche et à le laisser pousser.

— Et cela n'a rien donné, hein ?

— Rien, reconnut Dick d'une voix morne. Je ne me suis pas donné la peine de cueillir le maïs. Tant qu'à faire, j'ai pensé qu'il valait mieux le laisser là pour fertiliser le sol.

Sa voix s'étrangla.

— Je vois, fit Charlie d'un ton bref... Une expérience !

Ce qui était significatif, c'est qu'il ne semblait nullement exaspéré, pas même irrité. Il parlait d'un ton détaché, sans cesser d'observer Dick, dont le visage malheureux restait obstinément fermé, d'un regard curieux où perçait une sorte de gêne.

— Qu'est-ce que vous disiez au sujet de votre femme ?
— Elle n'est pas bien.
— Oui, je comprends, mon vieux, mais enfin qu'a-t-elle ?

Dick tardait à répondre. Après avoir traversé les champs où brillait encore la lumière dorée du couchant, ils s'étaient engagés dans la brousse déjà envahie par la nuit. Puis la grosse voiture se mit en devoir de grimper la côte assez rude qui semblait se perdre dans le ciel.

— Je ne sais pas, finit par répondre Dick. Elle a changé ces derniers temps... Parfois il me semble qu'elle est beaucoup mieux, mais, avec les femmes, on ne sait jamais, il est difficile de savoir comment elles vont... Elle a beaucoup changé...

— Mais en quoi ? insista Charlie.

— Eh bien... Tenez, par exemple : autrefois, quand elle est arrivée à la ferme, elle était beaucoup plus énergique, plus active, à présent elle est indifférente, elle ne s'intéresse à rien. Elle est là, assise, à ne rien faire de la journée. Elle ne se soucie même plus des poulets... vous savez qu'elle se faisait tous les mois un bon petit revenu grâce à ses poulets. Elle ne s'intéresse même pas au travail du nègre dans la maison, elle qui autrefois me rendait fou avec ses criailleries. Vous savez dans quel état sont nos femmes quand elles n'ont pas pris de vacances et changé d'air pendant des années... De vrais paquets de nerfs.

— Les femmes ne sont pas faites pour commander les nègres, trancha Charlie.

— Enfin ! je me fais bien du souci, conclut Dick avec un petit rire malheureux. Je vous assure que j'aimerais mieux l'entendre tempêter...

— Écoutez-moi, Turner, fit brusquement Charlie. Pourquoi n'abandonnez-vous pas la ferme et ne quittez-vous pas le pays ? En restant vous ne faites que nuire à vous-même et à votre femme.

— Oh ! On s'en tire à peu près !...

— Mais vous êtes malade, mon vieux !

— Pas du tout ! Je me porte très bien !

Ils s'arrêtèrent devant la porte d'entrée ; on voyait briller une lampe allumée dans la maison, mais Mary demeura invisible. Puis une autre lampe s'alluma, cette fois dans la chambre. Dick qui ne la quittait pas des yeux annonça d'un air satisfait :

— Elle est allée changer de robe. Il y a si longtemps que nous n'avons eu de visite !

— Pourquoi ne me vendriez-vous pas la ferme ? Je vous en donnerais un bon prix.

— Et moi, où irais-je ? demanda Dick interloqué.

— Vous pouvez retourner en ville, mon vieux. Allez où vous voulez, mais croyez-moi, lâchez le travail des champs qui ne vous convient pas. Tâchez de vous trouver un emploi stable dans un bureau.

— Je ne suis pas encore au bout du rouleau, fit Dick avec amertume.

À cet instant, une mince silhouette se profila sur le fond éclairé de la véranda. Alors les deux hommes descendirent de voiture et pénétrèrent dans la maison.

— Bonsoir Mrs. Turner.

— Bonsoir, dit Mary.

Charlie la regarda attentivement (il venait d'entrer dans la pièce éclairée par la lampe) ; d'autant plus attentivement que la manière dont elle avait prononcé le mot « bonsoir » l'avait frappé. Elle restait debout devant lui dans une attitude un peu gauche. Bon Dieu qu'elle était maigre, un véritable échalas !... La masse de ses cheveux secs, brûlés par le soleil, tout décolorés, qui auréolait son visage exsangue, était nouée sur le sommet de sa tête d'un ruban bleu ciel.

Son cou sortait jaune et décharné de la robe de forme prétentieuse qu'elle venait sans doute de passer en hâte et qui était taillée dans une cotonnade d'un rouge criard. Aux oreilles de Mary pendaient de grands anneaux rouges qui dansaient à ses moindres mouvements. Dans ses yeux bleus qui autrefois disaient à tous ceux qui prenaient la peine de les regarder que Mary n'était pas une fille vaniteuse et affectée comme il semblait, mais un être timide, fier, trop sensible, s'allumait à présent une lueur toute nouvelle.

— Eh bien, bonsoir Mr. Slatter, minauda-t-elle d'un air mutin, dites Mr. Slatter, il y a longtemps que nous n'avons eu le plaisir de vous voir chez nous.

Puis elle fit entendre un petit rire et se tortilla avec des mines qui semblaient une horrible parodie de la coquetterie. Dick avait détourné les yeux et paraissait souffrir, mais Charlie la regardait, d'un regard fixe et dur, si insistant, qu'elle finit par rougir et s'éloigna en hochant la tête.

— Mr. Slatter ne nous aime pas, annonça-t-elle à Dick d'un ton mondain, sans cela il serait venu nous voir plus souvent.

Elle se laissa tomber sur le divan défoncé recouvert d'une étoffe d'un bleu fané. Charlie demanda tout en examinant le tissu :

— Comment marche la boutique ?

— Nous l'avons fermée, dit Dick d'un ton brusque. On ne couvrait pas les frais. Nous utilisons nous-mêmes le stock.

Charlie jeta un coup d'œil sur les boucles d'oreilles de Mary, puis ses yeux se reportèrent encore sur l'étoffe qui tapissait le divan : c'était une cotonnade imprimée de dessins hideux sur un fond bleu, de ces tissus qu'on ne vendait qu'aux indigènes, et si typiquement kaffir que Charlie était choqué de la voir dans la maison d'un blanc. Il promenait les yeux autour de lui en fronçant les sourcils. Les rideaux étaient déchirés ; un carreau était cassé à la fenêtre et le trou bouché avec du papier. Un autre, fêlé également, n'avait pas été remplacé. Toute la pièce était dans un état d'abandon indescriptible et respirait la misère et l'incurie. On voyait cependant partout des morceaux d'étoffe qui venaient de la boutique : ici un coupon de tissu drapé sur le dossier d'une chaise, là, un carré posé sur un siège. Charlie aurait pu interpréter dans un sens favorable le désir évident de sauver encore les apparences. Mais toute sa bonne humeur un peu grosse, son habituel entrain avaient disparu. Il se taisait, l'air sombre.

— Vous resterez peut-être à souper ? finit par dire Turner.

— Non, merci, fit Charlie.

Puis la curiosité l'emportant, il accepta.

— Bon, je reste.

Les deux hommes ne remarquaient même pas qu'ils parlaient l'un et l'autre comme s'ils se trouvaient en présence d'un infirme ou d'un malade. Mary se précipita vers la porte en criant :

— Moïse ! Moïse !

Puis, comme le nègre ne répondait pas, elle se tourna vers Slatter et son mari et leur sourit en s'excusant avec une confusion du meilleur ton.

— Oh ! Ne m'en veuillez pas, je vous en prie ; vous savez comment sont ces nègres !

Elle sortit. Les deux hommes se taisaient. Dick détourna les yeux, alors que Charlie, dont le tact laissait à désirer, le fixait d'un regard intense, comme pour le forcer à s'expliquer ou tout au moins à rompre le silence.

Le souper servi par Moïse consistait en pain et beurre, du beurre qui commençait à rancir, accompagnés d'un reste de viande froide et arrosés de thé ; il n'y avait pas une pièce de vaisselle, pas une tasse qui ne fût ébréchée. Charlie s'aperçut que son couteau était tout gras et continua à manger avec un dégoût qu'il ne prenait même pas la peine de dissimuler. Tandis que Dick n'ouvrait pas la bouche, Mary se livrait à des remarques sans queue ni tête sur la température, avec la même distinction affectée que tout à l'heure. Elle faisait danser ses boucles d'oreilles, se tortillait coquettement et lançait à Charlie des œillades comme pour amorcer un flirt.

Mais Charlie ne répondait pas à ses avances ; il se contentait de dire : « Oui, Mrs. Turner, non, Mrs. Turner », en la regardant avec des yeux chargés d'hostilité et de mépris. Quand le nègre vint débarrasser la table, il y eut un incident qui fit blêmir le fermier. Ils étaient encore assis devant les misérables reliefs du repas, tandis que l'indigène tournait autour de la table en ramassant nonchalamment les assiettes sales. Charlie qui n'avait même pas remarqué sa présence entendit Mary lui demander :

— Vous prendrez bien un fruit, Mr. Slatter ? Moïse, va chercher les oranges, tu sais où elles sont.

Charlie leva les yeux pendant que ses mâchoires continuaient de broyer lentement la nourriture. Le ton sur lequel Mary avait parlé à l'indigène l'avait choqué : elle s'adressait à cet homme en minaudant comme tout à l'heure avec Slatter lui-même.

Le noir grogna d'un ton rude, presque brutal :

— Plus d'oranges !

— Je sais qu'il y en a encore, je le sais, il en restait deux, fit Mary d'un ton presque suppliant en regardant le noir.

— Plus d'oranges ! répéta Moïse avec la même hargneuse indifférence où vibrait une obscure satisfaction.

On eût dit qu'il avait conscience de sa puissance. Charlie en eut le souffle coupé, et perdit littéralement l'usage de la parole. Il lança un regard à Dick qui, les yeux baissés, semblait contempler ses mains. Impossible de savoir ce qu'il pensait. Avait-il seulement entendu ? Alors il regarda Mary : un flot de sang était monté à ses pommettes, accentuant ses rides, sa peau était jaune et fanée. Son visage exprimait la terreur. Elle semblait avoir compris que Charlie s'était aperçu de quelque chose et le regardait avec un sourire confus.

— Depuis combien de temps avez-vous ce type ? demanda enfin Charlie en indiquant Moïse d'un signe de tête.

Le noir, qui se tenait sur le seuil de la porte, portant le plateau, les écoutait. Mary jeta un regard à Dick, comme pour l'appeler à son secours. Il répondit d'une voix blanche :

— Depuis quatre ans... environ.

— Pourquoi ne le fichez-vous pas à la porte ?

— C'est un bon garçon, dit Mary ; il fait bien son travail.

— On ne le dirait pas, dit Charlie vertement en lui lançant un regard sévère.

Les yeux de Mary brillaient avec une expression énigmatique, à la fois gênée et triomphante ; le visage de Charlie s'empourpra.

— Pourquoi ne vous débarrassez-vous pas de lui ? Pourquoi lui permettez-vous de vous parler sur ce ton ?

Mary ne répondit pas. Elle avait tourné la tête et regardait par-dessus son épaule Moïse qui se tenait sur le seuil de la porte, et l'expression inscrite à cet instant sur ses traits irrita si fort Charlie qu'il ne put s'empêcher de crier au nègre :

— Va-t'en d'ici, va continuer ton travail !

Le noir obéit instantanément et disparut. Alors, il y eut un silence. Charlie attendait que Dick parlât ; qu'il prononçât au moins quelques mots prouvant qu'il n'était pas un homme complètement déchu. Mais Dick baissait la tête et son visage exprimait la même souffrance que tout à l'heure. Finalement, Charlie s'adressa directement à lui, ignorant Mary comme si elle n'existait pas :

— Débarrassez-vous de ce gars ! Il faut vous débarrasser de lui, Turner.

— Mary l'aime bien !

Telle fut la réponse qu'il fit enfin d'une voix lasse.

— Suivez-moi dehors, j'ai à vous parler !

Dick leva la tête, en lui lançant un regard plein de rancune ; il lui en voulait de le forcer à prendre connaissance de choses qu'il souhaitait ignorer. Cependant, il se leva docilement et suivit Charlie. Ils descendirent les marches de la véranda et s'éloignèrent en direction des premiers arbres.

— Vous devez vous en aller d'ici, fit Charlie d'un ton bref.

— M'en aller ? et comment ? fit Dick d'un ton morne. Comment voulez-vous que je m'en aille ? Je n'ai pas fini de payer mes dettes !

Puis, comme si une question d'argent seule eût été en jeu, il continua :

— Oh ! Je sais bien que d'autres n'ont pas l'air de s'en faire ! Je sais qu'il y a beaucoup de fermiers aussi gênés que moi qui achètent des voitures et se paient des vacances ! Mais moi, je ne peux pas faire cela, Charlie ; je ne le peux pas. Ce n'est pas mon genre !

Charlie lui dit :

— Je vais vous acheter votre ferme et vous pourrez y rester en qualité de régisseur ! Mais vous devez commencer par prendre des vacances, au moins pendant six mois. Vous devez éloigner votre femme d'ici.

Il parlait comme s'il ne pouvait être question d'un refus. Le choc qu'il avait reçu avait été si violent qu'il lui en faisait perdre de vue ses intérêts personnels. Ce n'était même pas la pitié pour Dick qui l'inspirait ; il obéissait à ce commandement essentiel en Afrique du Sud :

« Tu ne laisseras pas tes camarades blancs s'abaisser au-dessous d'un certain niveau, car si tu fermais les yeux sur leurs faiblesses le nègre pourrait se rendre compte qu'il vaut tout autant qu'un blanc ! »

Charlie, à cet instant, se faisait le porte-parole d'une société puissamment organisée et Dick sentit faiblir sa résistance. Comment n'eût-il pas compris ce langage, lui qui avait passé toute sa vie dans ce pays ? Il était consumé de honte : il savait ce qu'on attendait de lui, en quoi il avait échoué, mais malgré cela, il ne pouvait accepter l'ultimatum de Slatter. Il avait l'impression que Charlie le condamnait à mort, car sa vie, c'était la ferme, la ferme qui était sienne.

— Je prends l'exploitation telle quelle et vous donnerai une somme suffisante pour payer vos dettes. J'engagerai un régisseur pour tout le temps que vous passerez au bord de la mer. Vous devez partir pour six mois au minimum. Vous pourrez aller où vous voudrez. Je veillerai à ce que vous ayez tout l'argent qu'il vous faudra. Vous ne pouvez pas continuer ainsi, Turner ! Il faut en finir.

Mais Dick ne se laissa pas convaincre si aisément ; pendant quatre heures, pied à pied, il lutta. Pendant quatre heures, les deux hommes discutèrent en allant et venant sous les arbres. Enfin Charlie partit sans repasser par la maison. Dick revint chez lui d'un pas lourd, presque chancelant. Il avait perdu sa joie, sa raison de vivre : il ne serait plus le maître du domaine, mais le serviteur d'un autre. Mary était assise au creux du vieux divan. Elle avait renoncé à l'attitude qu'elle avait instinctivement affectée en présence de Charlie, par orgueil et aussi pour donner le change. Elle n'eut même pas un regard pour Dick quand il entra. Il lui arrivait du reste de passer plusieurs jours sans lui adresser la parole, comme s'il n'existait pas. Elle semblait perdue dans un rêve connu d'elle seule. Elle ne revint à la vie et au sentiment de ce qu'elle faisait et de ce qui se passait autour d'elle qu'en voyant entrer l'indigène pour accomplir quelque menue besogne dans la pièce. À partir de ce moment, elle ne le quitta plus des yeux. Mais Dick n'aurait su dire ce que signifiait cette attitude ; il ne voulait pas le savoir, car il était las de lutter.

Charlie ne perdit pas de temps. Il allait de ferme en ferme, essayant de trouver quelqu'un qui consentirait à remplacer les Turner pendant quelques mois. Il ne donnait aucune explication et se montrait extrêmement réservé. Il disait tout simplement qu'il voulait aider Dick à faire partir sa femme. Enfin, il entendit parler d'un jeune homme qui venait d'arriver d'Angleterre et cherchait du travail. Charlie ne prit même pas de renseignements : n'importe qui ferait l'affaire, la chose était trop urgente. Il partit lui-même pour la ville afin d'y chercher le jeune Anglais qui ne lui fit pas grande impression : il était du type courant, un point c'est tout ! Le jeune Anglais bien élevé, réservé, et qui vous traitait du haut de sa grandeur. Il le ramena avec lui, mais se montra peu loquace ; en fait, il ne savait que lui dire. Ils convinrent qu'il prendrait immédiatement la direction de la ferme, c'est-à-dire avant la fin de la semaine pour permettre aux Turner de partir pour la mer. Charlie se chargeait des questions d'argent et toutes les directives viendraient de lui. Mais quand Slatter alla prévenir Dick, il s'aperçut que s'il avait fini par accepter l'idée qu'il devait partir, il était impossible de lui faire admettre que ce départ devait être immédiat.

Charlie, Dick et le jeune homme, Tony Marston, étaient réunis dans un champ. Charlie, excité, furieux, impatient (car il ne pouvait pas supporter d'être contrarié), Dick, obstiné et malheureux, Marston, ému par son désarroi, essayant de s'effacer le plus possible.

— Le diable vous emporte, Charlie ! Pourquoi voulez-vous me fiche dehors, comme s'il y avait le feu... J'ai vécu quinze ans dans cette ferme...

— Mais pour l'amour de Dieu, croyez-moi... Mon vieux, je ne vous fiche pas à la porte ; je veux seulement vous faire partir avant que... enfin... vous devriez partir aujourd'hui même, tout de suite ; vous devriez pourtant comprendre cela !

— Quinze ans, répéta Dick – et son maigre visage bronzé s'empourpra. Quinze ans, vous dis-je – et se penchant d'un geste machinal, il ramassa une poignée de terre et la lui présenta comme si elle pouvait témoigner de son droit.

Le geste était absurde. Charlie eut un petit sourire railleur.

— Voyons, Turner, puisque vous reviendrez...

— Elle ne sera plus à moi, fit Dick – et sa voix se brisa.

Il se détourna sans lâcher cette poignée de terre qu'il serrait dans sa main. Tony Marston s'était détourné, lui aussi, en feignant de regarder les champs : il sentait qu'il devait s'effacer devant cette douleur. Charlie qui n'avait pas ces scrupules jetait des regards impatients sur le visage crispé de Dick. Cependant, à son exaspération se mêlait une sorte de respect pour cette douleur qu'il ne comprenait pas. L'orgueil du propriétaire, oui cela il pouvait le comprendre, mais non cet attachement à la terre pour elle-même. Toutefois, sa voix s'adoucit.

— Ce sera exactement comme si elle était toujours à vous. Je n'ai pas la moindre intention de changer quoi que ce soit dans votre ferme, mon vieux. À votre retour pour pourrez continuer à la mener comme vous l'entendrez.

Il avait prononcé ces mots avec cette rude bonhomie qui lui était familière.

— Alors c'est une charité, fit Dick d'une voix triste et voilée.

— Pas le moins du monde. J'achète la ferme parce que j'en ai besoin pour mon bétail ; ce sont des pâturages et j'y ferai paître mes troupeaux avec vos bêtes. Pour le reste, vous pourrez continuer à planter vos céréales comme vous l'entendrez.

Mais en fait, Charlie dans le fond de son cœur considérait que c'était bien une charité, et lui-même s'étonnait d'avoir ainsi manqué à tous ses principes en affaires.

Ce mot de charité semblait tracé en grosses lettres noires dans le cerveau des trois hommes réunis à cet instant. Des lettres si grosses qu'elles dérobaient tout le reste à leur vue. Mais tous trois avaient tort : il ne s'agissait que de l'instinct de conservation. Charlie luttait pour empêcher l'armée sans cesse grandissante des « pauvres blancs » de s'enrichir d'une nouvelle recrue ; cette armée dont l'existence même choquait tous les blancs respectables mille fois plus que celle des millions de noirs entassés dans les taudis ou parqués dans les quartiers réservés de leur patrie.

Finalement, après pas mal de discussions, Dick accepta de partir dans un mois, quand il aurait mis Tony au courant des travaux. Charlie tricha un peu et fit réserver les places en chemin de fer. Ils partiraient dans trois semaines.

Tony retourna avec Dick à la ferme, tout content et un peu surpris d'avoir trouvé du travail deux mois à peine après son arrivée.

On lui donna une case aux murs de torchis, au toit de chaume, derrière la maison. C'est là qu'était autrefois installée la boutique, mais à présent elle était vide. Des fragments de poussière de maïs qui avaient échappé au balai traînaient encore çà et là sur le carrelage, et on voyait aux murs de petits tunnels rouges, granuleux, creusés par les fourmis. Il y avait dans la pièce un sommier métallique fourni par Charlie, une armoire faite de caisses et masquée par une portière taillée dans une cotonnade bleue particulièrement hideuse et un miroir au-dessus d'une cuvette posée sur des caisses d'emballage. Mais ce genre de choses laissait Tony parfaitement indifférent : il était à cette époque de sa vie d'humeur rêveuse et romantique et certains inconvénients tels que la mauvaise nourriture et les matelas défoncés ne le touchaient pas. Bien des détails du reste qui auraient pu le choquer dans sa patrie l'amusaient ici en le dépaysant.

Il avait vingt ans, il avait reçu une bonne éducation traditionnelle et envisagé à un certain moment d'entrer dans l'usine de l'un de ses oncles. Mais la vie du rond-de-cuir n'était nullement son idéal, et il avait décidé d'aller s'installer en Afrique du Sud parce que l'un de ses cousins éloignés y avait gagné l'année dernière cinq mille livres sur le tabac. Son intention était de faire aussi bien sinon mieux. Entre-temps, il avait tout à apprendre. Le seul reproche qu'il fit à cette ferme c'est qu'on n'y cultivait pas le tabac. Mais il se disait que ces six mois passés dans une ferme mixte seraient pour lui une expérience salutaire. Il plaignait Dick Turner qu'il sentait très malheureux. Mais la tragédie en elle-même avait à ses yeux quelque chose de romantique ; elle lui apparaissait comme un symptôme d'un état de choses appelé à gagner le monde entier. C'est ainsi que les petites fermes étaient destinées peu à peu à disparaître au profit des grandes exploitations. Ayant lui-même l'intention de devenir un jour un gros fermier, cette fatalité ne l'effrayait pas. Mais comme il n'avait jamais eu à gagner son pain jusqu'ici, toutes ses idées restaient dans le domaine des abstractions. Ainsi par exemple il avait des idées avancées sur le problème noir, mais de ces idées généreuses qui résistent mal à l'épreuve des faits dès que certains intérêts sont en jeu.

Il avait apporté une valise pleine de livres qu'il avait rangés tout le long du mur. Tous traitaient du problème noir, études sur Rhodes, sur Kruger, sur les conditions de travail dans les fermes de l'Afrique du Sud, une histoire de mines d'or... Mais il n'était pas installé depuis une semaine qu'ouvrant par hasard un de ces volumes il s'aperçut que le dos était attaqué par les fourmis blanches. Alors il les remit tous dans sa valise et ne les rouvrit plus jamais car un homme ne peut pas travailler douze heures par jour et trouver le courage de consacrer ses instants de loisir à l'étude. Il prenait ses repas avec les Turner. Il lui fallait acquérir en un mois toutes les connaissances nécessaires pour lui permettre de diriger la ferme jusqu'au retour de Dick. Il se levait à cinq heures du matin et se couchait à huit heures du soir. Toutes ses journées se passaient dans les champs avec le fermier. Tout l'intéressait et il semblait au courant de tout. L'esprit vif, plein d'allant, il était le plus charmant des compagnons. C'est ce qu'aurait sans doute pensé Dick s'il l'avait rencontré dix ans plus tôt. Mais actuellement, au point où en étaient les choses, il n'était pas en état d'apprécier ses qualités. Ainsi quand Tony prétendait engager avec lui une intéressante discussion sur le problème noir dans l'industrie, par exemple, Dick se contentait de lever sur lui un regard morne et absent.

Le seul avantage que la présence de Tony pût avoir pour Dick c'est qu'elle l'obligeait à passer ces derniers jours sans perdre ce qui lui restait de dignité, et surtout sans céder à la tentation de rester au dernier moment. Or il savait qu'il devait partir mais l'angoisse de Dick était si profonde, il se sentait pris dans un tel tourbillon de souffrance qu'il était obligé de réprimer les impulsions folles qui l'auraient poussé à mettre le feu à cette herbe si haute et à regarder se consumer le veld dont chaque arbre, le moindre buisson étaient pour lui comme des amis, ou bien à abattre la petite maison qu'il avait construite de ses propres mains, et où il avait vécu tant d'années. L'idée seule que quelqu'un d'autre donnerait des ordres, dirigerait la ferme et, qui sait, détruirait le fruit de son travail, cette idée lui paraissait monstrueuse.

Quant à Mary, Tony ne la voyait presque jamais, mais quand il lui arrivait de songer à elle à ses rares moments de loisir, il éprouvait comme un malaise : elle était si étrange, cette femme silencieuse, desséchée, qui tantôt semblait avoir presque perdu l'usage de la parole, ou bien tout à coup, on ne sait pourquoi, paraissait se rendre compte qu'il lui fallait faire un effort pour sortir d'elle-même. Elle devenait alors si bizarre, si gauche, et se mettait à bavarder avec une frivolité ridicule qui gênait terriblement son mari. Elle était capable d'interrompre tout à coup une de ces lentes et patientes explications de Dick, concernant une charrue ou un bœuf malade, par une remarque sans queue ni tête sur la nourriture (que Tony jugeait du reste exécrable), ou sur la température.

— Je peux dire que je suis heureuse quand arrive la saison des pluies, remarquait-elle sur le ton d'une conversation mondaine, et en pouffant de rire.

Après quoi, elle pouvait tout aussi brusquement s'interrompre et, les yeux hagards, retomber dans son mutisme.

Tony commençait à croire qu'elle n'avait pas toute sa raison. Mais alors il se disait que le couple des Turner avait eu une vie bien dure à ce qu'il avait cru comprendre. Et toutes ces années passées en tête à tête avaient de quoi rendre n'importe qui un peu bizarre.

La chaleur était si terrible dans la maison qu'il se demandait comment Mary pouvait l'endurer. Lui-même, à peine débarqué dans le pays, en était fort incommodé. Et il était heureux de passer la journée loin de cette fournaise où l'air était irrespirable.

Bien que l'intérêt que lui inspirait Mary fût très limité, il lui arrivait de se dire que c'était la première fois depuis des années qu'elle allait prendre des vacances. On aurait pu s'attendre à lui voir manifester un certain plaisir, or elle n'avait même pas commencé ses préparatifs. Elle ne faisait aucune allusion à leur départ. En fait, Dick n'en parlait pas davantage. Un jour, à table, pendant le déjeuner, environ une semaine avant la date fixée pour le voyage, Dick demanda à Mary :

— Alors, ces bagages ? J'espère que vous vous en occupez...

Pour toute réponse, elle fit un signe de tête après qu'il eut répété deux fois la question.

— Il faut vous y mettre, Mary, lui dit-il gentiment, de cette voix douce et mélancolique qu'il prenait quand il s'adressait à elle.

Mais lorsqu'ils rentrèrent le soir, Tony se rendit compte qu'elle n'avait encore rien fait. Quand le repas peu appétissant eut été expédié, Dick descendit les caisses et commença à faire lui-même les bagages. Le voyant travailler, Mary accourut à son aide mais au bout d'une demi-heure elle en eut assez ; elle le laissa continuer seul pendant qu'elle allait s'asseoir d'un air morne sur le vieux divan.

« Mais cette femme souffre d'une dépression nerveuse, elle est gravement atteinte », pensa Tony qui allait justement se coucher. Il était de ces hommes qui se sentent soulagés lorsqu'ils ont réussi à mettre une étiquette sur un cas.

Une dépression nerveuse était une maladie qui pouvait atteindre n'importe qui.

Le lendemain soir Dick se remit aux bagages jusqu'à ce qu'il eût tout fini.

— Choisissez du tissu pour vous faire une ou deux robes, dit-il à Mary d'un air timide, car il s'était rendu compte, en faisant les malles, qu'elle n'avait littéralement rien à se mettre.

Elle accepta d'un signe de tête et tira d'un tiroir un coupon de cotonnade fleurie qui avait été ramené avec le stock de marchandises resté après la liquidation de la boutique. Elle commença à couper sa robe, puis brusquement s'arrêta, se pencha sur l'étoffe et resta là immobile, jusqu'au moment où Dick lui mit la main sur l'épaule et l'obligea à se lever pour aller se coucher. Tony qui assistait à la scène avait détourné les yeux pour éviter de rencontrer le regard de Dick. Il était peiné pour tous les deux ; il avait appris à aimer Turner d'une affection sincère, quant à Mary il la plaignait ; mais quel sentiment pouvait inspirer une femme perpétuellement absente ? Un cas pour un psychiatre, fit-il, comme pour se rassurer lui-même. D'ailleurs, Dick avait besoin, lui aussi, d'être soigné. Il tremblait presque tous les jours de fièvre. Son visage était si maigre qu'on voyait les os sous la peau. Cet homme qui n'avait pas la force de travailler, s'entêtait à passer toutes ses journées aux champs. Et quand il devait rentrer au crépuscule, on le sentait désolé de devoir les quitter. Tony était obligé de l'emmener presque de force. Sa tâche à présent était plutôt celle d'un infirmier que d'un régisseur, et il commençait à aspirer au jour où les Turner seraient enfin partis.

Un matin, c'était trois jours avant leur départ, Tony demanda à rester chez lui, il se sentait souffrant. Peut-être avait-il attrapé un coup de soleil : il avait un terrible mal de tête et mal au cœur ; il n'alla pas déjeuner à midi et resta étendu dans sa case où la chaleur, pourtant assez forte, n'était rien comparée à cette fournaise qu'était la maison. À quatre heures, il se réveilla d'un sommeil pénible. Il avait soif et s'aperçut que la vieille bouteille à whisky qu'on remplissait d'eau potable était vide : un oubli du nègre. Tony sortit de sa case dans l'aveuglante lumière du jour, alla chercher de l'eau dans la maison. La porte de la cuisine était ouverte. Il marchait sur la pointe des pieds car on lui avait dit que Mary faisait la sieste tous les après-midi. Il prit un verre, le lava soigneusement, puis alla le remplir dans la pièce du devant. Le filtre de terre vernissée se trouvait dans le placard qui servait de buffet. Tony souleva le couvercle et jeta un coup d'œil à l'intérieur du filtre : il était couvert d'une sorte de boue jaunâtre et visqueuse, mais l'eau qui coulait du robinet était limpide, bien qu'elle fût tiède et d'un goût saumâtre. Il but à longs traits et, ayant rempli sa bouteille, se prépara à retourner chez lui. La portière qui séparait la pièce du devant de la chambre était écartée et il pouvait voir ce qui se passait dans l'autre pièce. Soudain il resta cloué sur place. Mary était assise sur une caisse à bougies posée verticalement devant la glace fixée au mur. Elle portait une combinaison d'un rose vif d'où sortaient ses épaules osseuses et jaunâtres. À ses côtés, se tenait Moïse. À cet instant, Mary se mit debout et, levant les bras, attendit que le nègre lui passât sa robe. Puis elle se rassit et secoua la tête faisant voleter ses cheveux flottants à la façon coquette d'une jolie femme. Pendant que le nègre penché sur elle boutonnait sa robe, Mary ne quittait pas la glace des yeux et le noir la regardait avec l'expression indulgente d'un père qui prend plaisir à satisfaire les caprices d'un enfant... Quand il eut fini de boutonner la robe, il resta là, les yeux fixés sur elle pendant qu'elle brossait ses cheveux.

— Merci, Moïse, fit-elle d'un ton hautain.

Puis elle se tourna vers lui et ajouta d'un air familier :
— Va-t'en maintenant ; va, il faut t'en aller ; le maître va bientôt rentrer...

En sortant de la pièce, le noir aperçut Tony qui restait là comme frappé de stupeur, le fixant d'un regard incrédule. Moïse eut un moment d'hésitation, puis continua son chemin, passa devant l'Anglais en lui lançant un mauvais regard. On lisait dans ses yeux une haine si violente que le jeune homme en fut presque effrayé. Quand le noir eut disparu, il dut s'asseoir sur une chaise et essuyer son visage ruisselant de sueur. Il secoua la tête comme pour essayer d'éclaircir ses idées.

Il vivait depuis assez longtemps dans le pays pour être choqué par le spectacle auquel il venait d'assister. D'autre part, avec ses idées avancées il jubilait d'avoir pu constater l'hypocrisie des blancs. Car dans un pays où il suffit d'un blanc isolé parmi les noirs pour qu'aussitôt on voie se multiplier les métis, l'hypocrisie telle que Tony la définissait était ce qui l'avait le plus frappé à son arrivée.

Ensuite il avait lu assez de livres pour comprendre le côté sexuel du problème noir fondé en grande partie sur la jalousie qu'inspirent aux blancs les capacités sexuelles de l'indigène. Et il était surpris de voir une femme blanche abolir avec tant de facilité les barrières raciales. Pourtant, un médecin rencontré sur le bateau et ayant une grande expérience de l'Afrique du Sud lui avait prédit qu'il serait sans doute surpris par le nombre de femmes blanches qui avaient des rapports intimes avec des noirs. À ce moment-là, Tony s'était montré sceptique : en dépit de ses idées avancées il était aussi choqué que s'il avait appris qu'un homme avait eu des rapports intimes avec un animal.

Puis, en un instant, toutes ces considérations furent balayées quand il vit s'avancer hors de la chambre Mary, la main encore posée sur ses cheveux, cette pauvre femme torturée, malade, visiblement au dernier degré de la dépression, avec l'expression absente et quasi démente de son visage las ; il comprit que ses soupçons étaient absurdes.

À sa vue, elle s'arrêta et lui lança un regard effrayé, puis son visage se détendit et retrouva sa paisible indifférence.

Alors Tony d'une voix un peu contrainte, avec une gaieté affectée, lui dit :

— Mrs. Turner, savez-vous qu'il y a eu jadis une impératrice de Russie qui était si loin de considérer ses esclaves comme des êtres humains qu'elle n'hésitait pas à rester nue devant eux lorsqu'elle faisait sa toilette ?

Telle était l'interprétation que Tony lui-même désirait donner à cet incident.

— Vraiment ? répliqua Mary d'un air de doute, en lui lançant un regard interdit.

— Dites-moi, vous avez toujours l'habitude de vous faire aider par le nègre quand vous vous habillez ?

Mary leva la tête d'un mouvement brusque et lui lança un regard soupçonneux.

— Il a si peu de travail, dit-elle en secouant la tête, il faut bien qu'il fasse quelque chose pour l'argent qu'on lui donne.

— Mais c'est une chose qui ne se fait pas généralement dans ce pays, n'est-il pas vrai ? demanda Tony au comble de la stupéfaction.

Puis il comprit que cette expression « ce pays », qui résonnait comme une sorte d'appel à la solidarité pour la plupart des blancs, ne signifiait rien pour Mary. Rien d'autre que la ferme n'existait à ses yeux. Et encore... pas la ferme, mais la maison avec tout ce qu'elle contenait. Et alors il commença à comprendre avec une pitié mêlée d'horreur l'indifférence qu'elle éprouvait à l'égard de Dick.

Elle avait rejeté de sa vie tout ce qui aurait pu lui rappeler les lois qu'on lui avait appris à respecter. Soudain elle dit :

— Ils prétendent que je ne suis pas faite pour cela, pas faite pour cela, pas faite pour cela...

— Pas faite pour quoi ? demanda Tony d'un air vague.

— Pas pour cela, répéta Mary d'un air presque furtif, comme en se cachant – et en même temps on sentait qu'elle triomphait.

« Seigneur, cette femme est folle ! » pensa Tony. Puis il se demanda : « Mais l'est-elle, l'est-elle vraiment ? Non, ce n'est pas possible ; elle ne peut pas être folle ; sa conduite n'est pas celle d'une folle, mais d'une créature emmurée dans un monde à elle, où les règles, les traditions auxquelles se soumettent les autres n'ont point cours. Voilà tout. Elle a même oublié comment sont les hommes de sa race, leurs habitudes et leurs goûts. Mais dans ce cas, qu'appelle-t-on folie ? Ne serait-ce pas un refuge, une retraite pour échapper au monde ? »

Le malheureux Tony était là, assis sur la chaise où il s'était laissé tomber, près du filtre, sa bouteille d'eau à la main, et il regardait avec un malaise persistant Mary qui lui parlait à présent d'une voix triste et tranquille. Il se disait : « Non, non, décidément, elle n'est pas folle... Du moins pas en ce moment... » Mary disait :

— Il y a bien des années que je suis ici, tant d'années que j'ai même oublié quand je suis arrivée... Mais il y a longtemps que j'aurais dû quitter ce pays... Je ne comprends même pas pourquoi je ne l'ai pas fait, et je ne comprends pas pourquoi je suis venue... Mais en réalité, toutes les choses sont différentes de ce que l'on croit, très différentes...

Elle s'arrêta. Son visage s'était creusé, ses yeux avaient un éclat tragique au fond de leurs orbites.

— Je ne sais pas, reprit-elle. Je ne comprends rien... Pourquoi tout ceci est-il arrivé ? Je n'ai pas voulu cela. Mais il ne veut pas s'en aller, non, il ne veut pas...

Puis, tout à coup, d'une voix changée, elle lui cria.

— Pourquoi êtes-vous venu ? Tout allait bien avant votre arrivée.

Elle éclata en sanglots, et à travers ses pleurs, elle gémissait :

— Il ne veut pas s'en aller.

Tony se leva brusquement et s'approcha d'elle. Son malaise s'était évanoui : elle ne lui inspirait plus que de la pitié.

Mais il eut soudain le sentiment d'une présence. Sur le seuil de la porte se tenait Moïse, et il les regardait tous les deux avec une haine farouche.

— Va-t'en d'ici, dit Tony, va-t'en tout de suite.

Et il entoura les épaules de Mary de son bras.

— Va-t'en, fit-elle aussi tout à coup au nègre par-dessus son épaule.

Tony comprit qu'elle essayait de s'affirmer en quelque sorte, de s'abriter derrière sa présence pour tenter de retrouver son autorité. Elle parlait comme un enfant qui aurait défié une grande personne.

— Madame veut moi partir ? demanda tranquillement le noir.

— Oui, va-t'en...

— C'est à cause du maître étranger que Madame veut moi partir ?

Ce ne furent pas ses paroles elles-mêmes qui firent bondir Tony vers la porte, mais la façon dont il les avait prononcées.

— Va-t'en d'ici, lui ordonna-t-il ; tu entends ? Va-t'en avant que je ne te jette moi-même dehors.

L'indigène eut un long regard haineux, puis tourna les talons, sortit, mais revint aussitôt. Il passa devant Tony comme s'il n'existait pas et s'adressa à Mary.

— Madame quitter la ferme, pas vrai ?
— Oui, fit Mary d'une voix à peine distincte.
— Madame jamais revenir ?
— Non, non, non, cria-t-elle.
— Et maître étranger lui aussi partir ?
— Non, hurla-t-elle... Va-t'en.
— Vas-tu t'en aller ? cria Tony qui se sentait des envies de meurtre. Oui, le prendre à la gorge et serrer, serrer jusqu'à lui faire rendre l'âme.

Mais Moïse avait déjà disparu. Ils l'entendirent traverser la cuisine et sortir par la porte de derrière. La maison était vide. Mary sanglotait doucement, la tête enfouie dans ses bras.

— Il est parti, soupirait-elle, parti, parti.

Un soulagement presque hystérique vibrait dans sa voix. Puis, brusquement, elle bondit, repoussa Tony avec violence et se dressa devant lui comme une folle, en lui jetant au visage d'une voix sifflante :

— Vous l'avez fait partir... Il ne reviendra jamais... Tout allait si bien avant votre venue...

Puis elle s'abîma dans une tempête de larmes.

Tony restait près d'elle, son bras passé autour de ses épaules, la réconfortant. Il se demandait seulement : « Que vais-je dire à Turner ? » Mais que pouvait-il lui dire ? Ce qu'il avait de mieux à faire, c'était d'enterrer tout cela... « Pauvre type il est déjà à moitié fou... avec tous les soucis qu'il a... lui en parler serait une cruauté inutile... » De toute façon, le couple aurait quitté la ferme dans deux jours.

Il décida de prendre simplement Dick à part et de lui conseiller de mettre immédiatement Moïse à la porte. Mais il ne revint pas. Le soir, il ne rentra pas et Tony entendit

Mary répondre à Dick qui s'informait où était le nègre qu'elle l'avait renvoyé. Il entendait sa voix résonner avec indifférence et remarqua qu'elle ne regardait même pas son mari.

Finalement, Tony haussa les épaules et décida de garder le silence. Le lendemain matin, il repartit pour les champs comme d'habitude. C'était le dernier jour et le travail l'attendait.

Chapitre XI

Mary se réveilla en sursaut, comme si un coude géant l'avait soudain heurtée. Il faisait encore nuit et Dick gisait endormi à ses côtés. La fenêtre grinçait sur ses gonds et quand la jeune femme scruta les ténèbres qui s'y encadraient, elle vit les étoiles scintiller à travers les branches d'arbre.

Bien que le ciel fût lumineux, on y sentait comme une touche d'un gris un peu froid ; de même les étoiles brillaient, mais d'une faible et sourde clarté. Dans la pièce peu à peu les meubles émergeaient de l'ombre ; sur le mur elle distingua une sorte de lueur : c'était le miroir. Puis un coq chanta dans le quartier indigène et aussitôt une douzaine de voix stridentes annoncèrent l'aurore. Clarté du jour ? ou clair de lune ? Les deux sans doute, oui les deux étroitement mêlés et dans une demi-heure se lèverait le soleil.

Elle eut un bâillement, se rejeta en arrière sur ses oreillers bosselés et allongea les membres. Alors que ses réveils étaient généralement mornes, pénibles – comme si son corps avait peine à s'arracher du refuge que le lit était pour lui – elle s'étonna ce matin-là de se sentir reposée, baignée d'une grande paix, le cerveau clair et le corps détendu. Les mains jointes derrière la tête, elle contemplait l'ombre qui noyait encore les murs, les meubles familiers, et prenait une sorte de nonchalant plaisir à recréer la pièce dans son imagination, disposant sièges et commodes selon sa fantaisie ; puis, continuant ce jeu, elle se vit traversant les murs de la maison, la soulevant au-dessus des ténèbres. Enfin, comme du haut d'une montagne, elle contempla le petit bâtiment cerné par la brousse avec une tendresse paisible mêlée d'un regret déchirant. Elle avait l'impression de tenir cette petite chose infiniment pathétique qu'était la ferme avec ses habitants dans le creux de sa main qu'elle refermait peu à peu sur elle comme pour la défendre des regards cruels, malveillants, du monde environnant. Les larmes montèrent à ses yeux, coulèrent, brûlantes, le long de ses joues. Elle porta la main à son visage tuméfié et le contact de ses doigts durcis sur sa peau rèche la fit revenir à elle.

Elle continua de pleurer désespérément sur elle-même, quoiqu'elle se sentît déjà hors de ce monde, là où tout n'est que paix et miséricorde.

Mais alors Dick s'agita et se réveilla brusquement. Il s'assit dans son lit et elle devina qu'il tournait la tête d'un côté, puis de l'autre, l'oreille tendue dans l'obscurité, et elle s'attacha à demeurer inerte. Elle sentit alors la main de Dick qui effleurait timidement sa joue, mais ce frôlement si timide et si humble l'agaça et elle rejeta brusquement la tête en arrière.

— Mary, qu'y a-t-il ?

— Rien, rien du tout, fit-elle.

— Vous avez du chagrin de partir ?

La question lui parut ridicule. En quoi tout ceci le concernait-il ?

Quant à Dick, elle continuait à penser à lui avec cette pitié lointaine, quasi impersonnelle, qu'il lui inspirait par moments. Mais ne pouvait-il donc lui laisser goûter ce dernier et bref moment de paix qui lui restait à vivre ?

— Dormez, il faut dormir, fit-elle, il ne fait pas encore jour !

Sa voix parut naturelle à Dick, du reste même cette façon qu'elle avait de le repousser n'avait rien pour le surprendre. Aussi, au bout d'un instant, il s'était déjà rendormi, pelotonné dans le lit, comme s'il ne s'était jamais réveillé ; mais à présent Mary ne pouvait plus l'ignorer, elle le savait étendu là, à ses côtés, ses membres allongés contre les siens. Elle se redressa, songeant avec amertume qu'il ne pouvait jamais lui laisser un peu de repos : il fallait qu'il fût toujours là, à lui rappeler ce qu'elle devait oublier, si elle voulait préserver l'intégrité de son moi.

Elle resta assise toute droite, le visage appuyé sur ses mains jointes, à nouveau en proie à ce sentiment de contrainte qui l'avait si souvent accablée et qui lui donnait l'impression d'être comme une corde tendue à se rompre, et elle se balançait tout doucement, machinalement, d'avant en arrière, essayant de se replonger dans cette région de son esprit où Dick n'avait jamais eu accès. Car elle avait dû choisir, si tant est qu'on puisse parler de choix face à l'inéluctable, entre Dick et l'autre, et il y avait longtemps que Dick n'existait plus. « Pauvre Dick ! » fit-elle avec tranquillité, du haut de son détachement. Alors une vague de terreur déferla sur elle, la submergea, annonciatrice de l'autre, de l'horreur qui allait bientôt l'engloutir, elle le savait, car elle se sentait à la fois étrangement lucide, douce, même d'une sorte de clairvoyance et transparence, et toutes choses étaient en elle, l'univers tout entier, mais pas Dick, non, pas lui. Elle le regardait, masse confuse, sous les couvertures, visage qui n'était qu'une lueur blafarde dans l'aube montante. Cette aube, on la voyait envahir peu à peu le carré de la fenêtre et, avec elle, pénétrait une brise tiède, mais suffocante. « Pauvre

Dick ! » fit-elle encore pour la dernière fois ; puis elle cessa de penser à lui.

Elle quitta son lit et s'arrêta devant la fenêtre, si basse que l'appui lui arrivait presque aux hanches : elle n'aurait eu qu'à se pencher un peu pour toucher le sol qui semblait monter à la rencontre des arbres.

Les étoiles avaient disparu et le ciel paraissait immense, une brume incolore enveloppait le veld, et toutes choses dans ce paysage voilé semblaient au bord du monde des couleurs. Ici c'était une touche de vert sur une feuille, là une lueur bleuâtre dans le ciel ; les contours encore pâles, mais nets, des poinsettias annonçaient déjà toute la violence du rouge, puis lentement une merveilleuse flambée s'alluma dans le ciel, le traversa ainsi qu'une traînée de pourpre, et les arbres semblèrent se redresser et s'enflammer à leur tour. Alors Mary, penchée à la fenêtre, put constater que l'univers avait retrouvé ses formes et ses couleurs.

La nuit avait pris fin. Quand le soleil fut enfin levé, elle se dit que son heure aussi viendrait bientôt : heure miraculeuse de paix, de pardon sans restriction, qui lui avait été accordée par un Dieu plein de miséricorde. Elle restait là, toute tendue, immobile, appuyée au rebord de la fenêtre, l'esprit aussi clair que le ciel lui-même, s'accrochant à ces dernières bribes de félicité. Mais pourquoi s'était-elle éveillée si paisiblement après une nuit tranquille en ce dernier jour de sa vie, alors que d'habitude ses affreux cauchemars nocturnes semblaient se poursuivre même au-delà de son réveil comme si les affres, les tortures du jour n'étaient que le prolongement des horreurs de la nuit ? Pourquoi ? Oui, pourquoi restait-elle là, le cœur dilaté par une profonde allégresse, à contempler le lever du soleil d'un œil émerveillé, comme si ce monde venait d'être recréé tout exprès pour elle, pour sa joie ?

C'était comme si elle se trouvait au cœur d'une sorte de tourbillon de fraîche lumière irisée, bercée par des sons enchanteurs. Tous les arbres autour d'elle étaient peuplés d'oiseaux, et leurs chants célébraient l'allégresse de Mary, la portaient en chœur jusqu'aux cieux. Elle quitta la pièce aussi légère qu'une plume emportée par la brise et passa dans la véranda. Tout était si beau, si beau, qu'elle en était comme accablée ! Ce ciel strié de pourpre sur un fond d'un bleu intense, ces beaux arbres immobiles couverts d'oiseaux chantants, ces poinsettias étoilés de fleurs éclatantes qui se découpaient dans l'air.

Le monde était un miracle de couleurs diaprées – et tout cela pour elle, pour elle seule ! Elle était prête à pleurer de soulagement, de joie insouciante ; c'est alors que s'éleva ce bruit auquel elle n'avait pu s'habituer : le premier crissement des cigales qui montait, strident parmi les arbres : on eût dit la voix même du soleil et ce soleil, Dieu seul savait combien Mary pouvait le haïr. Justement il se levait ; on voyait un disque rouge sombre et un peu trouble surgir de derrière une roche noire d'où jaillissait un brûlant faisceau de rayons d'or dardés dans l'azur. Les cigales se joignaient l'une après l'autre au concert de sons aigus qui montait dans l'air et l'on finissait par ne plus entendre le chant des oiseaux dans le tourbillon de ce chœur obsédant, qui semblait la voix même de la lumière crue et implacable, la voix de la chaleur qui peu à peu s'appesantissait sur la terre...

Cette chaleur Mary en sentait les pulsations dans sa tête, la brûlure sur ses épaules. Soudain, le disque d'un rouge un peu opaque et trouble surgit au-dessus des kopjes. Aussitôt le ciel parut se décolorer et un paysage sec, pauvre, comme écrasé par le soleil, apparut à ses yeux, mélangé de brun terne et de vert olive confondus dans la brume qui recouvrait toutes choses, s'accrochait aux arbres et dérobait les collines...

Ce rideau de brume fuligineuse allait se perdre dans le ciel qui semblait se refermer au-dessus de la tête de Mary et le monde lui parut soudain minuscule, enfermé tout entier dans une boîte où lumière et brume étaient mêlées.

Toute frissonnante, elle parut s'éveiller, promena ses yeux autour d'elle et passa sa langue sur ses lèvres sèches. Elle se tenait appuyée à la muraille de brique, les mains ouvertes, les paumes en l'air, surveillant l'approche du jour. Puis ses bras retombèrent, et elle s'éloigna, jetant par-dessus son épaule un regard vers l'endroit où elle s'était tenue. « Voilà, fit-elle à voix haute, c'est là que tout va se passer ! » Et le son de sa propre voix calme, chargée de toute la fatalité du destin, sonna à ses propres oreilles avec une solennité prophétique.

Elle rentra dans la maison les mains pressées contre ses tempes, afin de fuir cette maléfique véranda.

Elle trouva Dick réveillé, en train d'enfiler son pantalon pour aller sonner le gong. Mary s'immobilisa, l'oreille tendue, et la longue vibration ramena dans le cœur de la jeune femme la terreur qu'elle avait déjà éprouvée.

« Il » était là quelque part, écoutant lui aussi le gong qui annonçait le dernier jour. Elle se le représentait avec une telle netteté, adossé à un arbre, les yeux fixés sur la maison et attendant son heure. « Mais cette heure n'est pas encore venue, se disait Mary, pas tout à fait... » Devant elle, elle avait encore la journée entière.

— Il faut vous habiller, fit Dick d'une voix calme et pressante.

Il dut répéter la phrase pour se faire entendre de Mary qui alla docilement dans sa chambre et commença à se vêtir.

Elle tâtonna un moment maladroitement sans parvenir à trouver les boutons, puis se dirigea vers la porte avec l'intention d'appeler Moïse à son secours. Il lui tendrait la brosse pour se coiffer, l'aiderait à relever ses cheveux, en un mot prendrait sur lui tout le souci de sa toilette.

À travers le rideau elle vit Dick et le jeune homme assis à table, en train de manger un déjeuner qu'elle n'avait pas eu à préparer. Alors elle se souvint que Moïse était parti et se sentit profondément soulagée. Elle serait seule, se disait-elle, seule pendant toute la journée, elle pourrait concentrer toutes ses pensées sur l'unique chose qui lui importât encore.

À ce moment elle vit Dick se lever brusquement avec un visage angoissé et tirer vivement la portière. Elle comprit alors qu'elle s'était montrée à moitié nue devant le jeune homme et son visage s'empourpra, mais avant même que la rancune eût balayé sa honte, elle avait déjà oublié Dick, ainsi que le jeune étranger.

Elle finit de s'habiller sans hâte, avec des gestes d'une infinie lenteur, faisant de longues pauses entre chaque mouvement. N'avait-elle pas toute la journée devant elle ? Puis elle quitta sa chambre. Elle trouva la table encore couverte d'assiettes et de plats, mais les hommes étaient déjà partis au travail ; la graisse figée au fond d'une assiette lui donna à penser qu'ils devaient être sortis depuis un bon moment.

Elle ramassa nonchalamment les assiettes sales, les porta à la cuisine, remplit la bassine d'eau, puis, brusquement, oublia ce qu'elle était en train de faire et s'immobilisa, les bras ballants, se disant qu'il était là, quelque part dans le voisinage, caché parmi les arbres, à attendre. Alors, prise de panique, elle se précipita dans la maison, ferma toutes les portes, les fenêtres, s'effondra sur le divan, comme un lièvre se terre derrière une motte, terrorisé par la meute lancée à sa poursuite.

    Mais il était trop tôt pour attendre sa venue, son instinct lui soufflait qu'elle avait toute la journée devant elle, jusqu'à la nuit. À cette pensée, elle éprouva une brève accalmie et pendant un instant son esprit retrouva sa lucidité. « Au fait, de quoi s'agit-il ? » se demandait-elle vaguement, en pressant ses doigts sur ses paupières avec tant de force qu'un flot de lumière jaunâtre semblait en jaillir : « Je ne comprends pas, répétait-elle ; je ne comprends pas... » L'image d'elle-même, debout, dressée de toute sa taille, quelque part au-dessus de la maison, sur le sommet d'une montagne invisible et contemplant de là le monde qui était à ses pieds, tel un juge promenant les yeux sur son tribunal, oui, cette image lui revenait, mais cette fois sans lui apporter le moindre soulagement. Au contraire, cette vision d'elle-même, en ce bref instant de cruelle lucidité, lui était un tourment car elle savait que c'était ainsi qu'ils la verraient tous, quand tout serait consommé, une pauvre femme décharnée, laide, pitoyable – une femme dépouillée de tout ce qui lui avait été accordé pour en faire l'usage qu'elle voudrait et qui ne gardait désormais qu'une seule pensée : c'est qu'entre elle et le cruel soleil il n'y avait qu'une mince feuille de tôle incandescente, entre elle et la nuit inexorable, un seul et bref moment de clarté. Et à cet instant, le temps ayant soudain acquis les attributs de l'espace, elle se tenait là comme flottant au milieu des airs et regardant une Mary prostrée sur le divan et qui gémissait, les poings dans ses yeux, et en même temps une autre Mary : celle qu'elle avait été autrefois, cette fille un peu folle qui s'était engagée sans même s'en douter dans la voie qui la menait à cette fin. « Je ne comprends pas, répéta-t-elle, je n'y comprends rien. Je vois bien le mal, il est là, mais en quoi consiste-t-il ? Je l'ignore. » Ces mots mêmes lui étaient étrangers et ne semblaient pas venir d'elle, comme si quelqu'un d'autre les lui dictait. Elle gémit encore, épuisée par le cruel effort que lui coûtait son rôle si difficile de juge à l'égard d'elle-même, de juge qui était en même temps l'accusé et ne sachant qu'une chose, c'est qu'elle souffrait indiciblement au-delà de tout ce qu'on pouvait imaginer, et elle ne pouvait comprendre ni décrire son mal et n'était capable que de le ressentir. N'avait-elle pas vécu avec lui pendant tant d'années ? Mais si on lui demandait d'aventure depuis quand il était en elle, il lui faudrait répondre que c'était bien avant qu'elle ne fût venue à la ferme, encore jeune fille. Mais quel crime avait-elle commis pour souffrir ainsi ? Dira-t-on en quoi consistait son mal ? Ce qu'elle avait fait ? Rien, rien du tout dont elle fût responsable ; néanmoins, peu à peu, elle avait forgé son destin, le destin de la femme qu'elle était devenue ; cette créature sans volonté, affalée sur ce vieux divan effondré, crasseux, attendant la nuit qui devait consommer une fin méritée, oui, méritée, elle le reconnaissait. Mais pourquoi ? quel était son péché ? Pourquoi cette contradiction entre le jugement qu'elle portait sur elle-même et son sentiment d'être innocente comme un être poussé par une force qu'il ne contrôle point et qu'il ne connaît même pas.

Elle leva la tête avec un brusque mouvement en songeant que les arbres se pressaient autour de la maison, qu'ils la regardaient dans l'attente de la nuit. Quand elle ne serait plus là, se disait-elle, la maison serait détruite, anéantie par la brousse qui l'avait toujours haïe et s'était tenue silencieuse aux aguets autour d'elle dans l'attente du jour où elle pourrait enfin s'avancer et la dévorer de façon à n'en laisser rien.

Elle croyait voir la maison vide, le mobilier s'effondrant, pourri, puis viendraient les rats ; on les voyait déjà courant le long des poutres, dès qu'il faisait nuit, leur longue queue flexible traînant derrière eux. Ils envahiraient les pièces, se multiplieraient, grignotant tout jusqu'au moment où il ne resterait que des briques, de la ferraille et des trous. Ensuite viendraient les scarabées du veld, gras, noirs, énormes, en rangs pressés. On en voyait déjà quelques-uns qui remuaient leurs antennes, observant tout de leurs petits yeux comme peints. Enfin ce seraient les pluies ; le ciel semblerait s'éloigner de la terre et devenir très haut, très clair ; les arbres ne seraient plus qu'une masse confuse mais aux troncs distincts, et l'air aurait le reflet de l'eau. Pendant la nuit, la pluie tambourinerait inlassablement sur le toit de tôle et l'herbe pousserait partout autour de la maison. Puis les fourrés s'épaissiraient jusqu'au jour où, à la saison prochaine, les plantes grimpantes envahiraient la véranda. Une branche traverserait le cadre brisé de la fenêtre et lentement, lentement, cédant à la poussée des arbres, les murs de brique s'écrouleraient ne laissant qu'un amas de ruines. Des feuilles de tôle rouillée brilleraient çà et là dans les fourrés et sous les pots de fleurs, de longs vers souples ondulant comme des queues de rat et de gros vers blancs pareils à des limaces se glisseraient jusqu'au jour où l'épaisse végétation de la brousse recouvrirait tout.

Et si quelqu'un s'avisait un jour de chercher la maison, peut-être tomberait-il sur une marche renversée, gisant contre un tronc d'arbre et remarquerait-il : « Ici devait se trouver autrefois la ferme des Turner. Avec quelle étrange rapidité la brousse dévore ce qui est laissé à l'abandon ! » Et pour peu qu'il continuât de fouiller, de soulever de la pointe de son soulier les branchages enchevêtrés, il trouverait peut-être encore une poignée de porte coincée sous une tige, un débris de vaisselle sous un tas de sable ou de pierres ; un peu plus loin il buterait sur un amas de boue rougeâtre, mêlé de chaume pourri, rappelant la chevelure d'un mort : derniers vestiges de la hutte occupée naguère par le jeune Anglais. Plus loin encore un petit tas de pierraille témoignerait seul de la triste fin de la boutique.

Oui, la maison, la boutique, les poulaillers, la hutte de l'Anglais, tout serait détruit, enterré sous les fourrés de la brousse. Le cerveau de Mary elle-même à cette minute débordait de feuillages, de branches, d'herbe épaisse et mouillée, envahi par une végétation folle, vivace... puis brusquement le courant fut coupé, tout prit fin, la vision s'effaça...

Elle releva la tête et jeta un coup d'œil autour d'elle. Elle était assise dans la pièce minuscule sous le toit de tôle et tout son corps était couvert de sueur. L'air était irrespirable avec toutes ces fenêtres fermées. Elle se précipita dehors. À quoi bon rester enfermée, à attendre, oui à attendre indéfiniment que la porte s'ouvrît pour laisser entrer la mort ? Elle s'enfuit précipitamment de la maison, foula le sol brûlant, et courut vers les arbres dont l'ombre la protégerait du soleil.

Ces arbres, ils la haïssaient, mais elle ne pouvait rester dans la maison. Elle s'enfonça dans l'ombre des fourrés, où les cigales s'égosillaient sans fin.

Mary avançait droit devant elle, en songeant : « Je vais tomber sur "lui" et tout sera terminé ! » Elle trébuchait sur les grosses touffes d'herbe pâle et les broussailles s'accrochaient à sa jupe. À bout de forces, elle s'appuya à un arbre et ferma les yeux. Ses oreilles bourdonnaient, emplies d'une immense rumeur, et sa peau était brûlante. Elle restait là sans bouger, perdue dans son attente, mais le tapage devenait insupportable. Elle se sentit prise dans un tourbillon de cris. Elle rouvrit les yeux. Devant elle se dressait un jeune arbre dont le tronc était couvert de nœuds, comme s'il eût été très vieux, mais non, ce n'étaient point des nœuds, mais des cigales, ces horribles bestioles s'étaient installées sur l'arbre et emplissaient l'espace d'un bruit strident, indifférentes à la présence de Mary, aveugles à tout ce qui n'était pas le soleil, maître de la vie.

Elle s'approcha pour mieux les observer. Comment de si petites bêtes pouvaient-elles faire tout ce vacarme ? Tandis qu'elle se tenait là, elle songea que depuis tant d'années qu'elle vivait dans cette maison, cernée par la brousse, c'était la première fois qu'elle s'aventurait dans un fourré, foulait un de ces sentiers qui serpentaient de tous côtés et, si horrible et intolérable qu'eût été le bruit depuis des années, elle n'avait jamais aperçu les bestioles qui faisaient tout ce tapage.

Levant les yeux, elle s'aperçut qu'elle se tenait en plein soleil, un soleil si bas qu'il semblait qu'on n'eût qu'à tendre le bras pour cueillir dans le ciel ce gros disque rouge et voilé de brume, mais son bras levé effleura un bouquet de feuilles et une bestiole s'en échappa. Alors elle poussa un cri de terreur et s'enfuit précipitamment à travers les fourrés jusqu'à ce qu'elle eût atteint la clairière qui s'étendait devant la maison, là elle s'immobilisa, haletante. Un indigène était là debout devant la porte de la cuisine. Mary mit la main sur sa bouche pour étouffer un cri, puis elle se rendit compte que c'était un nègre inconnu qui serrait dans sa main un morceau de papier couvert de quelques lignes comme s'il eût craint de le voir exploser.

Elle s'approcha, lui prit la feuille des mains et lut : « Ne rentrerai pas pour déjeuner. Suis trop occupé à tout mettre en ordre. Envoyez-moi, s'il vous plaît, du thé et des sandwichs. » Mais ce rappel du monde extérieur n'eut pas pour autant le pouvoir de l'arracher à son rêve. Elle songea seulement avec irritation que c'était bien la manière d'agir de Dick puis, tenant le papier à la main, elle rentra dans la maison et rouvrit brusquement les fenêtres. À quoi pensait donc ce domestique s'il n'était même pas capable de laisser les fenêtres ouvertes comme elle le lui avait recommandé tant de fois ? Elle s'interrompit et regarda encore le billet qu'elle tenait à la main. D'où venait cette lettre ? se demanda-t-elle vaguement, assise sur son divan, gagnée par une torpeur qui appesantissait ses paupières.

Mais à cet instant, elle entendit frapper à la porte et se redressa précipitamment, se leva, puis se rassit et attendit en tremblant de tous ses membres qu'« *Il* » entrât. On frappa à la porte une seconde fois. Alors elle se leva péniblement et alla à la porte. Sur le seuil se tenait le jeune indigène de tout à l'heure.

— Que veux-tu ? dit-elle.

Il montra le billet qu'elle avait laissé sur la table. Elle se souvint que Dick avait demandé du thé. Elle le prépara, en remplit une bouteille à whisky et renvoya le nègre, oubliant complètement les sandwichs. Dans son esprit était née soudain la pensée que le jeune homme étranger aurait soif, car il n'avait pas l'habitude de la vie à la campagne et ce mot de « campagne » qui avait soudain plus de réalité pour elle que Dick lui-même la troubla comme un souvenir qu'elle ne souhaitait point faire revivre ; aussi continua-t-elle à penser au jeune Anglais, évoquant à l'abri de ses paupières baissées son très jeune visage amical et intact. Il avait été bon pour elle, il ne l'avait pas condamnée... Sa pensée s'accrocha subitement à l'image du jeune étranger. Il la sauverait, elle n'avait qu'à patienter jusqu'à son retour, se répétait-elle, contemplant l'immense étendue d'herbe flétrie qui s'étendait à ses pieds. Mais l'« autre » était là, quelque part, au milieu des arbres, attendant son heure pendant que le jeune homme était aux champs. Mais il reviendrait avant la nuit, oui il reviendrait pour la sauver. Elle restait là, les yeux fixes bien ouverts en dépit du soleil aveuglant, mais au fait, qu'arrivait-il à la grande plaine qui s'étalait devant elle et qui, à cette époque de l'année, n'était qu'une vaste étendue rougeâtre, pourquoi s'était-elle tout à coup couverte d'herbe, d'arbustes et de fourrés ?

Mary fut prise de panique. Ainsi, avant même qu'elle fût morte, la brousse avait envahi la ferme et lancé ses avant-gardes chargées de couvrir la belle terre rouge, plantée d'herbe grasse et de fourrés, la brousse savait donc que Mary allait mourir ? Mais ce jeune étranger... Repoussant toute autre pensée Mary songeait à lui... au chaud réconfort qu'il apportait, à son bras secourable... et tout en rêvant, elle s'appuyait au mur de la véranda, froissant les touffes de géraniums qui la tapissaient, et ne quittait pas des yeux les fourrés qui couvraient les flancs de la colline, guettant les tourbillons de poussière qui annonceraient le retour du camion... Mais au fait, ils n'avaient plus de camion... le camion avait été vendu. Alors Mary eut l'impression que ses forces l'abandonnaient, elle se laissa tomber sur un siège, haletante, les yeux clos.

Quand elle les rouvrit, elle s'aperçut que la lumière avait changé. L'ombre s'étendait devant la maison, on sentait l'approche de la nuit et dans l'air s'était répandue une lueur sulfureuse. Elle s'était donc endormie et avait dormi tout le long de ce dernier jour. Peut-être était-« il » venu pendant son sommeil et l'avait-« il » cherchée dans la maison ? Elle se redressa dans un sursaut de courage et passa dans la pièce du devant, mais elle était vide ; pourtant Mary avait la certitude qu'« il » était venu tandis qu'elle dormait, qu'« il » l'avait regardée par la fenêtre. La porte de la cuisine était ouverte, n'était-ce pas la preuve qu'elle avait raison ? C'était même cela qui l'avait réveillée : le sentiment obscur de « sa » présence, de « ses » yeux qui l'observaient... peut-être même s'était- « il » arrangé pour la toucher ? À cette pensée, Mary frissonna et se contracta tout entière. Mais le jeune étranger la sauverait. Soutenue par la pensée de son retour imminent, elle quitta la maison par la porte de la cuisine et se dirigea vers sa case. Elle franchit le seuil de brique, se baissa et entra dans la pièce fraîche. Oh ! que cette fraîcheur était délicieuse ! Elle s'assit sur le lit du jeune homme, enfouit sa tête dans ses mains, et sentant la tiédeur du sol cimenté sous la plante de ses pieds, frissonna légèrement.

Enfin, d'un geste brusque, elle se leva : elle ne devait plus à aucun prix céder au sommeil. Une rangée de chaussures était alignée contre le mur de la case. Elle les contemplait avec une sorte d'étonnement. Ah ! quelles belles et élégantes chaussures ! Il y avait des années qu'elle n'en avait vu de pareilles ! Elle en prit une dans ses mains, en admira le cuir souple et brillant, examina l'étiquette à l'intérieur : « John Craftsman, Édimbourg ». Cela la fit rire sans qu'elle sût pourquoi, alors elle remit le soulier à sa place. Elle vit par terre une valise, mais si lourde qu'elle essaya en vain de la soulever ; en tombant la valise s'ouvrit.

Des livres ! L'étonnement de Mary s'accrut. Il y avait si longtemps qu'elle n'avait eu de livres entre ses mains qu'elle se demandait si elle serait encore capable de les déchiffrer ! Elle regarda les titres : *Rhodes et son influence*, *Rhodes et l'âme de l'Afrique*, *Rhodes et sa mission*... « Rhodes », articula-t-elle à haute voix d'un air incertain.

Elle ne savait rien de lui en dehors de ce qu'elle avait appris à l'école, bien peu de choses en réalité...

Il avait conquis un continent... conquis un continent, répéta-t-elle toujours à haute voix, toute fière de se souvenir encore de cette phrase après tant d'années !

> *Rhodes, assis sur un seau renversé*
> *Au-dessus d'un trou creusé en terre,*
> *Rêvait à son foyer, là-bas, en Angleterre.*
> *... et aux conquêtes qu'il avait à faire...*

Elle pouffa : tout ceci lui paraissait extraordinairement comique ; puis oubliant le jeune étranger, Rhodes et les livres, elle pensa : « Mais je ne suis pas allée à la boutique aujourd'hui ! » Elle savait qu'elle devait s'y rendre. Elle s'engagea dans l'étroit sentier à peine frayé que l'herbe avait envahi. Arrivée à quelques pas du petit bâtiment de brique, elle s'arrêta : « La voici donc, cette hideuse boutique », se disait-elle. Oui, la voici à l'heure de la mort de Mary, telle qu'elle avait été pendant toute sa vie, mais à présent elle était déserte et si Mary s'avisait d'y entrer, elle trouverait tous les rayons vides. Les fourmis avaient creusé de petits tunnels rougeâtres dans le bois du comptoir et les murs étaient couverts de toiles d'araignées – cependant elle existait toujours. Soulevée par une brusque haine, Mary poussa la porte, qui s'ouvrit toute grande, l'odeur des marchandises kaffir qui y traînait encore l'environna lourdement, douceâtre odeur avec un relent de moisi. Elle s'arrêta, les yeux exorbités : « il » se dressait en face d'elle, derrière le comptoir, comme s'il était occupé à servir des clients. Qui ? Lui, Moïse, le noir, et « il » la regardait avec un dédain nonchalant et pourtant lourd de menace. Elle poussa un petit cri et recula si précipitamment qu'elle trébucha. Puis elle s'enfuit à toutes jambes le long du sentier, se retournant de temps en temps pour jeter un regard par-dessus son épaule. La porte battait, mais Moïse ne se montrait pas.

Ainsi c'était là qu'il l'attendait ! Bien sûr ! Ne le savait-elle pas depuis longtemps ? Où aurait-il pu l'attendre, si ce n'est dans la boutique détestée ? Alors elle retourna dans la case au toit de chaume, le jeune homme y était revenu. Il lui lança un regard surpris : il était en train d'enjamber les tas de livres qu'elle avait éparpillés par terre et tentait de les remettre dans la valise.

... Mais non, non... Il ne pouvait rien pour elle ! Vaincue par le désespoir et la fatigue, Mary se laissa tomber sur le lit. Il n'y avait pas de salut pour elle, elle devrait aller jusqu'au bout.

Tandis qu'elle observait le visage attristé du jeune homme tout interdit, elle eut l'impression d'avoir déjà vécu cette scène autrefois, mais quand ? Quand donc, se demandait-elle en fouillant dans son passé. Ah ! oui... oui... il y avait longtemps, très longtemps, elle avait également cherché secours auprès d'un jeune homme, un autre jeune homme, un fermier... Alors aussi elle était malheureuse, elle avait des ennuis et ne savait comment s'en tirer ; elle avait cru qu'il la sauverait d'elle-même si elle l'épousait. Ensuite elle avait sombré dans ce grand vide, puis finalement compris qu'il n'y aurait pas de rémission pour elle, qu'elle était condamnée à vivre dans cette ferme jusqu'à la mort. Oui, il n'y aurait rien de neuf dans son destin, rien... même pas sa mort... Tout lui était familier jusqu'à ce sentiment d'impuissance qui l'accablait.

Elle se leva avec une singulière dignité qui stupéfia Tony et lui coupa la voix. Et lui, qui s'apprêtait à lui parler avec une pitié protectrice, sentit que tout ce qu'il pourrait dire serait désormais vain.

Pendant ce temps, Mary se disait qu'elle devrait achever sa route dans la solitude. Telle était la leçon qui lui restait à apprendre. Que ne l'avait-elle méditée autrefois ! Elle n'en serait pas là aujourd'hui, trahie pour la seconde fois par son lâche désir de s'en remettre à un autre du soin de faire sa vie, un autre qui n'avait pas à assumer la responsabilité de son destin.

— Mrs. Turner ! fit le jeune homme d'un air gêné, je suppose que vous avez à me parler ?

— Oui, fit-elle, j'avais à vous parler, mais non, ce n'est plus la peine... ce n'était pas vous...

Elle se tut, car elle ne pouvait pas aborder cette question avec lui. Elle tourna la tête et par-dessus son épaule jeta un regard sur le ciel crépusculaire. Les nuages se détachaient en longues traînées d'un rose pâle sur un fond décoloré.

— Quelle adorable soirée ! fit Mary, d'un ton mondain.

— Oui... Mrs. Turner ! j'ai parlé à votre mari.

— Vraiment ? fit-elle poliment.

— Nous avons pensé que... c'est-à-dire moi... bref, j'ai suggéré qu'il faudrait que demain, en arrivant en ville, vous alliez voir le docteur... vous êtes malade, Mrs. Turner !

— Je suis malade depuis des années, fit-elle d'un ton aigre, j'ai un mal intérieur... là... en moi... profond... je ne saurais le localiser... Pas précisément une maladie, mais vous comprenez... tout est déréglé quelque part en moi !

L'ayant salué d'un signe de tête, elle franchit le seuil de la porte et se trouva dehors...

— « Il » est là, lui confia-t-elle, tout bas, en secret. Là-dedans, fit-elle, en indiquant de la tête le magasin.

— Vraiment ! fit le jeune homme d'un air entendu, pour ne pas la contrarier.

Elle retourna vers la maison, en promenant vaguement les yeux sur les petits bâtiments de brique qui auraient bientôt disparu : sur le sentier où elle cheminait et dont elle sentait la chaude poussière sous ses pieds. Bientôt d'inquiétantes bestioles pourraient errer victorieusement dans l'herbe et parmi les fourrés.

Elle pénétra dans la maison et s'apprêta à affronter la longue, longue vigile de sa mort. Elle s'assit, lucide, soutenue par une fierté stoïque, sur le vieux divan qui gardait l'empreinte de son corps, joignit les mains et attendit, les yeux fixés sur la fenêtre, que se fussent évanouies les dernières lueurs du jour ; mais au bout d'un moment elle se rendit compte que Dick était assis à table en face d'elle et qu'il la regardait.

— Avez-vous fini d'emballer vos affaires, Mary ? demanda-t-il. N'oubliez pas que nous devons vider les lieux demain matin.

Elle se mit à rire.

— Demain ? fit-elle avec une sorte de gloussement qui n'en finissait plus jusqu'au moment où elle le vit se lever brusquement et quitter la pièce, la figure cachée dans ses mains.

Bon ! maintenant elle allait être seule enfin. Plus tard elle vit les deux hommes apporter des assiettes, des plats et se mettre à manger.

Ils lui offrirent une tasse pleine d'un liquide qu'elle refusa avec impatience, n'aspirant qu'à les voir partis. Tout serait bientôt fini – oui, bientôt, dans quelques heures, tout serait consommé. Mais ils ne s'en allaient pas. Ils semblaient rester là à cause d'elle. Alors elle se leva et sortit à tâtons dans les ténèbres, les mains tendues comme une aveugle, pour trouver la porte. Il faisait toujours aussi chaud. Le ciel noir et invisible semblait s'incliner vers la maison, peser sur elle de tout son poids.

Elle entendit Dick qui, derrière elle, faisait une remarque sur la pluie.

« Il pleuvra, se dit-elle, il pleuvra, après ma mort. »

— Au lit ? fit Dick, qui se tenait sur le seuil.

Mais la question ne devait pas la concerner. Elle était dans la véranda où il lui faudrait attendre, elle le savait, les yeux fixés sur les ténèbres, et attentive au moindre bruissement.

— Mary ! Il faut venir vous coucher !

Elle comprit qu'elle devait d'abord se mettre au lit, car ils ne la laisseraient point tranquille qu'elle ne l'eût fait. Avec des gestes d'automate, elle éteignit la lampe dans la pièce du devant, puis alla verrouiller la porte de derrière ; c'était capital !

Elle devait s'assurer d'une protection de ce côté-là. Car elle serait frappée de face. Mais dans la cour, devant la porte de la cuisine, se tenait Moïse. Il se détachait, immense, sur le ciel étoilé, et elle recula précipitamment, sentant ses genoux fléchir, puis courut verrouiller la porte.

— « Il » est là, dehors, dit-elle à Dick, d'une voix haletante, comme s'il ne pouvait être question d'un autre que lui.

— Qui donc ?

Elle ne répondit pas. Dick sortit. Elle l'entendit aller et venir dans la cour et vit trembloter la lumière de la lampe à pétrole qu'il avait emportée.

— Il n'y a personne, Mary, annonça-t-il en rentrant.

Elle acquiesça d'un signe de tête et retourna verrouiller la porte de la cuisine. À présent le carré de nuit qui s'encadrait dans la fenêtre était vide. Pas de Moïse. Elle comprit qu'« il » devait être tapi dans les fourrés, face à la maison, attendant qu'elle se montrât.

Revenue dans sa chambre ; elle restait immobile au milieu de la pièce, comme si elle avait perdu l'usage de ses membres.

— N'avez-vous pas l'intention de vous déshabiller ? demanda enfin Dick de sa voix patiente et désespérée.

Elle retira docilement ses vêtements, mais quand elle fut au lit, elle resta éveillée, guettant le moindre bruit – puis elle sentit que Dick avançait la main pour la toucher et se fit inerte ; il lui semblait très lointain, aussi lointain que si une épaisse vitre l'avait séparée de lui. D'ailleurs elle ne se souciait plus de Dick.

— Mary ? dit-il.

Elle ne répondit point.

— Mary, écoutez-moi. Vous êtes malade. Vous devez me permettre de vous mener consulter un médecin.

Elle eut l'impression que c'était le jeune étranger qui lui parlait ; qui s'était jamais inquiété d'elle en dehors de lui ? Qui avait eu foi en son innocence, l'absolvant de tout péché ?

— Bien sûr, je suis malade, lui répondit-elle d'un ton confiant. Je l'ai toujours été, si loin que je remonte dans mes souvenirs. Je souffre là, fit-elle en montrant sa poitrine – puis son bras s'abaissa.

Elle avait oublié le jeune homme. La voix de Dick lui parvenait comme l'écho d'une voix qui aurait retenti là-bas, de l'autre côté de la vallée. Elle prêtait l'oreille aux bruits de la nuit et peu à peu sa terreur qui devait venir, la terreur qu'elle attendait la submergea. Alors elle se retourna, plongea son visage au creux de l'oreiller, mais ses yeux voyaient encore dans la nuit, ils distinguaient une silhouette sombre, figée dans l'attente. Mary s'assit brusquement, secouée de frissons. Il était là, dans la chambre, à ses côtés... mais non, la pièce était vide. Il n'y avait personne. Elle entendit un coup de tonnerre et la lueur d'un éclair sillonna les ténèbres. Puis il lui sembla que la nuit l'enveloppait de toutes parts et que la petite bicoque se tordait, craquait et fondait dans un brasier.

Elle entendit le bruit familier : *crack, crack, crack !* ce grincement incessant de la tôle au-dessus de sa tête et elle eut l'impression qu'un immense corps noir, pareil à une araignée humaine, rampait sur le toit, essayant de se faufiler dans la maison.

Et elle était seule, elle était faible, elle était enfermée dans l'étroite boîte noire entre ses quatre murs, sous ce toit qui pesait sur sa tête.

Acculée maintenant, prise au piège, impuissante, il lui faudrait pourtant aller à sa rencontre, poussée par la terreur, mais aussi la connaissance de l'inéluctable. Elle se leva en silence, posa tout doucement ses pieds par terre, sans le moindre bruit, au bord du lit, puis, brusquement effrayée par les noirs abîmes creusés sous ses yeux, elle courut jusqu'au milieu de la pièce. Là elle s'immobilisa.

La lueur d'un nouvel éclair sur le mur lui permit d'avancer encore. Elle avait atteint la portière qui séparait les deux pièces et, sur sa peau, l'étoffe laineuse fut comme un contact vivant. Elle repoussa la portière et resta là sur le qui-vive prête à prendre la fuite. La pièce plongée dans l'obscurité lui parut peuplée de formes menaçantes et, cette fois, elle sentit une bête la frôler, puis filer entre ses jambes. Elle marcha sur la longue queue souple d'un chat sauvage, poussa un gémissement de terreur et par-dessus son épaule, jeta un coup d'œil vers la porte. Elle était close. Elle recula de quelques pas de manière à pouvoir s'adosser au mur. Elle avait l'impression de se trouver à la place qui lui était assignée et c'est là qu'elle devait attendre. Cette conviction lui donnait une sorte d'assurance et la terreur qui noyait ses yeux se dissipa. Elle aperçut à la lueur d'un nouvel éclair les deux chiens de la ferme étendus à ses pieds : ils avaient dressé la tête et la regardaient. On ne distinguait rien, strictement rien, par-delà les trois minces piliers de la véranda et les géraniums aux contours rigides, jusqu'au moment où un autre éclair déchira la nuit et fit apparaître les formes des arbres, pressés épaule contre épaule sur le fond d'un ciel couvert de nuages. Tandis qu'elle les regardait, Mary les vit se rapprocher et elle se pressa contre le mur avec tant de violence que les briques meurtrirent sa chair à travers son mince vêtement de nuit.

Elle secoua la tête comme pour chasser tout ce qui embrumait son esprit et les arbres s'immobilisèrent dans l'attente. Tant qu'elle aurait la force de les fixer sans défaillance, ils ne pourraient avancer pour l'anéantir, elle le savait.

Il lui fallait concentrer toutes ses pensées sur trois objets.

Tout d'abord les arbres pour les empêcher de se précipiter sur elle.

La porte qui pouvait livrer passage à Dick à tout instant.

L'éclair, enfin, zébrant le ciel où déferlaient les nuages.

Les pieds fermement posés sur le carrelage de briques tièdes, arc-boutée au mur, elle se tenait là, rigide et les yeux fixes, tous ses sens en éveil, le souffle court et haletant.

Le tonnerre éclata parmi les arbres et sur le fond embrasé du ciel elle vit l'ombre de l'homme se détacher, s'avancer vers elle, gravir doucement les marches cependant que les chiens remuaient la queue en signe d'accueil.

Arrivé à quelques pas d'elle, Moïse s'arrêta. Elle pouvait distinguer ses puissantes épaules, la forme de sa tête, le scintillement de ses yeux.

À sa vue, il y eut brusquement comme un déclic en elle, et ses émotions, ses craintes furent balayées par un sentiment intense, extraordinaire de culpabilité vis-à-vis de Moïse, qu'elle avait trahi pour obéir au jeune étranger. Mais il lui suffirait de s'avancer vers lui, de tout lui expliquer, en lui demandant pardon pour chasser la terreur qui s'était emparée d'elle. Comme elle ouvrait la bouche, elle vit dans la main du nègre qu'il tenait levée au-dessus de sa tête un objet long et recourbé, et elle comprit qu'il était trop tard. Sa bouche s'ouvrit encore pour appeler à l'aide, mais à peine laissa-t-elle échapper un cri qu'il expira sous la pression d'une main noire, dont les doigts s'enfonçaient dans sa gorge. Mais le cri interrompu, ravalé par Mary, l'étouffait. Elle leva ses deux bras, ses mains aux doigts recourbés comme des serres, pour repousser l'homme. Alors la brousse se vengea, telle fut la dernière pensée de Mary. Les arbres se jetèrent sur elle, l'assaillirent brutalement comme des bêtes sauvages tandis que le tonnerre grondait.

À l'instant où la raison de Mary sombrait enfin définitivement dans le désastre et dans l'horreur, elle vit un grand bras s'avancer, tirer sa tête en arrière et l'écraser contre le mur, pendant que l'autre bras s'abaissait inexorablement. Son corps se déroba sous elle et l'éclair qui à cet instant déchira les ténèbres fit briller le fer que l'homme plongeait dans sa chair. Puis Moïse la laissa aller, et la regarda rouler par terre. Au même instant un bruit plein comme le son du tambour retentit sur le toit et le crépitement de la pluie le fit revenir à lui. Il se redressa, promena les yeux autour de lui. Les chiens grondaient à ses pieds, mais sans cesser de remuer la queue, car il les avait nourris, et il avait pris soin d'eux alors que Mary les avait toujours eus en horreur. Moïse les fit taire en leur fermant doucement la gueule de sa large main noire et ils continuèrent de remuer la queue en l'observant d'un air surpris, avec de faibles jappements.

Il commençait à pleuvoir ; de grosses gouttes roulaient sur le dos du nègre et le faisaient frissonner. Puis un autre bruit, celui d'un liquide coulant goutte à goutte, lui fit jeter les yeux sur le morceau de fer qu'il tenait. Il l'avait ramassé dans la brousse et avait passé sa journée à le polir et l'aiguiser. Le sang en dégoulinait sur le carrelage. Les quelques mouvements qu'il accomplit ensuite témoignèrent de son trouble et de ses impulsions contradictoires.

Il commença par jeter brusquement son arme par terre, saisi de peur, puis il se domina et la ramassa, la brandit un instant comme pour la jeter au loin, par-dessus le mur de la véranda, sous la pluie devenue torrentielle, mais il n'en fit rien.

Pris d'hésitation, il promena ses regards autour de lui et finit par plonger le fer dans sa ceinture. Il tendit alors ses mains sous la pluie pour les laver et quand elles furent nettes, il se prépara à s'en aller, malgré l'orage, et à retourner dans sa case au quartier indigène, prêt à protester de son innocence au moment voulu.

Mais cette impulsion ne dura guère, elle non plus, il retira l'arme de sa ceinture, puis l'ayant regardée, la lança simplement par terre, près du corps de Mary, soudain indifférent car un autre désir s'était emparé de lui.

Ignorant Dick qui dormait tout près, derrière une simple cloison, mais qui n'avait plus aucune importance à ses yeux – n'était-il pas depuis longtemps vaincu ? –, Moïse franchit d'un bond la balustrade de la véranda et retomba adroitement sur ses pieds, tandis que la pluie s'abattait sur ses épaules – si drue qu'il fut en un instant trempé de la tête aux pieds. Il se dirigea dans les ténèbres vers la hutte du jeune Anglais. Arrivé à la porte, il jeta un regard attentif à l'intérieur. Il ne voyait rien, mais pourrait peut-être entendre... Retenant son souffle, il prêtait l'oreille, espérant saisir à travers le bruit de la pluie celui de la respiration du jeune homme. Mais il ne perçut rien. Il franchit le seuil et se dirigea tout doucement vers le lit. Son ennemi, l'homme qu'il avait dupé, était là, endormi. Alors l'indigène s'éloigna dédaigneusement et retourna vers la maison. Bien qu'il parût n'avoir eu aucune intention de s'y arrêter, arrivé à la hauteur de la véranda, il s'immobilisa, la main sur la balustrade et jeta un regard à l'intérieur.

Tout était sombre, trop sombre pour qu'on pût distinguer quelque chose. Il attendit que la lueur pâle d'un éclair illuminât pour la dernière fois la bicoque, la véranda, le corps de Mary tassé sur le carrelage et les chiens qui rôdaient sans répit autour d'elle en continuant de gémir à voix basse.

Et quand cet éclair vint enfin, large ruissellement de clarté sous la pluie, Moïse goûta son dernier instant de triomphe, un instant si plein, si parfait, que toute idée de fuite l'abandonna.

Quand l'éclair s'éteignit, il lâcha la balustrade et lentement, sous la pluie, prit le chemin de la brousse.

Mais quelles pensées – pitié, regret ou même profonde souffrance – d'un homme dont l'attachement avait été bafoué, oui, quelles pensées purent se mêler à sa satisfaction de s'être enfin pleinement vengé ? Cela nous ne le saurons jamais.

Il avait à peine parcouru quelque deux cents mètres dans la brousse détrempée qu'il s'arrêta et revint sur ses pas. Il gravit une fourmilière, s'adossa à un arbre et resta là, à attendre que les hommes lancés à sa poursuite l'eussent enfin trouvé.

Fin

Littérature étrangère chez Flammarion

Déjà parus :

Evjenios Aranitsis, *Détails sur la fin du monde*
Margaret Atwood, *L'Odyssée de Pénélope*
Elia Barceló, *Le secret de l'orfèvre*
Lluis-Antón Baulenas, *Le fil d'argent*
Lluis-Antón Baulenas, *Le bonheur*
Lluis-Antón Baulenas, *Combat de chiens*
Bai Xianyong, *Garçons de cristal*
Bai Xianyong, *Gens de Taïpei*
Troy Blacklaws, *Karoo Boy*
William S. Burroughs, *Havre des Saints*
William S. Burroughs, *Œuvre croisée*
A. S. Byatt, *Possession*
A. S. Byatt, *Des anges et des insectes*
A. S. Byatt, *Histoires pour Matisse*
A. S. Byatt, *La vierge dans le jardin*
A. S. Byatt, *Nature morte*
A. S. Byatt, *La tour de Babel*
A. S. Byatt, *Une femme qui siffle*
A. S. Byatt, *Petits contes noirs*
Andrea Camilleri, *Pirandello*
Neal Cassady, *Première jeunesse*
Mark Crick, *La Soupe de kafka*
Joseph Connolly, *L'amour est une chose étrange*
James Dickey, *Là-bas au nord*
E. L. Doctorow, *La machine d'eau de Manhattan*
Olav Duun, *La réputation*
Umberto Eco, *Histoire de la beauté*
Umberto Eco, *Histoire de la laideur*
Sebastian Faulks, *Les désenchantés*
Richard Flanagan, *À contre-courant*
Richard Flanagan, *Dispersés par le vent*

Richard Flanagan, *Le livre de Gould*
Susana Fortes, *Des tendres et des traîtres*
Allen Ginsberg, *La chute de l'Amérique*
Thomas Glavinic, *Le travail de la nuit*
Jo-Ann Goodwin, *Danny Boy*
John Griesemer, *Par-delà les océans*
Brion Gysin, *Désert dévorant*
Sahar Khalifa, *L'impasse de Bab Essaha*
Joanne Harris, *Dors, petite sœur*
Joanne Harris, *Classe à part*
Enrique de Hériz, *Mensonge*
Michael Holroyd, *Carrington*
Huang Fan, *Le goût amer de la charité*
José Jiménez Lozano, *Les sandales d'argent*
José Jiménez Lozano, *Le grain de maïs rouge*
José Jiménez Lozano, *Le monde est une fable*
Jack Kerouac, *Le livre des rêves*
David Leavitt, *À vos risques et périls*
David Leavitt, *Tendresses partagées*
David Leavitt, *L'art de la dissertation*
Lilian Lee, *Adieu ma concubine*
Lilian Lee, *La dernière princesse de Mandchourie*
Robert Littel, *Légendes*
Li Ang, *La femme du boucher*
Li Xiao, *Shanghai Triad*
Ma Jian, *Nouilles chinoises*
Sharon Maas, *Noces indiennes*
Sharon Maas, *La danse des paons*
Ann-Marie MacDonald, *Un parfum de cèdre*
Ann-Marie MacDonald, *Le vol du corbeau*
Melania Mazzucco, *Vita*
Melania Mazzucco, *Elle, tant aimée*
Carmen Martín Gaite, *La chambre du fond*
Carmen Martín Gaite, *Passages nuageux*
Carmen Martín Gaite, *La reine des neiges*
Carmen Martín Gaite, *Drôle de vie la vie*

Carmen Martín Gaite, *Claquer la porte*
Carmen Martín Gaite, *Paroles données*
Gustavo Martín Garzo, *Le petit héritier*
Gustavo Martín Garzo, *La rêveuse*
Luis Mateo Díez, *Les petites heures*
Luis Mateo Díez, *Le naufragé des Archives*
Stephen McCauley, *Sexe et dépendances*
Ana Menendez, *Che Guevara mon amour*
Ana Menendez, *À Cuba j'étais un berger allemand*
Anne Michaels, *La mémoire en fuite*
Alberto Moravia, *Le mépris*
Alberto Moravia, *Les indifférents*
Alberto Moravia, *Agostino*
Alberto Moravia, *Le conformiste*
Alberto Moravia, *La femme-léopard*
Alberto Moravia, *Promenades africaines*
Alberto Moravia, *La polémique des poulpes*
Alberto Moravia, *Histoires d'amour*
Alberto Moravia, *Histoires de guerre et d'intimité*
Alberto Moravia, *L'ennui*
Alberto Moravia, *Moi et lui*
Alberto Moravia, *Les deux amis*
Marcel Möring, *Le grand désir*
Marcel Möring, *La fabuleuse histoire des Hollander*
Tim O'Brien, *Juillet, Juillet*
Andrew O'Hagan, *Le crépuscule des pères*
Andrew O'Hagan, *Personnalité*
Laura Pariani, *Quand Dieu dansait le tango*
Laura Pariani, *Tango pour une rose*
Pier Paolo Pasolini, *Saint Paul*
Pier Paolo Pasolini, *Écrits corsaires*
Viktor Pelevine, *Minotaure.com*
Walker Percy, *Lancelot*
Eva Rice, *L'amour comme par hasard*
Nancy Richler, *Ta bouche est ravissante*
Gregory David Roberts, *Shantaram*

Patrick Roth, *Johnny Shines ou la résurrection des morts*
Patrick Roth, *Corpus Christi*
Juan José Saer, *Les grands paradis*
Juan José Saer, *Nadie, Nada, Nunca*
Juan José Saer, *Unité de lieu*
Juan José Saer, *L'ancêtre*
Juan José Saer, *L'anniversaire*
Juan José Saer, *L'occasion*
Juan José Saer, *L'ineffaçable*
Juan José Saer, *Quelque chose approche*
Adolf Schröder, *Le garçon*
Adolf Schröder, *La partie de cartes*
Lisa See, *Fleur de neige*
Steinunn Sigurdardóttir, *Le voleur de vie*
Mona Simpson, *N'importe où sauf ici*
Mona Simpson, *Bea Maxwell*
Elizabeth Smart, *J'ai vu Lexington Avenue se dissoudre dans mes larmes*
Art Spiegelman, *Maus*
Art Spiegelman, *Une nuit d'enfer*
Art Spiegelman, *Bons baisers de New York*
Wesley Stace, *L'Infortunée*
Colm Toíbín, *Désormais notre exil*
Colm Toíbín, *La bruyère incendiée*
Colm Toíbín, *Bad Blood*
Colm Toíbín, *Histoire de la nuit*
Su Tong, *Épouses et concubines*
Su Tong, *Riz*
Thrity Umrigar, *Tous ces silences entre nous*
Tarjei Vesaas, *Le germe*
Tarjei Vesaas, *La maison dans les ténèbres*
Tarjei Vesaas, *La blanchisserie*
Tran Vu, *Sous une pluie d'épines*
Wang Shuo, *Je suis ton papa*
Eudora Welty, *Le brigand bien-aimé*
Eudora Welty, *Les débuts d'un écrivain*
Eudora Welty, *La mariée de l'Innisfallen*

Eudora Welty, *Les pommes d'or*
Eudora Welty, *Oncle Daniel le Généreux*
Edith Wharton, *Le fruit de l'arbre*
Edith Wharton, *Le temps de l'innocence*
Edith Wharton, *Les chemins parcourus*
Edith Wharton, *Sur les rives de l'Hudson*
Edith Wharton, *Les dieux arrivent*
Edith Wharton, *La splendeur des Lansing*
Edith Wharton, *Les New-Yorkaises*
Edith Wharton, *Une affaire de charme*
Edith Wharton, *Libre et légère*
Edith Wharton, *Un fils sur le front*
Edith Wharton, *Preuve d'amour*
Niall Williams, *Quatre lettres d'amour*

Composition Nord Compo
Villeneuve-d'Ascq
Cet ouvrage a été reproduit et achevé d'imprimer
sur Roto-Page par l'Imprimerie Floch à Mayenne en novembre 2007.
N° d'impression : 69717
N° d'édition : L.01ELHN000166.N001
Dépôt légal : décembre 2007
Imprimé en France